ro
ro
ro

Diese erotischen Kurzgeschichten lassen sich gleich zweimal genießen. «Sie stöhnt» erzählt von leidenschaftlichen Begegnungen, wie wir sie zu kennen glauben: Die Frau wird verführt, gibt sich hin und stöhnt vor Lust. Doch was passiert, wenn sich die Vorzeichen ändern? Wenn die Frau sich nimmt, wonach ihr der Sinn steht? Dann ist sie es, die den teuren Sportwagen vorführt und sich den jungen Geliebten gönnt, und dann heißt es: «Er stöhnt» …

Von Corinna Rückert sind außerdem lieferbar:
«Lustschreie» (rororo 23962)
«Gestohlene Lust» (rororo 24277)
«Kammern der Begierde» (rororo 24616)

Corinna Rückert

Er stöhnt, sie stöhnt

Erotische Geschichten

Rowohlt Taschenbuch Verlag

Originalausgabe
Veröffentlicht im Rowohlt Taschenbuch Verlag,
Reinbek bei Hamburg, April 2009

Redaktion Kristine Kress
Umschlaggestaltung any.way, Cathrin Günther
(Foto: getty images)
Satz Deepdeene / Dante MT PostScript (InDesign) bei
Pinkuin Satz und Datentechnik, Berlin
Druck und Bindung CPI – Clausen & Bosse, Leck
Printed in Germany
ISBN 978 3 499 24893 1

Rosenhochzeit

«Hast du mir meinen Wunsch erfüllt?» Louise stellte diese Frage mit einem erwartungsvollen Glitzern in den Augen. Sie hatte beide Hände auf den Tisch gelegt und spielte mit den Fingerspitzen an dem Besteck. Ihre Nervosität war ihr deutlich anzumerken. Jack überlegte, ob er sie noch ein wenig zappeln lassen sollte, entschied sich dann aber, das Spiel zu beginnen – gleich hier und jetzt. Er nickte.

Das Paar hatte einen Tisch in seinem Lieblingsrestaurant reserviert. Der Platz befand sich in der hintersten Ecke des langgezogenen Lokals. Akkurate Reihen von weiß eingedeckten Tischen füllten den Raum, der mit seinen hohen Wänden und der mit Stuck verzierten Decke einen pompösen Anblick bot. Kellner in schwarzen Hosen, weißen Hemden und langen weißen Schürzen eilten umher, um die Gäste mit erlesenen italienischen Speisen zu verwöhnen. Der Duft von Trüffeln lag in der Luft. Jeder Teller mit der Hausspezialität «Risotto con Tartufo» wurde stets von zwei Kellnern gebracht. Einer servierte den dampfenden Reis, der in einer feinen Soße aus Wein, Gemüsebrühe und Sahne angerichtet war. Der andere hielt ein Holzbrett bereit, auf dem sich ein Trüffelhobel befand, und eine der sündhaft teuren weißen Erdknollen. Nachdem der Gast den Trüffel mit großem «Ah» und «Oh» begrüßt hatte, griff sich der erste Kellner Hobel und Pilz und schabte mit großer Geste ein Häufchen Trüffelscheiben auf das Reisgericht. Die Zeremonie wiederholte sich an jedem zweiten Tisch des Hauses, denn die versammelten Gäste wussten Außergewöhnliches zu schätzen. Ebenso wie Louise und Jack, die an diesem Abend ihren zehnten Hochzeitstag zelebrierten.

Gerade hatten sie ihre Bestellung aufgegeben: Zweimal Trüffelrisotto und dazu einen Gavi di Gavi aus dem Chateau Fontanafredda im Piemont, Jahrgang 2006. Der Kellner würde eine Weile brauchen, um die gewünschte Flasche aus dem Weinkeller zu holen, und so blieb ihnen ein wenig Zeit für den ersten Akt.

«Mach deine Hose auf, damit ich es sehen kann.» Louises Stimme zitterte vor Aufregung.

Jack stützte seinen Ellbogen auf den Tisch und tippte mit dem Zeigefinger an sein Kinn. Dabei hob er den Kopf zu einem hochmütigen Lächeln. Seine andere Hand verschwand unter dem Tisch. Jacks Stuhl stand in der Ecke des Raumes. Niemand saß hinter ihm, und von vorn war er durch das bodenlange Tischtuch vor neugierigen Blicken geschützt. Eine Weile geschah nichts, außer dass der kräftige Mann mit den dunklen Haaren sich auf seinem Stuhl zurücklehnte und wieder vorbeugte, als könnte er es gar nicht erwarten, dass endlich die Trüffel serviert wurden. Dann stützte er auch den zweiten Arm auf dem Tisch auf, faltete seine schlanken Hände unter seinem markanten Kinn und bedachte seine Frau mit dem Lächeln eines Zeus. Bevor er sich wieder auf seinem Stuhl zurücklehnte, warf er einen Blick über Louises schmale Schultern, um sich zu vergewissern, dass sich kein Kellner auf dem Weg zu ihrem Tisch befand. Jack nahm sich ein Stück Weißbrot und beugte seinen Rücken entspannt zurück. Kraftvoll zupfte er ein Stück Brot ab und schob es sich zwischen die sinnlichen Lippen, die immer noch mokant lächelten. Seine Fingernägel waren kurz gefeilt und drückten tief in das weiche Brot hinein. Er trug an diesem Abend ein weit aufgeknöpftes Sommerhemd und zeigte viel von seiner gebräunten Haut.

Louise beugte sich zu ihrem Mann vor, ganz die charmante Begleiterin, die ihm ein wohlformuliertes Kompliment ins Ohr flüstern wollte. Tatsächlich aber war sie sprachlos. Ihre

Augen weiteten sich ungläubig, als könnte sie nicht fassen, was sie gerade zu sehen bekam.

Jack hatte seine legere Sommerhose vollständig geöffnet. Er saß breitbeinig auf dem Stuhl und gewährte Louise Einblick in ein apartes Arrangement. Wie sie es sich gewünscht hatte, trug er keine Unterwäsche. Stattdessen hatte er einen silbernen Penisring angelegt, der sich um Hoden und Schaft zog. Was Louise noch nicht sehen konnte, waren die Feinheiten dieses Schmuckstücks, das er als Hochzeitsgeschenk hatte anfertigen lassen. Der Goldschmiedemeister, der sich auf die Herstellung erotischer Artefakte spezialisiert hatte, befand sich nur ein paar Häuser von seinem Restaurant entfernt in der gleichen Straße. Nun, die Besonderheiten seines Intimschmucks würde Louise in den nächsten Stunden noch entdecken können.

Jack winkelte das rechte Bein an, damit seine Ehefrau sich schon einmal Appetit holen konnte beim Anblick seiner nackten Scham. Louise schluckte. Ihre Gesichtsfarbe nahm einen frischen rosigen Ton an, und sie war fast froh, dass der Kellner sie aus ihrer hypnotischen Starre erlöste. Das Ritual des Weinkostens begann, doch Louise konnte sich weder auf die leichte Zitronennuance konzentrieren noch auf die goldengelbe Farbe des Weißweines in dem schmalen Kristallkelch. Sie nickte den Wein ab und war froh, als der Mann vom Service wieder verschwand.

«Was …» Sie musste sich räuspern. «Was ist das für ein Ring?»

«Find es heraus.» Jack wusste nun, dass seine Überraschung gelungen war.

Ihr Sexleben war bisher auch ohne große Experimente befriedigend gewesen. Wie in langjährigen Beziehungen nicht unüblich, hatte die Frequenz in den letzten Jahren nachgelassen. Aber Jack war überzeugt, dass ein guter Orgasmus alle paar Wochen besser war als ständig schnelle Nummern mit mäßiger Wirkung. Der Rosenhochzeitstag war dennoch ein guter Anlass, ihr Liebesleben wieder ein wenig in Schwung zu bringen. Und wenn er Louises tiefe Atemzüge richtig deutete, würde dieser Tag eine neue Ära einleiten.

Es dauerte nicht lange, und das Kellnerduo erschien mit den Speisen. Vorhin hatte Louise sich noch auf die kleine Zeremonie des Trüffelhobelns gefreut, doch nun wünschte sie sich, so schnell wie möglich wieder allein mit Jack am Tisch zu sein. Allein – unter den möglichen Blicken von zig Gästen. Die Vorstellung von Jacks nacktem Schwanz, der nur für sie sichtbar war, und das Wissen darum, sich mit vierzig, fünfzig anderen Menschen in einem Raum zu befinden, ließen ihre Nippel hart werden. Sie musste sich mit ihrem Stuhl ein wenig zur Seite drehen, damit kein aufmerksamer Beobachter die aufgerichteten Spitzen unter ihrem Kleid sehen konnte. Der dünne Satinstoff spannte sich über ihrer Brust, als sie tief Luft holte, um sich ihrem Essen widmen zu können. Das Risotto schmeckte vorzüglich, und das Aroma des weißen Trüffels entfaltete sich mit jedem Schluck des Gavi zur vollen Blüte. Aber Louise konnte an nichts anderes denken als an den fleischigen Schwengel ihres Mannes und den dünnen Ring darum. Rasch faltete sie die gestärkte Stoffserviette auseinander und hielt sie vor ihre Brust, da sich ihre Nippel immer kräftiger gegen den dünnen Kleiderstoff drängten. Unter dem Schutz des Tuches konnte sie ihre Knospen berühren und die Erregung genießen. Wärme breitete sich zwischen ihren Schenkeln aus, und sie ertappte sich dabei, eine Hand zwischen die Beine zu schieben, um sich daran zu reiben.

«Liebste», unterbrach Jack ihre Selbstvergessenheit. «Würdest du mir die Serviette reichen? Sie ist mir runtergefallen.»

Ohne nachzudenken, bückte Louise sich und hob das Tuch vom Boden auf. Als sie sich wieder aufrichten wollte, starrte sie direkt in den offenen Hosenstall ihres Mannes und entdeckte einen Teil des Ringgeheimnisses. Jack hatte sich so weit wie möglich in ihre Richtung gedreht und die Beine so weit gespreizt, wie es die Deckung des Tisches zuließ. Seine Hose klaffte auseinander, und Louise konnte eine dicke silberne Perle erkennen, die direkt auf der Peniswurzel ruhte. Im gleichen Augenblick schloss Jack die Beine wieder und schlug sie übereinander. Louise, die inzwischen wieder aufrecht saß, konnte sich vorstellen, welche Wirkung die Reibung der Perle an seinem Schwanz hervorrief. Ihr Mund fühlte sich plötzlich ganz trocken an. Sie leerte ihr Glas mit einem großen Schluck, und sofort eilte ein Kellner heran, der ihr nachschenkte. Dieses Spiel barg den Reiz des Entdecktwerdens in sich. Louise musste sich entscheiden, wie weit sie es treiben wollte. Ihr Mann hatte die Vorlage geliefert, und nun war es an ihr, den weiteren Verlauf dieses Abends zu bestimmen. Sie holte noch einmal tief Luft und begab sich in die Rolle, die Jack so an ihr liebte.

«Press deine Beine zusammen und beweg dein Becken!», befahl sie ihm. Überrascht weiteten sich seine Augen für einen Moment, und dann folgte er ihrer Anweisung. Sie sah, wie sich sein Körper in den Hüften wiegte, ganz sanft, kaum erkennbar für einen Außenstehenden. Aber Louise konnte an dem feuchten Glanz seiner blauen Augen erkennen, dass sich die Wirkung der Kugel bereits verstärkte.

«Drück deinen Rücken durch», sagte Louise zwischen zwei Gabeln voll Risotto. Jack machte ein Hohlkreuz und verlagerte damit sein Gewicht direkt auf die zusammengepressten Hoden. Er hielt das Besteck fest in den Händen und konnte sich nicht mehr auf das Essen konzentrieren. Mit ein paar geschickten Bewegungen massierte er seinen erwachenden Schwanz in Anwesenheit von über fünfzig fremden Menschen, die nichts von seinem ungeheuerlichen Tun wussten. Jack ließ den Blick schweifen, ohne seinen geheimen Akt zu unterbrechen. Er schaute sich die anderen Gäste genau an, erwiderte jeden Blick, der ihm galt, und lächelte auffordernd in die Runde. Mancher Mann lächelte zurück, fragend, ob sie sich vielleicht kannten. Und eine ganze Reihe von Frauen hob erstaunt die Augenbrauen, um gleichzeitig einen sehnsüchtigen Blick in Richtung dieses faszinierenden Mannes zu werfen, der eine unerklärliche erotische Ausstrahlung besaß. Jack spürte, welche Wirkung er hervorrief. Was wohl geschähe, wenn irgendjemand herausfände, was sich hinter dem Tischtuch abspielte? Vor seinem inneren Auge sah Jack eine orgiastische Szene, in der die Fremden sich die Kleider vom Leibe rissen und übereinander herfielen.

Ein plötzlicher Griff zwischen seine Schenkel holte ihn zurück in die Wirklichkeit. Louise hatte ihr Besteck auf den noch halbvollen Teller gelegt und sich ein Stück Brot genommen, das sie nun mit einer Hand vor ihren Mund hielt. Sie hatte sich wieder vorgebeugt und tat so, als würde sie ihrem Mann liebevoll den Schenkel tätscheln. Tatsächlich aber lagen ihre Finger direkt auf dem fleischigen Stab und tasteten nach der silbernen Kugel. Mit dem Zeigefinger fuhr sie über den Ring, folgte seinem Verlauf um den noch härter werdenden Schaft, rieb über die glatte Oberfläche des Metalls und verstärkte den Druck auf das anschwellende Rohr. Dabei sah sie ihrem Mann tief in die Augen und murmelte: «Zum Nachtisch hätte ich gern eine saftige Banane, mit köstlicher Sahnefüllung.» Sie glitt weiter an dem Silberring entlang und stutzte. Ihr Finger befand sich direkt unter den festen Hoden, wo sie eine Kette ertastete, die offensichtlich zwischen den Hinterbacken verschwand. Louise wäre der Sache am liebsten sofort auf den Grund gegangen, doch trotz der guten Deckung schien eine weitere Erkundung im Moment zu auffällig. Stattdessen nutzte sie die günstige Situation, schloss ihre Hand um den silbernen Ring und fuhr mit ihr langsam den inzwischen aufgerichteten Ständer entlang, bis sie die Spitze erreicht hatte. Ihr Mann schnappte nach Luft und versuchte, sich nichts anmerken zu lassen. Bevor seinem schönen Mund ein Stöhnen entweichen konnte, zog Louise ihre Hand zurück. Sie setzte sich bequem an den Tisch und strich mit dem Mittelfinger durch die Trüffelsoße auf ihrem Teller. Doch statt die sahnige Creme abzulecken, steckte sie sich den Zeigefinger in den Mund und lutschte genüsslich daran.

«Köstliches Aroma» war ihr einziger Kommentar, und Jack schenkte ihr ein sehnsüchtiges Lächeln. Dann beugte er sich über den Tisch und flüsterte: «Du hast noch nicht alles entdeckt.» Louise legte die Gabel zurück, die sie gerade zum Mund führen wollte. Sie ahnte bereits, was für ein Geheimnis ihr Mann noch vor ihr verbarg, und konnte sich nun nicht mehr zurückhalten.

«Zeig's mir!», forderte sie heiser. Jack rutschte auf dem Stuhl nach vorn, bis er nur noch mit halber Pobacke darauf saß. Louise hüstelte und bückte sich, als wollte sie die Riemchen ihrer Sandalen lockern. Mit einer Hand nestelte sie an ihren Schuhen, mit der anderen langte sie an den Hintern ihres Mannes. Rasch schob sie ihre Hand zwischen seine Pobacken und tastete nach der Silberkette. Sie verlief genau in der Ritze und schien an der Hüfte von einer weiteren Kette gehalten zu werden. Als Louise dem Verlauf folgte, entdeckte sie eine weitere Kugel, die von der Kette gegen die Rosette gedrückt wurde. Die Raffiniertheit dieses Schmuckstücks versetzte sie in Erstaunen. Woher nur hatte Jack eine solche Idee? Für einen Moment war sie versucht, ihren Mann auf den Tisch zu legen, um das aufwändige Arrangement genau in Augenschein nehmen zu können. Doch dann erinnerte sie sich wieder daran, wo sie sich befanden, und richtete sich ordentlich auf ihrem Platz auf.

«Du bist unglaublich!», sagte sie anerkennend, erhob ihr Glas und prostete ihrem Mann zu. «Auf die nächsten zehn Jahre.»

«Und auf einen interessanten Abend», erwiderte Jack und stieß mit ihr an.

«Was passiert, wenn du an der Kette um deine Hüften ziehst?», wollte Louise wissen.

«Mit ein bisschen Phantasie kannst du dir das vorstellen.»

«Mach es! Jetzt sofort!»

Jack leckte sich über die Lippen. Dann stemmte er spielerisch die Hände in die Hüften und lächelte seine Frau an. Seine Fingerspitzen tasteten durch den dünnen Stoff des Oberhemds nach der Kette, die sich um seine Taille schlang. Er nahm das silberne Band durch den Baumwollstoff hindurch zwischen Daumen und Zeigefinger und zog es langsam in die Höhe. Dass sich der Druck auf Kugel und Ring zu verstärken begann, konnte Louise an Jacks Gesicht ablesen. Winzige Schweißperlen bildeten sich über seiner Oberlippe. Unruhig rutschte der Mann auf seinem Stuhl hin und her. Wenn er es geschickt anstellte, konnte er sich auf der Stelle einen Orgasmus bereiten. Doch er war sicher, dass er dann mit seinem Stöhnen die Aufmerksamkeit des ganzen Lokals auf sich ziehen würde. Und so schnell wollte er diesem Abend noch kein Ende bereiten. Ein paarmal bewegte er seine Hüften noch, genoss für einen weiteren Moment die Hitze, die von dem Zentrum zwischen seinen Schenkeln aufstieg und sich in seinem ganzen Körper ausbreitete. Dann saß er wieder still und nahm das Besteck auf, um die Reste des Trüffelgerichts zu verspeisen.

Louise bewunderte die Selbstbeherrschung ihres Mannes. Es schien ihr fast, als hätte sich all ihr Blut in ihrer Klitoris gesammelt, die mit pochender Gier ihr Recht verlangte, während Jack wieder ganz entspannt wirkte. Zu ihrem Entsetzen winkte er gerade den Kellner heran und bestellte zwei Portionen Bananensplit zum Nachtisch. Erstaunlicherweise stand dieses amerikanische Dessert auf der Tageskarte des ansonsten ganz und gar italienischen Restaurants.

«Du wolltest doch Bananen zur Nachspeise, nicht wahr, mein Liebling?», raunte Jack und weidete sich an ihrem Bemühen, die Fassung zu bewahren. Als er sich vorbeugte, um ihr einen Kuss ins Ohr zu hauchen, legte er wie zufällig seine Hand auf ihren Oberschenkel, von wo aus er zielstrebig unter die Serviette wanderte, die inzwischen auf ihrem Schoß lag. Jacks Hand griff zwischen ihre Schenkel und massierte den Venushügel, bis Louise rot anlief und nach Luft schnappte. Sie spürte deutlich, wie die Wellen, die ihr pulsierendes Geschlecht aussandte, immer intensiver wurden. Mit Sicherheit hatte sie bereits einen ersten feuchten Fleck in ihrem Höschen, der sich hoffentlich nicht auf dem dünnen Stoff des Kleides abzeichnete. In Gedanken stellte sie sich Jack ausgestreckt auf dem Tisch vor, während sie seine Hand fest auf ihren Schamlippen spürte. Sie sah, wie er seine Beine weit spreizte und ihr sein Hinterteil entgegenreckte, damit sie seine Öffnung in Augenschein nehmen konnte. Bevor sie sich die gesamte Komposition seines schamlosen Schmucks vorstellen konnte, nahm er seine Hand fort, langte sich einmal zwischen die Beine und hielt ihr kurz darauf einen Finger zum Ablecken vor den Mund. Mechanisch streckte sie die Zunge aus und kostete den Lusttropfen, den er ihr darbot. Sie liebte seinen Geschmack. Ohne sich darüber Gedanken zu machen, ob jemand zu ihnen herübersah, saugte sie Jacks Finger zwischen die Lippen und leckte das ganze Sekret ab. Ihre Hände auf dem Tischtuch zitterten, sie blickte verklärt in die Ferne.

«Lass uns von hier verschwinden», flehte sie und machte schon Anstalten, sich zu erheben. Doch genau in diesem Moment kam der Kellner mit den Bananen-Eis-Kreationen, die er mit vollendetem Schwung vor ihnen platzierte, nachdem ein anderer Kellner die Speiseteller abgeräumt hatte.

«O nein», erwiderte Jack auf ihre Bitte. «Iss, damit du später bei Kräften bleibst.» In seinen Worten lag ein Versprechen, das ihr fast den Verstand raubte. Mit äußerster Selbstbeherrschung löffelte sie den Eisbecher, und mit jedem Bissen stellte sie sich vor, wie sie Jacks Schwanz lutschte. Dessen süßsaurer Geschmack vermischte sich mit dem Aroma von Vanille, Schokolade und Banane, und Louise war überzeugt, dass ihr noch nie ein Nachtisch so gut geschmeckt hatte wie dieser. Aus dem Augenwinkel nahm sie wahr, wie Jack an seiner Hose nestelte. Sie schaute von ihrem Bananensplit auf und bemerkte zunächst nur, dass er seine Hände wieder auf den Tisch gelegt hatte. Jack hielt seinen langstieligen Löffel in der Luft und balancierte eine Portion Vanilleeis mit Schokoladensoße vor seinem Mund. Dann schob er sich den Löffel zwischen die Lippen und schloss die Augen. Sein Gesichtsausdruck spiegelte die lüsternen Gedanken wider, denen er sich offensichtlich hingab. Louise konnte der Versuchung nicht widerstehen, noch einen Blick zu riskieren. Sie beugte sich elegant vor, und als sie genauer hinsah, war es fast um ihre Fassung geschehen. Jack hatte die Knöpfe seiner Hose um den aufgerichteten Ständer herum geschlossen, sodass der Phallus mit den zusammengepressten Kugeln wie eine perfekt geformte Statue vor ihm aufragte. So oft schon hatte sie ihren Mann nackt vor sich gehabt, hatte jeden Zentimeter seines männlichen Körpers erkundet, hatte ihm Lust bereitet und selbst Lust empfangen, aber die kleinen geheimen Spielchen an diesem Abend ließen seine Reize in einem ganz neuen Licht erscheinen. Sie wusste nicht, ob es die Öffentlichkeit war, in der er sich zeigte, oder ob es seine Schamlosigkeit war, die sich immer nur in kurzen Momenten offenbarte, aber sie hatte ihn noch nie so sehr begehrt wie hier zwischen all diesen fremden Menschen, die, ohne es zu wissen, Zeugen einer ganz besonderen Verführung wurden. Louise konnte ihre Augen nicht abwenden von der roten Spitze, die sich ihr entgegenreckte. Jack tat so, als würde er eine Hand auf seinen Schenkel legen, hatte jedoch in Wirklichkeit den Ständer zwischen Daumen und Zeigefinger. Er spielte mit dem Ring, zog an der kleinen Kugel, drehte das Schmuckstück mit den Fingerspitzen und genoss die Erregung, die seinen Körper erfasst hatte. Völlig unvermittelt warf er die Serviette auf den Tisch und beugte sich zu seiner Frau hinüber.

«Du zahlst, und ich gehe mich frisch machen. Du findest mich in der zweiten Kabine. Ich nehme dein Tuch auch gleich mit.» Mit diesen Worten schnappte er sich seine Jacke und Louises Abendstola, stand auf und entschwand mit wiegenden Schritten. Irritiert blieb Louise am Tisch zurück und überlegte, wie sie es schaffen sollte, ihm zu folgen, ohne mit den harten Spitzen, die sich in ihrem Kleid abzeichneten, Aufsehen zu erregen. Im Vorbeigehen hatte Jack offenbar die Rechnung geordert, denn wenige Augenblicke nach seinem Abgang stand der Kellner mit einem Tablett neben Louise. Auf die Frage nach der Zufriedenheit brummelte Louise eine kaum verständliche Antwort und überspielte ihre Unhöflichkeit mit einem großzügigen Trinkgeld, dem keine weiteren Konversationsversuche des Kellners folgten. Louise war erleichtert, ihre ganze Aufmerksamkeit wieder auf ihre feuchte Muschi richten zu können. Mechanisch griff sie nach ihrer kleinen Handtasche, und im gleichen Moment verstand sie, warum er ihren Schal mitgenommen hatte. Zusammen mit der Jacke war er eine perfekte Tarnung, hinter der sich auch die größte Beule mit feuchtem Fleck verstecken ließ. Louise erhob sich, hielt sich das Abendtäschchen elegant vor die Brust und strich sich das Kleid glatt. Dabei versuchte sie unauffällig, einen Blick auf ihr Hinterteil zu erhaschen, konnte jedoch nichts Verdächtiges erkennen.

Mit angewinkelten Armen, die Tasche fest an die Brust gedrückt, durchquerte Louise das Lokal und verschwand ebenfalls in dem Gang, der zu den Toiletten führte. Anstelle der üblichen zwei getrennten Räume für Damen und Herren hatte dieses Restaurant eine elegantere Lösung gefunden.

Es gab an gegenüberliegenden Seiten eines großen Raumes je drei einzelne Kabinen, alle geräumig und mit eigenem Waschtisch versehen. Louise hielt immer noch das Täschchen schützend vor ihren Oberkörper und schaute sich um. Es war gerade kein anderer Gast in Sicht, und so klopfte sie beherzt an die zweite Tür der Herrenkabinen. Sofort öffnete sie sich einen Spaltbreit, und sie konnte hineinschlüpfen. Als sie die Tür hinter sich zugezogen und den Riegel vorgeschoben hatte, bot sich ihr ein atemberaubender Anblick.

Jack stand nackt vor ihr, ein Bein auf den Toilettendeckel gestützt, die Hände in die Hüften gestemmt. Seine Sachen hatte er ordentlich an den Kleiderhaken gehängt. Alles, was er trug, war die Silberkette, die sich maßgeschneidert um seinen Unterleib wand, und der enge Penisring.

Louise wollte gerade zu einer wortreichen Lobeshymne auf ihren Mann ansetzen, als er ihr sanft seinen Zeigefinger auf den Mund legte.

«Sag nichts, meine Liebste. Zieh dich aus.» Er machte eine bedeutungsvolle Pause. «Und dann darfst du dir das Ganze aus der Nähe ansehen.» Verschmitzt lächelnd sah er seiner Frau dabei zu, wie sie fast das Gleichgewicht verlor, als sie sich so schnell wie möglich ihr neues Kleid vom Körper riss. Nackt bis auf ihre eleganten Riemchen-Pumps näherte sie sich ihrem Mann und dem verführerischen Arrangement, das er vor sich hertrug. Sie schlang ihre Arme um ihn und bedeckte sein Gesicht, seinen Hals, seinen Brustkorb mit zarten Küssen.

«Was für ein Hochzeitstag», murmelte sie, während ihre Lippen mit seinen harten Brustwarzen spielten. Ihre Hände strichen seinen Rücken hinunter. Jack stand da, streichelte Louises Nacken und überließ sich ihrer Neugier. Endlich hatte sie die Kette erreicht, die um seine Taille lag. Sie fuhr mit den Fingerspitzen an den Kettengliedern entlang. Eine Hand tastete sich nach vorn zu dem herrlichen Ständer, die andere glitt nach hinten, wo eine Kette zwischen Jacks Pobacken verschwand. Als Louise sich weiter nach unten tastete, hielt sie den Atem an. Gleichzeitig spürte sie den Silberring mit der kleinen Perle am Schaft und die hintere Kugel, die Jacks Hintereingang versperrte. Sie musste die Raffinesse dieses Schmuckstücks mit eigenen Augen sehen. Also kniete sie sich vor Jack und begutachtete das Arrangement, das seinen Phallus so gut zur Geltung brachte. Sie berührte die obere kleinere Kugel und massierte mit dem glatten Metall die Peniswurzel. Jacks leuchtend rote Eichel verriet den Zustand der Erregung, in dem er sich befand. Je durchbluteter sein Ständer wurde, desto größer wurde die Spannung des Intimschmucks. Louise umrundete mit dem Finger den ganzen Ring, der den mächtigen Phallus wie auf einem Tablett präsentierte. Er war mit glitzerndem Nektar gekrönt, der von der erhobenen Spitze tropfte. Mit der anderen Hand zog Louise ein wenig an dem hinteren Kettenglied und weidete sich an Jacks Stöhnen, das sie hervorrief. Sie spürte, wie sich die Muskeln seiner Hinterbacken spannten, und ahnte, dass Jack es nicht mehr lange aushalten würde. Aber sie hatte noch nicht alles gesehen, und so rieb sie ein letztes Mal über die zarte Haut seines Schwanzes, bevor sie sich der Hinterpforte widmete.

«Dreh dich um», flüsterte Louise. Seufzend drehte Jack seiner Frau den Po zu und beugte sich so tief nach unten, dass er sich mit den Händen aufstützen konnte. Mit weit gespreizten Beinen lieferte er sich den Blicken seiner Geliebten aus. Der Penisring saß fest um die prallen Hoden und schien Louises Aufmerksamkeit einzufordern, aber ihre Augen starrten auf die Rosette, die sich fest um einen silbernen Kettenring geschlossen hatte. Der Eingang hatte sich im Laufe des Abends so sehr geweitet, dass er die Silberkugel verschlungen hatte. Louises Finger, die noch feucht von den Lusttropfen waren, tupften über die straffe Haut um das

Poloch herum. Sie konnte die Kugel spüren, die sich dicht hinter dem Eingang befand. Langsam und genüsslich zog Louise an der dünnen Kette, und nach kurzer Gegenwehr öffnete sich das Löchlein, und das glänzende Metall kam zum Vorschein. Der Anblick war so faszinierend, dass Louise die Kette losließ, damit der kleine Schlund die Kugel erneut verschlingen konnte. Jack stöhnte laut auf, als der Eindringling zurückschnellte. Und sofort zog Louise wieder an dem silbernen Ring, bis die Kugel wieder zum Vorschein kam. Diesmal zog sie sie weiter heraus, ließ sie los, zog noch einmal, bis sie heraussprang und von außen gegen die Rosette drückte. Jacks Hinterteil begann zu zappeln, und Louise wusste, was er jetzt brauchte. Sie richtete sich auf und öffnete geschickt den Verschluss des Schmucks, um freie Bahn zu haben. Dann drehte sie ihren Mann um, positionierte seinen Ständer zwischen ihren saftigen Pfirsichhälften und rieb gleichzeitig mit dem Daumen über die gereizte Rosette.

«Vögel mich endlich!», flehte Jack seine Frau an. Und als hätte sie auf diese Aufforderung gewartet, trieb sie sein hartes Rohr in ihre Möse. Mit der gleichen Kraft stieß sie ihren Daumen in seinen Anus und bohrte ihn tief in sein enges Fleisch. Jack schrie vor Lust und stemmte sich den Stößen entgegen, mit denen er von vorn und hinten gefickt wurde. Sein ganzer Unterleib war in Aufruhr, pulsierte und jagte Ströme der Erregung durch seinen Körper.

«Warte», stöhnte Louise, die den Höhepunkt herannahen spürte. «Ich komme gleich! Ich …»

Sie durchbohrte die Lustpforte, noch einmal, zweimal. Beim dritten Mal blieb sie tief in dem heißen Fleisch ihres Mannes stecken und pfählte ihn. Jack keuchte, presste seinen Luststab in die pulsierende Möse, und dann ließ er los, ließ sich in den Strom seines Begehrens fallen und erwiderte die Kontraktionen der Scheidenmuskeln mit dem Pumpen seines Schwanzes. Es war, als würde er Louises Möse melken, der Ständer stieß in die weiche Frucht, und Jacks Stöhnen mischte sich in das Keuchen seiner Frau.

Zitternd verharrten die beiden in dieser Stellung und versuchten, wieder zu Atem zu kommen. Aus der Ferne hörten sie eine Toilettenspülung, jemand rüttelte an der Türklinke, und dann war wieder alles still, bis auf das Geräusch tiefer Atemzüge und das laute Klopfen ihrer Herzen.

Zärtlich streichelte Louise Jacks Pobacken, als sie sich langsam aus ihm zurückzog. Ihr Mann blieb noch einen Moment regungslos stehen, und sie konnte beobachten, wie sein Schwanz an Festigkeit verlor, obwohl das Blut immer noch durch den engen Ring aufgestaut wurde. Ihr ganzer Körper stand unter Strom, ihr Herz raste, und sie hatte das Gefühl, gerade den intensivsten Orgasmus ihres Lebens gehabt zu haben.

«Das war unglaublich», flüsterte Jack, der seine Stimme kaum beherrschen konnte. Ganz vorsichtig zog er sich den Ring vom nachgiebiger gewordenen Geschlecht. Dann ließ er heißes Wasser über das Silbergeschmeide laufen. Schließlich schloss er die Verbindungen der Kettenglieder und hängte sich den Intimschmuck wie eine ganz normale Kette um den Hals. Mit weichen Knien nahm er seine Hose entgegen, die Louise ihm hinhielt, und streifte sie sich über. Der Stoff fiel rau über seine Nacktheit, und nichts ließ erahnen, welcher Lust er sich eben noch hingegeben hatte. Auch Louise machte wieder einen ordentlichen Eindruck, nun, da sie sich angezogen hatte und mit der Stola über der Schulter auf ihren Mann wartete, der sich noch das Hemd zuknöpfte. Als hätte er sich nur eben die Hände gewaschen, verließ Jack die Kabine, sah sich kurz um und winkte dann seine Frau heraus. Arm in Arm gingen die beiden durch das Restaurant und ignorierten die erstaunten Blicke der anderen Gäste.

«Buona sera», rief ihnen der Kellner hinterher, bei dem sie vor über einer Dreiviertelstunde bezahlt hatten und der sich nun wunderte, warum die beiden jetzt erst das Lokal verließen.

Jack und Louise nickten ihm lächelnd zu, bevor Louise ihrem Mann galant die Tür offen hielt. Er drehte sich zu ihr um und meinte: «Wir sollten öfter essen gehen, was meinst du?» Louise blieb die Antwort schuldig. Sie konnte den Blick nicht von der Silberkette wenden, deren Ring und Kugel in Jacks offenem Hemdausschnitt hin und her wippten.

Der Beifahrer

«Was kann schon passieren?», hatte mein Bruder mich gefragt. «Ich rufe dich zur vereinbarten Zeit an, und wenn dir die Frau nicht gefällt, dann gehst du eben wieder.» Das klang so einfach, dass ich mich schließlich auf ein Blind Date mit einer Internet-Bekanntschaft eingelassen habe.

Ich sollte mich mit der Dame an einer Straßenecke treffen, am frühen Nachmittag, ganz unverfänglich. Ich wollte dann mit ihr durch die Einkaufsstraßen schlendern und später vielleicht noch einen Kaffee trinken, wenn wir uns nach der ersten halben Stunde noch etwas zu sagen haben würden. Aber als ich pünktlich am Treffpunkt erschien, gut gekleidet in Jackett und Hemd, war weit und breit niemand zu sehen, zu dem das Foto aus dem Internet gepasst hätte. Ich sah mich suchend um, und plötzlich hupte ein silberfarbener Mercedes neben mir. Eine Frau ließ das Fenster herunter, winkte mich wild heran und rief mir zu: «Sorry, ich habe keinen Parkplatz gefunden. Steig ein, dann musst du hier nicht länger warten.» Ihre Stimme klang angenehm und sympathisch, also folgte ich der Aufforderung und stieg in die Limousine. Sie reichte mir die Hand, lächelte und sagte: «Du siehst besser aus als auf dem Foto, eine nette Überraschung.» Dann fädelte sie sich in den rollenden Verkehr ein.

«Wie wäre es, wenn wir einen kleinen Ausflug machen?», fragte sie und sah mich neugierig von der Seite an. «Ich habe vor ein paar Tagen ein nettes Café entdeckt, in dem es selbstgebackenen Kuchen gibt. Wir können dort auch spazieren gehen, wenn du magst.»

Ihre ruhige und bestimmte Art gefiel mir, und ich fing an, mich zu entspannen.

An der nächsten roten Ampel drehte sie sich zu mir und sagte: «Du gefällst mir. Ich würde gern meinen Arm um dich legen.» Ich lächelte sie an und wusste nicht, was ich antworten sollte. Gibt es einen Verhaltenscodex für Blind Dates?

Die Ampel sprang wieder auf Grün, sie stellte die Automatik auf «Drive» und legte den Arm um meine Schultern. Als ihre Hand meinen Nacken zu streicheln begann, ließ ich es geschehen. Nicht unangenehm, dachte ich, und sagte laut: «Du duftest gut.»

«Mmh» war ihre einzige Antwort, und sie umfasste meinen Nacken fest mit der Hand. Ich ließ auch das geschehen und genoss die sanfte Massage. Ganz ungeniert begann sie, mit meinem Ohrläppchen zu spielen. Obwohl ich in Gedanken bei Spaziergang, Kaffee und Kuchen war, reagierte mein Schwanz. Was kann schon passieren?, wiederholte ich die Worte meines Bruders, und schaute wie unbeteiligt aus dem Fenster.

Mein Sitz war etwas weiter zurückgeschoben als ihrer, und so konnte sie nun bequem neben sich greifen und die Hand über meine Brust wandern lassen. Ganz beiläufig öffnete sie dabei einen Hemdknopf nach dem anderen und schob die Stoffbahnen auseinander. Ich wagte nicht einzuschreiten und war gleichzeitig gespannt, was sie als Nächstes vorhatte. Tatsächlich folgte der nächste Schritt sofort. Sie glitt mit der Hand unter das offene Hemd, tastete sich zu den Brustwarzen vor und zwickte sie mit den Fingern.

Ohne dass ich es verhindern konnte, reagierten sie auf Kneifen und Zwirbeln ihrer Fingerspitzen. Ich spürte, wie sich ein Kribbeln langsam im ganzen Körper ausbreitete und seinen Weg zu meinem Schwanz fand, der sich unaufhaltsam aufrichtete.

Während ich mich noch fragte, wie das Ganze weitergehen sollte, herrschte sie mich plötzlich an: «Mach die Beine breit!» Reflexartig spreizte ich die Schenkel und blickte sie verwirrt von der Seite an. Doch die Frau sah konzentriert geradeaus. Dann wanderte ihre Hand über meinen nackten Bauch und nestelte am Gürtel meiner Hose. Schnell schaute ich aus dem Fenster, ob uns jemand beobachten konnte, aber die anderen Autofahrer schienen nichts von den Vorgängen in diesem Wagen mitzubekommen.

«Entspann dich», forderte sie, «und zieh den Bauch ein!» Ihre strenge Stimme verursachte ein merkwürdiges Gefühl in meinem Magen. Oder war es der Unterleib? Alles in mir kribbelte, von den harten Brustwarzen bis hinunter zur Wurzel meines Ständers. Tatsächlich zog ich den Bauch ein, für einen kurzen Moment, der ausreichte, um den Hosenknopf zu öffnen. Zielstrebig arbeitete sie sich in den Hosenschlitz, dann in die Shorts hinein, wo sie mit festem Griff meine Rute packte. Ihr Arm war eingeklemmt in meiner Wäsche, und die Bewegung ihrer Finger zwang mich, tiefer in den Sitz zu rutschen.

«Mach die Beine breit, hab ich gesagt!» Sie presste die ganze Hand in meinen Schritt und zwang mich, die Schenkel noch weiter zu spreizen. Um nicht vom Sitz zu rutschen, musste ich mich am Türgriff festhalten. Ihre Finger lagen auf meinem strammen Schaft, und als sie fest zupackte, hielt ich den Atem an, um nicht laut aufzustöhnen. Wie sollte ich sie dazu bringen aufzuhören, wenn mein Körper derart eindeutige Signale sendete?

«Nimm ihn in die Hand!», forderte sie mich unvermittelt auf. Da ich nicht sofort reagierte, griff sie tiefer hinein, presste meine Kugeln fest zusammen und wiederholte: «Nimm ihn in die Hand und wichs ihn dir!»

Ihre Hand rieb unerbittlich über meine harte Rute, die lustvolle Wellen aussandte. Ich stöhnte und seufzte als Bestätigung, doch das war es nicht, was sie wollte. Ihre Finger zerrten meinen Schwanz aus der Ummantelung und legten auch die Eier frei. Mein Körper bäumte sich auf, und ich wünschte mir nichts sehnlicher, als es von ihr besorgt zu bekommen. Doch statt mich weiter zu massieren, schlug sie leicht mit der flachen Hand auf meinen Schaft und herrschte mich an: «Ich will, dass du deinen geilen harten Ständer packst und es dir machst.» Ich stöhnte, als sie ihre Hand noch ein paar Mal über die Eichel tanzen ließ.

Ooh, Mann, diese Frau wusste verdammt gut, was sie machte. Plötzlich ließ sie meinen Schwanz los und rieb die prallen Kugeln, die von der Unterhose hochgepresst wurden. Ich konnte nicht anders und griff mit der Rechten nach meinem Harten, während ich mit der Linken versuchte, ihr zwischen die Beine zu fassen. Für einen Moment ließ sie das Steuer los und schlug mir mit aller Kraft auf die Hand.

«Du willst noch mehr haben?», fragte sie mich. «Dann lass mich sehen, wie du dich wichst.»

«O jaaa, bitte», stöhnte ich, als sie wieder nach meinen Hoden langte und sie geschickt massierte.

«Aaaaahhh …»

«Macht dich das geil?», fragte sie.

«Jaaa …», stöhnte ich.

«Sag mir, wie sich das anfühlt», forderte sie und hob meinen Sack so weit an, dass meine wichsende Hand dagegenstieß.

«Es ist so geil», stieß ich hervor. «Ooohjaaa … nicht aufhören.» Und als ich erst einmal angefangen hatte, konnte auch ich nicht mehr aufhören. «Jaaa, knet mir die Eier … aaah … fester … jaa … komm … pack sie ganz fest … oohjaa … so ist es gut …»

Ihre Hand bearbeitete meine heißen Bälle, und ich stöhnte und flehte sie an, sie noch härter und fester zu packen.

«Mmmmhhhhjaaaa …» Ein letztes Mal ließ ich meine Hand auf meinem Prachthammer auf und ab schnellen. Dann schrie ich auf, als die Wellen eines gewaltigen Orgasmus in meinem Unterleib aufbrandeten. Ich presste meine Beine zusammen und klemmte ihre Hand mit meinen heißen Eiern ein. Doch sie herrschte mich wieder an: «Lass die Beine breit! Noch weiter … Du bist noch nicht fertig.» Und während mein Schwanz heftig zuckte und erlösende Wogen durch meinen Körper jagte, griff sie ihn noch einmal fest mit der Faust und pumpte auch die letzten Reste aus ihm heraus.

Völlig erschöpft brach ich auf dem Beifahrersitz zusammen und bemerkte erst jetzt, dass wir uns immer noch im Stadtverkehr befanden. Sie ließ ihre Hand auf meinem langsam erschlaffenden Penis und lenkte den Mercedes einhändig in eine Parkbucht. Dann stellte sie den Motor ab und wandte sich zu mir.

«Ich bin mit deiner Leistung zufrieden. Du hast eine Belohnung verdient.»

Ich sah sie fragend an und verstand sofort, als sie den Rock hochschob und darunter ihre nackte Möse zum Vorschein kam. Bevor ich jedoch selbst aktiv werden konnte, packte sie meinen Kopf und zog mich an den Haaren unnachgiebig zu ihrer Pussy, die bereits feucht glänzte. Ich presste meine Lippen gegen den nackten Hügel und stieß die Zunge in das salzige Tal hinein. Sofort stöhnte die Unbekannte auf und drückte meinen Kopf fester in ihren Schoß, der sich gierig meinem Mund öffnete. Die Frau griff in meine Haare und bewegte meinen Kopf in ihrem eigenen Rhythmus auf und ab, während ich gehorsam mit der Zunge ihren Kitzler massierte.

«Jaa, komm …», stöhnte sie und zwang meine Zunge tiefer zwischen ihre fleischigen Lippen. «O ja … leck meine Möse!» Ich gehorchte ihrem Befehl und saugte und leckte an dem heißen Fleisch, bis es zu pulsieren begann und eine heiße Ladung köstlicher Säfte in meinen Rachen rann. Die Frau hielt meinen Kopf gefangen, bis ich noch die letzten Tropfen aufgeleckt und geschluckt hatte.

Dann ließ sie mich los.

Als ich mich aufgerichtet und meine Kleidung notdürftig

geordnet hatte, langte sie mir ein letztes Mal zwischen die Beine, bis mein Riemen sich abermals rührte, und sagte schließlich: «Ich hoffe, du hattest einen angenehmen Nachmittag. Wenn du wieder Lust auf einen Ausflug hast, ruf mich an.» Sie strich zum Abschied mit dem Daumen über meine verschmierten Lippen und deutete dann auf die Tür. Benommen öffnete ich sie und stieg aus. Beim Ausparken konnte ich sehen, dass sie ihre Beine spreizte und die nasse Pussy am grauen Leder ihres Fahrersitzes rieb.

Ich blickte ihr verwirrt nach und spürte, wie mein Schwanz hart und fordernd gegen die Hose drückte. Das Handy klingelte. Ich drehte mich um und stellte verblüfft fest, dass ich wieder an der Straßenecke stand, an der ich zwei Stunden zuvor in ihren Wagen gestiegen war. Das Handy klingelte immer noch. Es war bestimmt mein Bruder. Ich würde ihn später zurückrufen.

Auf dem kurzen Weg nach Hause spürte ich mit jedem Schritt meinen prallen Ständer und die Nässe meines Ejakulats, das den Stoff des Hemdes durchtränkt hatte. In meinem ganzen Leben war ich noch nie so geil gewesen.

Wassermänner

Die Türen der Umkleidekabinen gingen fast bis zum gefliesten Boden, sehr viel tiefer jedenfalls als in allen anderen Schwimmbädern, die Nina kannte. Wenn man hier nachsehen wollte, ob sich jemand in der Kabine umzog, musste man sich auf den Boden legen. Das Schwimmbad war erst vor einem Jahr aufwändig saniert worden. Neben der Funktionalität sollte die Ästhetik eine größere Rolle spielen. Das Ergebnis war eine Symphonie sonniger Farben und gestalterischer Elemente, die an ein Luxushotel erinnerten. Tatsächlich schienen sich die Gäste in der neuen Badelandschaft sehr wohl zu fühlen, besonders die beiden, die sich in der verschlossenen Umkleidekabine befanden.

Nina ging noch einmal an der dunkelrot gebeizten Holztür vorbei und versuchte unauffällig zu lauschen. Entweder gab es hier schwerwiegende Probleme beim Anziehen – oder …

Bei der Vorstellung dessen, was sich möglicherweise hinter der Tür abspielen könnte, bekam Nina rote Ohren. Als Bademeisterin hatte sie den ganzen Tag halbnackte Leiber vor sich, von denen einige in den knappen Badehosen zum Anbeißen aussahen. Die anderen, weniger attraktiven, blendete sie einfach aus, es sei denn, sie befanden sich in einer eindeutigen Notsituation. An diesem Tag hatten zwei hübsche Burschen ihre ganze Aufmerksamkeit in Anspruch genommen. Sie waren bereits am frühen Morgen gekommen und hatten zwei Liegen vor der Panoramascheibe belegt. Den Tag hatten sie abwechselnd im Wasser verbracht und ausgestreckt auf ihren Handtüchern. Die Jungen mochten vielleicht siebzehn, achtzehn Jahre alt sein. Sie hatten die durchtrainierten

Körper von Schwimmern mit kleinen festen Ärschen, die sich wohlgerundet unter den nassen Badehosen abzeichneten. Nina war ein paarmal an ihnen vorbeigegangen, hatte ihnen freundlich zugelächelt und versucht, sie mit unverfänglichen Bemerkungen ins Gespräch zu ziehen. Ihre Antworten waren jedoch einsilbig geblieben als deutliches Zeichen ihres Desinteresses. Kurz vor Schluss der Öffnungszeit hatten sie schließlich ihre Sachen zusammengepackt und waren händchenhaltend zu den Umkleidekabinen gegangen. Eine Viertelstunde später war Nina ihnen gefolgt. Sie hatte den ganzen Tag versucht, sich vorzustellen, wie sie wohl gekleidet sein mochten – vielleicht mit lässig weiten Jeans, dazu ein enganliegendes T-Shirt. Nun hoffte sie einen letzten Blick auf die beiden werfen zu können, um ein besseres Bild von ihnen zu haben für ihre späteren Nachtphantasien.

Nina konnte sich eigentlich nicht beklagen, was ihre Wirkung auf Männer betraf. Aber weder ein fester Freund noch gelegentliche Affären konnten sie von ihrer Vorliebe für ihre intimen Stunden allein abbringen. Wenn sie am Tag einen besonders attraktiven Mann im Schwimmbad beobachtet hatte, dann bewahrte sie die Bilder vor ihrem inneren Auge auf und nahm sie mit nach Hause. Wenn sie dann allein im Bett lag, ließ sie den imaginären Mann zum Verführungskünstler werden, der es auf sie und ihre Muschi abgesehen hatte. Um sich den jeweils Auserwählten noch besser vorstellen zu können, hatte sich Nina einen besonderen Trick ausgedacht. Sie besaß eine Kamera, deren Objektiv über ein biegsames Teleskop mit dem Rekorder verbunden war. Manchmal gelang es ihr, dem Mann unauffällig zu folgen und zu sehen, in welche Kabine er ging. Dann konnte sie sich in die Nachbarkabine einschließen, den Teleskoparm vorsichtig unter den wuchtigen Holztüren hindurchschieben und den Mann beim An- und Auskleiden auf dem Monitor des Rekorders beobachten. Wenn er besonders delikat war, drückte sie auf den Aufnahmeknopf und ergänzte so die Gedächtnisbilder mit ein paar pikanten Aufnahmen.

An diesem Tag aber hatte eine Mutter mit drei kleinen Kindern sie aufgehalten und sie zu den Schwimmkursen befragt, die sie regelmäßig anbot. Geduldig hatte sie alle Fragen beantwortet und damit den Moment verpasst, als die beiden Wassermänner sich umziehen gingen. So lief sie nun durch die Gänge auf der Suche nach den Jungen, die sich vielleicht noch die Haare föhnen mussten. Als sie sie nirgends finden konnte, kehrte sie zu der Kabine mit den verdächtigen Geräuschen zurück. Nein, dies war eindeutig nicht das Ächzen eines Menschen, der sich in eine zu enge Hose zwängt. Außerdem hörte sie zwei verschiedene Stimmen. Nina sah sich um und schlüpfte links in eine leere Kabine, die sie sorgfältig verschloss. Dann holte sie ihre Kamera aus der Umhängetasche, die sie extra mit einem wasserdichten Innenfutter versehen hatte, um sie an dem feuchten Arbeitsplatz immer bei sich haben zu können. Sie schaltete das Display ein und hielt das Kameraauge an den unteren Rand der Tür, dann schwenkte sie das Teleskop und vergewisserte sich, dass niemand in der Nähe war, der sie bei ihrem verbotenen Tun beobachten konnte. Schließlich schob sie den Kameraarm unter der Tür durch und manövrierte ihn zur Nebenkabine. Die Holztüren waren so massiv, dass ein Außenstehender das Teleskop nur entdecken konnte, wenn er sich auf den Boden legte.

Nina tarierte das Miniobjektiv aus, bis sie das Geschehen in der benachbarten Kabine auf dem Display abgebildet bekam, und erkannte zu ihrer Freude die beiden Jungen wieder. Sie waren nicht damit beschäftigt, ihre nassen Sachen zu sortieren oder sich abzutrocknen, so viel stand fest. Aber was genau sich in dem Raum neben ihr abspielte, konnte Nina auf den ersten Blick nicht erkennen. Ihr Rekorder zeigte ihr das Gesicht des einen Jungen, das sich gefährlich tief zu dem kleinen Kameraauge hinunterzubeugen schien. Der Schöne hatte die Augen glücklicherweise geschlossen. Seine nassen Haare umrahmten das Gesicht in dunklen Wellen, von denen einzelne Wassertropfen hinabfielen. Plötzlich ruckte das Gesicht nach vorn, und Nina konnte deutlich ein Klatschen hören. Wieder zuckte das Gesicht auf dem Display, begleitet von einem weiteren klatschenden Geräusch. Nina bewegte das Teleskop vorsichtig an der Türkante entlang, um unbemerkt herauszufinden, was sich hinter dem Jungen abspielte. Die Bilder verschwammen, während die Kamera sich neu fokussierte. Nina zoomte, so weit es ging, auf Weitwinkel, und endlich konnte sie einen größeren Ausschnitt des Kabinengeschehens erfassen.

Der Junge mit den langen Haaren schien sich auf einen der niedrigen Hocker zu stützen, die in jeder Umkleidekabine bereitstanden. Er war tief nach vorn gebeugt und vollkommen nackt. Hinter ihm stand sein kurzhaariger Freund, und auf den ersten Blick sah es so aus, als würde er seinem Begleiter den Rücken eincremen. Doch dann ruckte der Kopf des Jungen wieder nach vorn. Er hatte einen Schlag auf seinen hochgereckten Po bekommen, der seinen Körper vorschnellen ließ. Sein Gesicht wirkte jedoch nicht so, als hätte dieser Schlag wehgetan. Sein Mund war zu einem genießerischen Lächeln verzogen, und die Augen blieben geschlossen, als wollte er sich ganz auf das intensive Gefühl dieser besonderen Berührung konzentrieren. Die Schläge, die seinen Körper in Bewegung versetzten, kamen immer schneller. Plötzlich jedoch verharrte das Gesicht auf dem Display, und der Mund öffnete sich zu einem Stöhnen.

Nina schob die Kamera, so weit es ging, am Türrahmen entlang, um genauer sehen zu können. Als das Wackeln auf dem Display nachließ und sich das Objektiv wieder scharfgestellt hatte, wurde Nina Zeugin einer rasanten Masturbationsszene. Die Pobacken, die sie nun direkt vor Augen hatte, leuchteten rot in dem schummrigen Licht. Sowohl Ritze als auch Hoden waren deutlich von hinten sichtbar und präsentierten sich ihrer heimlichen Beobachterin in so schamloser Offenheit, dass es seine Wirkung nicht verfehlte. Während Nina das Pochen in ihrer Möse spürte, versuchte sie, die Kamera ruhig zu halten und möglichst viel von dem Geschehen nebenan aufzuzeichnen. Jetzt war nicht die Zeit für ihre einsamen Spielchen. Später würde sie ihre Möse fest reiben, wenn sie sich die Bilder noch einmal auf ihrem Flachbildschirm ansehen würde.

Jetzt musste sie sich zusammenreißen, um die beste Perspektive zu finden und dabei die Aufnahme nicht zu verwackeln.

Die eine Hand des stehenden Jungen streichelte gerade die geröteten Pobacken, die andere machte sich an der auseinanderklaffenden Spalte zu schaffen. Mit den Fingern spreizte er die geschwollenen Backen, fast als wollte er dem Zuschauer zeigen, wie willig sie waren. Schnell zoomte Nina näher heran und hatte nun die feuchte Rosette in Großaufnahme auf dem Display. Die Arschbacken waren so prall und rot, dass Nina das Wasser im Munde zusammenlief. Während die Finger den Kelch spalteten, kam die andere Hand dazu und griff zwischen den Schenkeln nach dem erhobenen Luststab. Zwei Finger pressten sich auf den kleinen Schlund und begannen, ihn zu reiben. Gleichmäßig, mit kreisenden Bewegungen bearbeiteten sie die enge Öffnung, wurden immer schneller, glitten auf der nachgiebigen Pforte hin und her.

Nina sah die masturbierende Hand, die über die feuchtglänzende Rosette jagte, und die andere, die den prallen Ständer bearbeitete, und hörte gleichzeitig kleine, spitze Schreie, die sich zu einem Stakkato steigerten und plötzlich mit einem Keuchen endeten. Die eine Hand zitterte, verharrte und presste sich auf den geschwollenen Stab. Beide, Hand und

Ständer, waren mit dem feuchten Ejakulat überzogen, und Nina meinte, den Duft der Lust wittern zu können.

Während die Bademeisterin in ihrem Versteck noch nach Luft rang, kam wieder Bewegung in die Szenerie auf dem kleinen Bildschirm. Die Flächen lösten sich auf, Farben flimmerten, und das Objektiv sendete nur verschwommene Bilder. Schnell zoomte Nina wieder zurück, um den sicheren Moment abzupassen, das Kameraauge unbemerkt zurückziehen zu können. Doch die Jungen hatten immer noch nicht damit begonnen, sich anzukleiden. Der eben noch aktive Kurzhaarige lehnte nun nackt an der hinteren Kabinenwand, und sein Gespiele kniete vor ihm nieder. Er hatte beide Hände zwischen die Schenkel des stehenden Freundes geschoben und näherte seinen Kopf dem dargebotenen Schoß. Nina versuchte, mehr von der Szene einzufangen als die inzwischen fast trockenen Haare des Knienden. Sie rangierte mit Teleskop und Zoom, bis sie ein scharfes Bild von einer vorschnellenden Zunge und einer nackten Eichel erhaschte. In der Hitze des Moments drehte der Stehende sein Becken noch ein wenig, sodass Nina die besten Bilder vom zweiten Akt der Verführung aufzeichnen konnte. Der Junge mit den langen Haaren hatte den köstlichen Stab seines Gefährten weit nach oben gebogen, sodass die prallen Hoden sichtbar wurden. Mit der ganzen Fläche seiner Zunge fuhr er über die Eier, bevor er die Zungenspitze in dem glänzenden Spritzloch des Ständers versenkte. Kurz und fest stieß er in die kleine Öffnung. Das Lecken wirkte sicher und geübt. Wie oft mochten die beiden Jungen diese Spiele schon miteinander getrieben haben? Ob sie wohl manchmal die Rollen tauschten und sich dann der kurzhaarige Schöne den Popo versohlen ließ? Nina freute sich schon auf den Moment, in dem sie ihren Phantasien freien Lauf lassen würde. Die beiden Wassermänner boten eine wunderbare Inspiration für die Stunden, die nur ihr allein gehörten. Sie würde in Gedanken dafür sorgen, dass sie ihre Spielchen weitertrieben, sich gegenseitig zu Liebesdienern machten und ihren jungen Schwänzen tabulose Lust schenkten. Vielleicht würde sie noch ein paar Fesseln in ihre Phantasien einbauen oder gar eine lederne Reitgerte, die sie auf die runden Backen schnellen lassen würde. Nina konnte es kaum noch erwarten, die Badeanstalt endlich zu verlassen, um sich ihrem liebsten Hobby widmen zu können.

Ein verhaltenes Stöhnen aus der Nachbarkabine holte sie in die Gegenwart zurück. Die Zunge des knienden Jungen wühlte an dem erhitzten Ständer des Freundes. Der Leckmuskel vollführte Kapriolen und trieb das Lustzentrum zu ungeahnten Höhenflügen. Jetzt nahm der Langhaarige seine Hand zu Hilfe, mit der er den Schaft massierte, in festen Bewegungen auf und ab. Die Hände des Liebkosten, die eben noch schlaff an seinem Körper herabhingen, griffen plötzlich nach den Haaren des Zungenkünstlers. Sie packten den Kopf des willfährigen Jungen und zogen ihn fester auf das unersättliche Geschlecht. Dann wippte der Kopf rhythmisch vor und zurück, und Nina wurde Zeugin, wie der harte Schwanz den geöffneten Mund fickte. Das Schauspiel dauerte nur ein paar Stöße, dann wurde der Kopf fest auf den Ständer gepresst. Der stehende Junge wurde von einem heftigen Orgasmus erschüttert, dessen wellenförmige Explosion sich über den halbverschlungen Schwanz auf seinen knienden Liebesdiener übertrug. Dessen Kopf zuckte, und Nina hörte ein schlürfendes Geräusch.

Wie gern hätte sie jetzt von den fließenden Säften gekostet. Ihre Möse schmerzte, und die Erregung wühlte in ihren Eingeweiden. Nur mit äußerster Anstrengung konnte Nina sich daran hindern, die ersehnte Erlösung sofort herbeizuführen. Wenn sie jetzt ihrer fordernden Begierde nachgab, würde sie sich später einer umso größeren Lust berauben. In ihrem Zimmer vor dem großen Fernseher würde sie zweimal, vielleicht sogar dreimal kommen können, wenn sie sich jetzt zusammenriss. Mit zusammengebissenen Zähnen zog sie das Kamerateleskop vorsichtig in ihre Kabine zurück, schaltete es aus und verstaute es lautlos in der Spezialtasche. Nebenan war das Seufzen und Stöhnen inzwischen einer harmloseren Geräuschkulisse gewichen. Die Jungen lachten, spornten sich an und hantierten mit Schuhen und Taschen. Es dauerte nicht lange, und ihre Kabinentür öffnete sich. Entspannt plaudernd verließen die beiden den Umkleideraum und gingen zum Ausgang.

Nina kauerte mit ihrem feuchten Fötzchen in der Ecke und versuchte, an Kühlschränke zu denken und Hotdogs und Wasserbojen, bis die Spannung in ihrem Schoß langsam wich. Mühsam erhob sie sich und drapierte die Umhängetasche vor dem unübersehbaren Fleck in ihren Shorts. Wahrscheinlich hatten alle Badegäste schon längst die Schwimmhalle verlassen, und die Putzkolonne war bereits im Anmarsch. Sie spähte aus der Kabinentür und schlüpfte schnell in den menschenleeren Gang. Sie hatte es jetzt eilig, rannte fast zum Ausgang, wo sie der Kassiererin, die noch mit der Abrechnung beschäftigt war, kurz zunickte. Dann stand sie in der kühlen Abendluft und atmete tief durch. Ihr Fahrrad stand ein paar Meter weiter um die Ecke. Als sie um das Gebäude herumging, stutzte sie. Die beiden Jungen kamen ihr entgegen. Sie gingen Arm in Arm, und als sie mit ihr auf gleicher Höhe waren, warfen sie ihr einen herausfordernden Blick zu. Dabei grinsten sie. Dann sahen sie sich an und liefen davon.

Luke schmiegte sich in die Umarmung der Frau an seiner Seite. Er fühlte sich geborgen in ihren Armen und genoss den Moment der Ruhe, bevor sie sich in den Trubel ihrer gesellschaftlichen Verpflichtungen stürzen mussten. Sie war zu einer Premierenfeier eingeladen, und er durfte sie begleiten, sich das erste Mal mit ihr in der Öffentlichkeit zeigen.

Viel später an diesem Tag, als er im eleganten Abendanzug neben ihr über den roten Teppich schritt, wurde ihm bewusst, warum sie ihn gewarnt hatte. «Betrachte es als Spiel», hatte sie ihm geraten, und nun wusste er, warum. Er war stolz darauf, ihr Gefährte zu sein, doch in den Augen der Außenstehenden war er offensichtlich nichts weiter als ihr Spielzeug. Ein junger Kerl, mit dem sie sich schmückte. Auch sie hatte die Blicke bemerkt, die ihrer neuesten Eroberung galten, und sie empfand sie als schmeichelhaft. Sie sonnte sich in dem Glanz seiner Jugend, lächelte über die missgünstigen Blicke der Männer und die neidischen der Frauen. Sie hatte alles, was sie wollte: Ansehen, Berühmtheit, Geld und einen jungen Geliebten an ihrer Seite, der die wenigen privaten Stunden mit seiner heiteren Unbeschwertheit erfüllte. Mit großer Geste zog sie ihren Begleiter hinter sich her. Sein weißer Anzug leuchtete neben ihrem schlichten schwarzen Kleid.

Luke hielt den Kopf tapfer erhoben. Er wusste es besser als die gaffende Meute. Die Schauspielerin war seine Seelenverwandte. Es herrschte ein inniges Verständnis zwischen ihnen, das jedem Zweifel an der Aufrichtigkeit ihrer Gefühle widerstand. Er liebte sie und sehnte sich danach, sie glücklich zu machen.

«Träumst du?» Sie riss ihn aus seinen Gedanken. «Ich muss jetzt ein paar Worte zum Publikum sagen. Warte im Foyer auf mich. Wenn es im Kino dunkel geworden ist, schleiche ich mich raus und komme zu dir.» Sie tätschelte kurz seinen Po und verschwand mit den anderen wichtigen Leuten, die an diesem Film mitgearbeitet hatten.

Der junge Mann blieb allein zurück und trat unschlüssig von einem Bein auf das andere. Er hatte sich diesen Abend etwas anders vorgestellt, vor allem dass er ihn an ihrer Seite verbrachte und als der neue Mann in ihrem Leben wahrgenommen werden würde. Nun stand er hier und musste sich in Geduld üben. Eine Ewigkeit schien zu vergehen, bis sich die Tür zum großen Saal wieder öffnete und die Heldin des neuesten Senator-Films heraustrat. Sie sah sich nach allen Seiten um, winkte ihm verstohlen zu und eilte dann in einen schmalen Flur, der zu den Notausgängen führte. Luke folgte ihr.

Als er den Gang erreichte, war die Frau seiner Träume verschwunden, doch schon hörte er ein leises «Psst» und wurde in eine schummrige Kammer gezogen. Es roch nach Putzmitteln, und er fragte sich, woher sie diesen verborgenen Raum kannte.

«Komm her zu mir, mein Liebling!» Die Schauspielerin schlang ihre Arme um seine schmalen Hüften und küsste seine Lippen. Er schmiegte sich zum zweiten Mal an diesem Tag in ihre Umarmung, doch diesmal schlief sie nicht, und ihr Atmen war nicht ruhig und gleichmäßig, sondern heftig und voller Begehren. Sie drängte ihn in dem engen Raum gegen die Wand und presste ihren Körper gegen den seinen. Die Lüsternheit seiner Geliebten raubte ihm fast den Verstand und kroch in seinen Unterleib. Atemlos erwiderte er ihre Küsse, sein Sonnengeflecht bebte unter ihren Berührungen und sammelte die Erregung wie in einem heißen, brodelnden Geysir.

«Nimm mich!», flüsterte Luke, als sie bereits seinen Hosenschlitz öffnete und ihre Hand in seine Shorts schob. Sie tastete sich zwischen seine Beine, rieb über das gewölbte Geschlecht und schob die Unterhose herunter. Ihre Finger pressten sich auf die geschwollenen Hoden, fanden die empfindliche Kuppe seines Schwanzes und begannen ihr geübtes Spiel. Sie reizte die kleine Öffnung, während ihre Lippen die zarte Haut am Hals ihres Geliebten erforschten. Luke schmolz unter ihren kundigen Händen, unterwarf sich willenlos ihrem Begehren und schließlich ihrer fordernden Möse, in deren nassen Schlund er eindrang. Die Schauspielerin drückte ihn an die Wand, trieb sich seinen Stab tief in ihr Innerstes. Und Luke sog sich an ihren Lippen fest. Er umfasste ihren Nacken mit seinen schönen Händen und zog sie fester an sich, immer fester, so als wollte er sie nie mehr loslassen. Die Schauspielerin vögelte den jungen Mann tief und gleichmäßig. Sie wusste, wie er es liebte, und unterstützte ihre kräftigen Stöße mit den Fingerkuppen, mit denen sie die anschwellenden Hoden massierte.

«Jaaa …», stöhnte Luke. «Ohjaaa …!» Er ließ sich treiben auf den Wellen der Erregung, die durch seinen gesamten Körper schwappten und lustvolle Stromstöße aussandten. Das Beben verstärkte sich zu heißen Eruptionen, und die Finger der Schauspielerin vollendeten das Werk, das ihre Möse begonnen hatte. Als Lukes Körper erzitterte und er keuchend den erlösenden Höhepunkt erreichte, hielt sie mit ihren Stößen inne und wartete, bis er langsam wieder bei Sinnen war. Dann raunte sie ihm ins Ohr: «Küss mich … küss mich!»

Er umschloss ihre Lippen und stieß seine Zunge in ihren Mund, doch bald merkte er, dass es nicht das war, was sie von ihm wollte, denn sie löste sich aus seiner Umarmung und trat einen Schritt zurück. Als bedurfte es noch einer weiteren Erklärung, legte sie ihre Hände sanft, aber bestimmt auf Lukes Schultern, bis er vor ihr auf die Knie sank und ihr nasses

Geschlecht küsste. Er sog den Duft seiner eigenen Lust ein, deren Sekrete sich auf ihren intimen Lippen verteilt hatten. Mit weicher Zunge umrundete er die geschwollene Knospe, bevor er die Liebesmuschel ganz in sich aufnahm. Er saugte an der harten Perle, ließ sie zwischen seine Lippen gleiten und strich mit den Zähnen über die samtige Haut. Langsam steigerte er die Intensität seines Leckens, ganz langsam, bis er merkte, wie sich die Lust im Schoß seiner Geliebten ausbreitete und er allein den Zeitpunkt bestimmen konnte, um sie zu erlösen. Er spielte mit ihr und ließ sie spüren, dass nicht sie es war, die über ihn verfügte, sondern dass er der Herr ihrer Lust war. Die Schauspielerin stöhnte hemmungslos. Und dann ließ er sie kommen, verstärkte den Druck auf ihre pulsierende Möse, bis es aus ihr herausquoll und der Saft in seinen Mund strömte. Er schluckte ihren Nektar und leckte auch den letzten Tropfen von den bebenden Lippen, um sie sich ganz einzuverleiben und sie zu einem Teil seines Körpers werden zu lassen.

Als auch ihr Höhepunkt langsam abebbte, verharrten die beiden für einen innigen Moment in der schummrigen Kammer, bevor sie ihre Kleider ordneten und einen letzten zärtlichen Kuss tauschten.

«Wir sehen uns später auf der Party», sagte Lukes Geliebte. Dann öffnete sie die Tür einen Spalt und schlüpfte hinaus in die Stille des leeren Kinofoyers. Der junge Mann lehnte sich an die Wand und genoss das Nachbrummen in seinen Eingeweiden. Noch nie hatte eine Frau ihn so virtuos geliebt.

Er seufzte. Ganz sicher, dachte er, ganz sicher werde ich bald der neue Mann an ihrer Seite sein …

Tiger der Lust

Ich sitze allein in meinem Büro. Es ist niemand mehr im Haus. Nur du treibst dich hier noch herum, in meinen Gedanken, meinem Begehren, meinem Körper …

Bist du auch allein? Hast du Zeit für mich?

Ich sehne mich nach dir und deiner Lustspenderin. Kannst du mich sehen? Ich habe die Beine unterm Schreibtisch gespreizt und meine Hose geöffnet. Ich trage nichts drunter, nichts, was deinen lüsternen Blick stören könnte auf mein Geschlecht, das sich nach deinen samtigen Lippen sehnt.

Ja, komm her zu mir, kriech unter den Schreibtisch und genieß den Anblick meines nackten Schwanzes. Gefällt er dir, mein Tiger mit dem geschorenen Pelz? Soll ich dir zeigen, was sich noch in den Falten der Hose verbirgt?

Aah, sieh genau hin!

Kannst du das Tigerauge erkennen? Ich necke es mit meinen Fingern, damit es eine erste Träne für dich vergießt. Willst du das salzige Sekret kosten? Ja, nasche von dem köstlichen Nektar, der nur deinetwegen fließt. Lass mich deine raue Zunge spüren. Komm näher, damit dir keine Einzelheit entgeht.

Ich reibe das gierige Tier zwischen meinen Schenkeln, lasse es wachsen für deinen Leckriemen.

Mmmh, so ist es gut! Leck meinen Schwanz, zeig mir, was du kannst. Ich stecke ihn dir tief zwischen die Lippen, damit du meine Rute verschlingen kannst.

Oh, mir ist so heiß. Ich muss mein Hemd öffnen. Sieh hinauf zu meinen Muskeln. Ihre harten Rundungen drängen durch den Stoff. Schnell, ich knöpfe alles auf, damit du meine heißen Brustwarzen sehen kannst. Ich kann mir vorstellen, was du jetzt willst. Aber nein, bleib auf deinen Knien und leck mich, lass deine Zunge spielen, sauge dich fest an meinem Ständer, bis mir die Sinne schwinden.

Du machst das so gut! Spürst du die Hitze, die sich in meinem Inneren ausbreitet? Heiße Lava sammelt sich in meinem Leib, während deine Zunge auf meinem Schaft tanzt.

Na komm! Zier dich nicht … Pack meinen gierigen Tiger mit deinen Fingern.

Jaaa … fester … Ich will dich spüren!

Press deine Zunge auf meine Lustkuppe, während du mich mit den Fingern wichst. Fühl mich in deinem Mund und verbrenn dich nicht an meiner Glut. Ich bin so heiß und gierig.

Oooh … jaaa … wichs mich schneller … fester …

Ich schmelze unter deine rauen Zunge …

Ich zerfließe …

Ich brülle vor Lust …

Jetzt … JETZT …

Der Makler

Sie stand vor ihm und sah ihn lächelnd an. Die Einladung, die sie ausgesprochen hatte, stand zwischen ihnen im Raum. Er betrachtete sie und dachte nach. Ihr lockiges Haar fiel ihr frech in die Stirn und ließ sie mädchenhaft erscheinen. Ihre dunkelbraunen Augen blickten ihn offen an. Unschuldig, dachte er unwillkürlich, aber konnte er ihr auch vertrauen? Er wusste, worauf er sich einlassen würde, wenn er jetzt ja sagte. Wollte er es? Sie hatte ihm von ihren geheimen Wünschen erzählt, für die ihr Mann keinerlei Verständnis aufbrachte. Sie hatte ihm gebeichtet, welche Bilder sie vor Augen hatte, seit sie sich das erste Mal begegnet waren. Und sie hatte ihm auch erklärt, warum er es sein musste und kein anderer Mann. Er habe etwas in ihr ausgelöst mit seiner strengen Art, dem akkuraten blonden Kurzhaarschnitt und den maßgeschneiderten Anzügen, die er stets trug, wenn er seine Kunden besuchte. Auch sie war seine Kundin gewesen und hatte ihn als versierten Makler kennengelernt. Doch nun wollte sie etwas ganz anderes von ihm. Und er überlegte, ob er bereit war, es ihr zu geben.

«Haben Sie den Schlüssel dabei?», fragte sie in ihrer sanften Art. Er nickte und schluckte bei dem Gedanken an die leere Wohnung, die er ihr gestern gezeigt hatte. Sie lag im obersten Stock eines luxuriösen Wohnhauses und war von keiner Seite einsehbar. Aus unerfindlichen Gründen war ein einzelner Küchenstuhl in der ansonsten ausgeräumten Wohnung verblieben. Und dieser eine Stuhl hatte ihre Phantasie entfesselt. Sie hatte ihm die Bilder beschrieben, die das Möbel in ihr wachgerufen hatte. Diese Szenen hatten ihn erregt und beunruhigt, und als er jetzt darüber nachdachte, spürte er erneut, wie die Erregung ihren Weg fand, während zugleich eine unbestimmte Furcht seinen Verstand gefangen hielt.

Was würde passieren, wenn er seine selbstgezogenen Grenzen überschritt? Wollte er wirklich herausfinden, was sich auf der anderen Seite befand? War er bereit, die Kontrolle aufzugeben, mit der er sein Leben fest im Griff hatte? Er wusste, dass es nur einen einzigen Weg gab, das herauszufinden. Er musste ja sagen und ihr den Schlüssel aushändigen. Er bräuchte nur die Verantwortung über das abzugeben, was in den nächsten Stunden passieren würde. Dann würde er wissen, welche Facetten er in sich trug.

Wortlos griff er in seine schmale Aktentasche und holte den Schlüssel hervor. Er legte ihn vor sich auf den Tisch und sah der Frau in die Augen. Ihr schönes Gesicht zeigte keinerlei Regung. Sie hatte es nicht eilig, und es schien ihm fast, als gehörte dieser Moment des Schweigens schon zu ihrem Spiel, als hätte sie alles von langer Hand geplant und er folgte nun einer längst festgelegten Dramaturgie. Aber von diesem Moment an brauchte er sich keine Gedanken mehr darüber zu machen, welche Rolle er zu spielen hatte. Die Verantwortung lag allein in ihren schlanken Händen, die über den Tisch griffen und den Schlüssel aufnahmen.

Sie hatten kein Wort miteinander geredet, bis sie vor der verschlossenen Wohnungstür standen, die sie ohne zu zögern aufschloss und für ihn offen hielt. Scheinbar schüchtern, mit gesenktem Blick, ging er an ihr vorbei, als hätte er vorher geprobt, wie er seine Rolle zu spielen hätte.

«Bleib stehen» waren ihre ersten Worte, und der Ton, in dem sie sprach, ließ keinen Zweifel daran, dass auch sie in ihre Rolle geschlüpft war. Er hielt in der Bewegung inne und wartete. Die Frau ließ die Tür zufallen und schloss sie wieder ab. Den Schlüssel steckte sie in ihre Jackentasche. Sie betrachtete den Mann, der ihren Blick erwiderte und dabei seine Aktentasche fest umklammert hielt, als könnte das feingegerbte Leder ihn vor ihren Blicken schützen. Der Anzug, den er heute trug, war von dunklem Blau, die Jacke so eng anliegend, dass sie seinen durchtrainierten Körper betonte. Alles an ihm wirkte korrekt und durchdacht, und mit seiner eleganten Aktentasche im Arm erweckte er den Eindruck, als würde ihm ein wenig Kontrollverlust mal ganz guttun. Sein Anblick schien der Frau noch besser zu gefallen, jetzt, da er seine Entscheidung getroffen hatte und sie über ihn verfügen konnte. Sie kostete den Augenblick sichtlich aus, genoss seine aufkeimende Unsicherheit.

Langsam ging sie um ihn herum und betrachtete ihn von allen Seiten. Er war das genaue Gegenteil von ihrem Ehemann, mit dem sie tatsächlich schon Pferde stehlen gegangen war. Das heißt, sie hatten sich zwei Friesenpferde von der Koppel ihres Nachbarn ausgeliehen, waren mit ihnen über frischgemähte Herbstwiesen geritten und hatten sich dann auf einer kleinen Waldlichtung geliebt. Die Romantik dieser filmreifen Szene war damals nur dadurch gestört worden, dass ihr Mann sie auf den Rücken geworfen hatte, um sie wild stöhnend zu vögeln. Sie hatte auf dem Waldboden gelegen und sich seiner unbändigen Lust ergeben, während sie in Gedanken die Rollen tauschte, ihn auf den Boden zwang und ihn wie wild ritt. Bis heute war diese Phantasie unverwirklicht, denn ihr Mann war nicht bereit dazu, sich zu unterwerfen, nicht im Alltag und schon gar nicht in der Liebe.

Als sie ihre Runde beendet hatte, blieb sie ganz dicht vor dem attraktiven Makler stehen und sog den Duft seines Rasierwassers ein, der sie an Freiheit und Abenteuer erinnerte. Obwohl der junge Mann mit der Schlüsselübergabe offensichtlich seine Einwilligung gegeben hatte, war sie nun unschlüssig. In ihrer Phantasie war alles so einfach gewesen. In Gedanken hatte sie ihn gepackt, ihn mit einem unwiderstehlichen Kuss in die Knie und schließlich auf den Boden gezwungen. Sie hatte am Abend zuvor unter der Dusche masturbiert und sich dabei vorgestellt, wie sie seine Hose aufriss, den harten Schwanz befreite und ihn bestieg. Während die heißen Wassertropfen über ihre Brüste geperlt waren, hatte sie in Gedanken seinen Ständer fest in ihre enge Muschiöffnung gleiten lassen und ihn so heftig gefickt, dass es ihr schon nach ein paar imaginären Stößen gekommen war und sich ihr Sekret mit dem heißen Strahl der Dusche vermischt hatte. Aber in Phantasien zu schwelgen war eine Sache, sie in die Tat umzusetzen eine völlig andere.

Das merkte auch der junge Mann, der sich an seiner Aktentasche festhielt und darauf wartete, dass die Frau die Initiative ergreifen würde. Sie hatte ihm auf den ersten Blick gefallen mit ihrem mädchenhaften Charme und dem entwaffnenden Lächeln. Sie war nicht viel kleiner als er selbst. Und der Kontrast ihres geblümten Rockes und der lässigen Lederjacke neben seinem Designer-Outfit hatte etwas Herausforderndes, was ihn berührte und Bilder von abenteuerlichen Ausflügen in die Natur in ihm wachrief. Obwohl er sie nicht näher kannte, vertraute er ihr. Er wäre ihr auf der Stelle in die Wildnis gefolgt oder eben in eine verlassene Wohnung, die genug Raum bot für die anderen Bilder – die, von denen sie ihm erzählt hatte.

«Stell die Tasche ab und knöpf deine Jacke auf», befahl sie ihm plötzlich. Wie in Trance folgte er ihrer Order. Kaum hatte er den letzten Knopf des Jacketts geöffnet, streckte sie ihre Hände aus und berührte seine Brustmuskeln, die sich leicht unter dem weißen Hemd wölbten. Sie folgte den Muskelsträngen und umspielte sanft seine Brustwarzen. Dann begann sie, auch die Knöpfe seines Oberhemds zu öffnen. Federleicht strich sie mit den Fingerkuppen über den Rand der Stoffbahnen und entrang dem reglosen Mann einen ersten Seufzer. Als wäre dies ihr Stichwort gewesen, trat sie hinter ihn und packte fester zu. Dann zog sie das Hemd so weit auseinander, dass die rosigen Brustwarzen ans Licht kamen. Zwischen Daumen und Zeigefinger hielt sie sie fest wie saftige kleine Rosinen, die verspeist werden wollten. Der halbentblößte Mann rührte sich noch immer nicht. Er wartete auf ihre weiteren Befehle und genoss die Aufmerksamkeit, die sie seinem Körper schenkte. Sie trat noch näher an ihn heran und ließ ihn die Wärme spüren, die von ihren Brüsten ausstrahlte. Die Lederjacke hatte sie achtlos auf den Boden geworfen. Nun trug sie nur noch den glockigen Rock und ein T-Shirt. Durch die dünnen Stoffe, die sie trennten, konnte sie das leichte Zittern spüren, das ihn durchfuhr, als sie sanft in seine Knospen kniff und diese ein wenig in die Länge zog, um sie zu reizen. Den Brustkorb fest umfassend, drückte sie den jungen Mann an sich, damit er ihre üppigen Brüste spüren konnte. Sie rieb ihre Rundungen an seinem Rücken und deutete leichte, stoßende Bewegungen an, wie um ihm zu zeigen, was ihn noch alles erwartete. Er ließ sich gegen ihren Körper fallen und stöhnte leise, als sich die sanften Stöße auf seinen Unterleib übertrugen und sich seine Muskeln zusammenzogen. Unwillkürlich spreizte er die Beine, damit sein anschwellendes Gemächt sich besser erheben konnte. Die Bewegung war ihr nicht verborgen geblieben, und sie ließ ihre Hände tiefer wandern über seinen nackten Bauch, über den engen Bund seiner Hose bis hinunter zu seinen Schenkeln, bis sich ihre Fingerspitzen in der Mitte seiner Schenkel trafen. Unendlich langsam strich sie an seinen Beinen hinauf und berührte schließlich die Erektion in seiner Hose. Mit einem plötzlichen Griff packte sie seine Schenkel und schob sie so weit auseinander, dass sie mit den Fingern die Genitalien durch den dünnen Stoff erkunden konnte. Die Knie des Maklers gaben ein wenig nach, als sie ihre Hand auf seinen Hodensack presste und ihn leicht knetete. Die Frau war offensichtlich zufrieden mit dieser Reaktion und packte fester zu. Mit einer Hand massierte sie die Wölbung, mit der anderen griff sie nach seinen Brustmuskeln und ließ die Fingernägel über die weiche Haut streifen. Dann wechselte sie die Position ihrer Hände und massierte die Brustwarzen, während der Ständer unter ihren Fingern immer mehr wuchs und sich der Atem des Mannes beschleunigte.

Abrupt trat die Frau einen Schritt zurück. Ihre überraschend starken Hände verhinderten, dass der Makler ins Schwanken geriet. Sie schob ihn von sich und befahl ihm in ihrem ruhigen Ton, still zu stehen und auf sie zu warten. Er konnte hören, wie ihre Schritte sich entfernten und dann wieder näher kamen. Das Klacken von Holz auf Holz sagte ihm, dass sie den Stuhl geholt und diesen hinter ihn gestellt hatte. Tatsächlich spürte er ihre Hände auf den Schultern, die ihn hinunterdrückten und ihn zwangen, sich auf der glatten Sitzfläche niederzulassen. Willenlos ließ er sich dirigieren und verharrte in der vorgegebenen Position, bis sie vor ihn trat, sich breitbeinig vor ihm aufbaute und ihren Rock hochhob. Sie trug keine Unterwäsche.

«Dein Schwanz ist so hart, dass er wohl nicht mehr lange warten kann, stimmt's?»

Er schwieg und betrachtete gebannt die sicheren Bewegungen ihrer Hände, mit denen sie ihm ihre nackte Möse darbot. Sie strich mit den Fingerspitzen über die blassroten Lippen und legte die kleine Perle frei, die sich rund und fest auf ihn richtete und ihn zu hypnotisieren schien. Mit der einen Hand spreizte sie die Pforten zu ihrem geheimen Reich, mit der anderen zwang sie seinen Kopf hinunter. Der sitzende Mann konnte sehen, wie die Knospe zitterte, bevor sie seine Lippen erreichte. Die Frau hatte einen Fuß auf seinen Schenkel gestellt und führte seinen Kopf unnachgiebig zu ihrem Lustzentrum, und er öffnete den Mund, fuhr mit der Zunge um die Perle herum und stupste sie mit der Spitze an.

Sie schmeckte köstlich, und so wusste er, dass dieses kleine Vorspiel ihre Sinne bereits in Aufruhr versetzt hatte.

Während er seine Zunge weiter über die Klitoris tanzen ließ, beugte sich die Frau vor und presste ihre Möse an die geöffneten Lippen des Mannes und zwang ihn, sie in sich aufzunehmen. Er öffnete folgsam den Mund und verschlang die Mösenfrucht, bis er kaum noch Luft bekam. Seine Zunge rieb über die fleischigen Fältchen, und ehe er nach Atem ringen musste, zog sie sich von seinem Mund zurück, der nun feucht glänzte. Er öffnete schon wieder seine Lippen für einen weiteren Vorstoß, doch die Frau trat abermals einen Schritt zurück. Sie hakte den Rock auf und ließ ihn hinabfallen. Ihre Beine waren wohlgeformt und die Scham in ihrer Mitte zu einem hübschen Dreieck gestutzt. Völlig unerwartet packte die Frau Hemd und Jacke und streifte sie über seine Schultern bis über die Stuhllehne, sodass seine Arme gefangen waren und er nicht mehr nach der reifen Frucht greifen konnte, die sich ihm so lüstern darbot. Dann knöpfte sie seine Hose auf und schob sie auseinander, sodass nur noch die Unterhose seine Nacktheit verbarg. Doch auch für dieses letzte Hindernis hatte sie eine Lösung. Sie griff nach dem Bund der geknöpften Boxershorts und riss ihn mit einem Ruck entzwei, der die kleinen Hornknöpfe springen ließ. Mit sicherem Griff packte sie seinen harten Schwanz, den sie samt den prallen Hoden aus der zerrissenen Unterhose befreite. Schließlich richtete sie sich wieder auf und betrachtete zufrieden ihr Werk. Die muskulöse Brust des Maklers hob sich mit jedem Atemzug, während er den Blick gesenkt hielt und unter seinen Wimpern sichtlich fasziniert die gleichmäßigen Bewegungen ihrer Hand an ihrer Möse verfolgte.

Die Frau genoss den Anblick seiner zur Schau gestellten Verletzlichkeit. Und sie rieb ihre Muschi ganz langsam, um die Vorfreude zu verlängern, die sie bei dem Gedanken daran erfüllte, was sie als Nächstes mit ihm vorhatte. Sie konnte es kaum noch erwarten, ihn stöhnen zu hören. Sie wollte die Herrin über seine Lust sein, und sie wollte, dass er sie anflehte, ihn endlich zu ficken und ihn von der Spannung zu erlösen, unter der er augenscheinlich stand. Mit der einen Hand weiter ihre Möse reibend, stellte sie sich zwischen seine gespreizten Schenkel und griff mit der freien Hand nach seinem Schwengel. Geschickt entblößte sie die Eichel und presste den Daumen auf die kleine Öffnung mit dem glitzernden Freudentropfen. Sie spürte das Zucken seines Unterleibes unter ihren kreisenden Bewegungen und verstärkte den Druck auf seine Kuppe, bis sein Atem schneller wurde und er unruhig auf dem Stuhl hin und her rutschte.

«Halt still!», befahl sie ihm und nahm die Finger von seinem Ständer, damit er sich beruhigte. Doch kaum saß er wieder still, griff sie erneut nach der Rute und wichste sie schnell und sicher. Sie ließ die Finger tanzen und spürte, wie sein Ständer unter ihrer Faust zu zucken begann. Sofort ließ sie seinen Schwanz los, damit er sich wieder etwas abkühlen konnte. Sie wollte noch ein wenig mit der Unterwürfigkeit des Maklers spielen, bevor sie ihre eigentliche Phantasie umsetzen würde.

Mit beiden Händen packte sie seine Knie und presste sie fest zusammen, sodass sie sich breitbeinig über ihn stellen konnte. Sie beugte sich vor und streifte mit ihren Brüsten seine Lippen, die sich willig öffneten, die Knospen abwechselnd in sich aufnahmen und an ihnen lutschten. Mit leichtem Hin und Her ihres Oberkörpers ließ sie die Brüste in seinen Mund gleiten und genoss das Saugen und Lecken, das den Höhepunkt schneller heranpeitschte, als ihr lieb war. Nein, den Gipfel wollte sie noch nicht erreichen, aber wenn sie ihn nicht bald fickte, würde der letzte Akt nicht ausreichen, um ihn zum Schreien zu bringen. Ohne Vorwarnung entzog sie ihm ihre Brustspitzen. Seine feuchten Lippen blieben leicht geöffnet, und er wartete gehorsam. Er war so unglaublich sexy in seiner kühlen Beherrschtheit, die in krassem Widerspruch stand zu dem heftigen Atem, der seine Brust hob und senkte, und der offenbarten Nacktheit seines aufgerichteten Geschlechts. Er hatte die Beine wieder leicht gespreizt, ohne dass sie es ihm befehlen musste, und so griff sie noch einmal nach seinem Ständer. Doch diesmal drang sie tiefer vor und schob ihre Finger zwischen seine Schenkel bis zu der engen Ritze und presste ihre Handfläche fest gegen seine prallen Eier. Sie beugte sich vor und berührte mit den Lippen sein blondes Haar, sodass er ihren Atem hören konnte und die leisen Worte, die sie ihm zuraunte: «Du bist so heiß, meine Schöner. Sag mir, dass ich dich ficken soll! Ich will es aus deinem Mund hören. Bitte mich darum!»

«Ja», stöhnte er, «tu es!»

«Nein!» Sie blieb unerbittlich. «Sag es!»

«Nimm mich!», stöhnte er, als sie die Finger fest um seinen Schwanz schlang. «Fick mich!»

Ehe er wusste, wie ihm geschah, griff sie in seinen Blondschopf und zog seinen Kopf in den Nacken. Mit einem wilden Kuss saugte sie sich an seinen Lippen fest, die noch nach ihrem Saft schmeckten. Ihre Hand packte seinen Ständer und dirigierte ihn zwischen die nassen Pforten ihres geheimen Tores.

Überwältigt von dem Ansturm ihrer Lust, stöhnte der Makler auf. Sein Stöhnen wurde zu einem heiseren Keuchen, als sie die Schwanzkuppe gegen ihre Mösenöffnung drückte. Sie war so heiß und so nass, dass sie seine Rute verschlingen wollte, und die Frau senkte sich dem Phallus entgegen und spreizte ihre Mösenlippen, so weit es in dieser Position nur ging. Mit einem kräftigen Stoß versenkte die Frau seinen Ständer in der willigen Pforte. Sie schob ihn so tief in die warme Nässe, bis sein Schambein die Torbögen berührte, die dem weiteren Eindringen Einhalt geboten. Der Mann spürte die Kraft, mit der sich das willige Fötzchen seinem Ständer entgegenstemmte, und er wurde mitgerissen von der stöhnenden Wollust der jungen Frau, die ihn rittlings fickte.

«O ja!», keuchte sie zwischen zwei Stößen. «Vom ersten Moment an wollte ich dich ficken ...»

Sie geriet immer mehr in Fahrt. Ihre Stöße wurden schneller, und sie stieß unkontrollierte Laute der Lust aus. Der Makler bäumte sich auf wie ein wilder Hengst, der schon lange auf seine Stute gewartet hatte. Die leeren Wände der Wohnung hallten wider von seiner Geilheit und ihrem Begehren, das sich mit jedem Stoß steigerte.

Während der Mann spürte, dass er die Flut nicht mehr lange zurückhalten konnte, langte die Frau mit einer Hand zwischen ihre Beine und griff in die samtige Nässe, die zwischen den Fickstößen aus ihrer Spalte hervortroff. Sie presste die Finger auf ihre geschwollene Klitoris. Gleichzeitig hielt sie mit der anderen Hand die Lehne des Stuhls fest, der bei ihrem wilden Ritt bereits zu schwanken anfing. Ihre Faust krampfte sich um das raue Holz, die Finger griffen in das heiße Mösenfleisch, und sie vögelte den Mann, bis er in einer gewaltigen Eruption seine Ficksahne verschoss. Mit den letzten pumpenden Stößen erreichte auch die Frau den Höhepunkt, begleitet von heftigen Schreien, die in der hallenden Leere der Wohnung verklangen.

Mit letzter Kraft stieg die Frau vom erschlaffenden Schwanz des Maklers ab. Sie war verschwitzt, erschöpft und zutiefst befriedigt.

«Ich nehme die Wohnung», murmelte sie mit heiserer Stimme. Während sie notdürftig ihre Kleidung richtete, zwinkerte sie ihm zu. «Und den Stuhl würde ich gern als Andenken behalten. Ich komme morgen in Ihr Büro, um den Vertrag zu unterschreiben.»

Der Makler saß ermattet auf dem Holzstuhl. Die zerrissenen Shorts ragten aus seiner geöffneten Hose, und er betrachtete sie gedankenverloren. Als er wieder aufblickte, lächelte er die Frau an, die sich zu ihm herunterbeugte und ihn auf den Mund küsste.

«Ich werde diesen Tag nie vergessen», sagte sie und winkte müde zum Abschied. «Danke!»

«Bis morgen also», erwiderte der Makler und blickte ihr nach, bis sie die Tür hinter sich geschlossen hatte. Dann erhob er sich mühsam vom Küchenstuhl.

Unterwerfung, dachte er, als auch er sich wieder anzog und die Reste seiner Shorts in der Hose verstaute. Das ist vielleicht das Geheimnis des Erfolgs, aber ich sollte mir zukünftig billigere Unterwäsche kaufen …

Sie hatte sich eine solche Aussicht immer gewünscht. Jede Wohnung, in die sie in den letzten Jahren gezogen war, hatte sie zuerst auf ihren Ausblick überprüft. Vorzugsweise abends, wenn es dunkel wurde und sie unbemerkt bleiben konnte, wanderte sie von einem Fenster zum nächsten und schaute hinaus. Sie hatte vieles zu sehen bekommen in den Jahren: streitende Paare, weinende Kinder, lärmende Partys, Supermärkte, Straßen, Häuserwände, Parkanlagen, einzelne Bäume. Nur das, was sie zu beobachten erhoffte, hatte sich nie gezeigt. Bis zu diesem Moment, der sie zum ungünstigsten aller Zeitpunkte erwischte.

Sie hatte gerade geduscht und vergessen, ein frisches Handtuch mit ins Bad zu nehmen. Nun lief sie triefend am Fenster vorbei zum Schrank mit den Badelaken. Doch so weit kam sie nicht. Ihr Blick blieb an einer ungewöhnlichen Bewegung in der Nachbarwohnung hängen. Sie hatte den Studenten, der dort allein wohnte, schon oft beim Lernen, Lesen oder Telefonieren beobachtet. Noch nie hatte er Besuch empfangen oder ihr, seiner heimlichen Beobachterin, einen einzigen verfänglichen Anblick gegönnt. Das Badezimmer, das wohl auf der anderen Hausseite lag, hatte er stets bekleidet betreten und mindestens in Shorts oder Bademantel wieder verlassen. Es gab nicht einmal Hinweise auf ein wie auch immer geartetes Privatleben. Er war ein fleißiger Student, sonst nichts.

Doch dieses Bild, das sie von ihm hatte, entsprach offensichtlich nicht ganz der Wahrheit.

Durch das Fenster auf der anderen Straßenseite konnte sie die Silhouetten zweier Personen erkennen, die in einen stillen Tanz vertieft waren.

Sie blieb stehen und starrte hinüber. Zu ihren Füßen hatte sich bereits eine kleine Lache gebildet, und die Verdunstungskälte zog ihre Haut zusammen. Fröstelnd wurde sie sich ihrer Nacktheit bewusst.

Den beiden Tanzenden gegenüber schien dagegen warm zu werden. Der Student löste sich aus der Umarmung, ging zum Fenster und öffnete die Flügel weit in die kühle Nacht hinein. Ein leichter Wind bewegte die vorgezogenen Gardinen und ließ die Menschen dahinter von Zeit zu Zeit sichtbar werden. Auch seine Beobachterin öffnete ihr Fenster in der Hoffnung, dass der Wind die Musik zu ihr herüberwehen möge. Tatsächlich glaubte sie, den leisen Rhythmus eines Bossa nova zu erkennen. Eingehüllt in die Dunkelheit ihres unbeleuchteten Zimmers, fühlte sie sich sicher genug, noch näher an ihr Fenster heranzutreten. Die beiden Menschen, die sie beobachtete, drehten sich im Takt der Musik, und als sie genauer hinsah, erkannte sie in der Tanzpartnerin einen Mann, der seine Arme um den kräftigen Hals des Studenten geschlungen hatte.

Die Frau am Fenster stutzte. Es war ihr nie in den Sinn gekommen, dass die erste Einladung in seine Wohnung einem Mann gelten würde. In ihrer Phantasie hatte sie ihn immer in den Armen einer Frau gesehen und sich vorgestellt, dass sie selbst es wäre, die den Knoten seines Bademantels öffnete, um seinen nackten Körper zu erforschen. Viele Male hatte sie hier am Fenster gestanden, die Hand an ihrem erwachenden Geschlecht, während sie dem Studenten in Gedanken ein anderes, aufregenderes Leben angedichtet hatte. Vielleicht war sein Leben spannender, als sie es sich vorstellen konnte.

Der zweite Mann war etwas kleiner als der Student und hatte den schmalen Rücken einer Tänzerin, sodass er von hinten durchaus als Frau hätte durchgehen können. Doch nun, da die wehende Gardine einen genaueren Blick ermöglichte, erkannte die Voyeurin die männliche Statur, die sich unter einem engen T-Shirt abzeichnete. Der Tänzer, wie sie ihn nun nannte, hatte trainierte Brustmuskeln und einen sinnlichen Mund, der sich gerade zu dem Studenten hinabbeugte und seinen Hals erkundete. Den Kopf weit zurückgebogen, gab sich der Kräftigere der beiden den tastenden Lippen hin, während die Hände seines Besuchers langsam zu seinem Nacken wanderten und seinen Kopf stützten.

Die Intimität dieser Geste berührte die Frau am Fenster so sehr, dass sie für einen Moment versucht war, die beiden in ihrer Liebkosung allein zu lassen, um sie nicht mit ihren begehrlichen Gedanken zu stören. Aber ihr Blut hatte sich bereits aus ihrem Verstand zurückgezogen und war in ihre Vagina geströmt. Es pochte in den weichen Lippen und lenkte ihre Aufmerksamkeit ganz auf dieses Zentrum.

Die Frau strich über die Gänsehaut, die inzwischen ihren ganzen Körper bedeckte. Sie ließ ihre Hände über die üppigen Brüste gleiten, spürte die langsam trocknende Feuchtigkeit und gelangte schließlich zu ihrer erregten Klitoris, die sich nach der warmen Berührung ihrer Finger sehnte. Den Blick fest auf das verschlungene Paar gerichtet, rieb sie ihr Geschlecht.

Die beiden Männer auf der anderen Straßenseite waren so tief in ihr schwüles Spiel versunken, dass sie nicht bemerkten, wie der Wind mit einem kräftigen Stoß die Gardine zur Seite wehte, wo sie sich an einem Stuhl verhedderte und den Blick auf die ganze Szenerie freigab. Die Lippen des Tänzers hatten sich zum Mund des Studenten hochgeküsst und verweilten dort in inniger Verschmelzung. Seine Hände dagegen waren in Bewegung und strichen die Wirbelsäule hinunter, immer tiefer, bis sie die Rundungen der Hinterbacken erreichten und dort ihre Kreise zogen. Der Student schmiegte sich in die Umarmung und rieb sich am männlichen Körper seines Gespielen. Im Hintergrund war noch immer der Bossa nova zu hören, der den Takt der Berührungen vorzugeben schien.

Die Frau am Fenster rieb die strammen Lippen ihrer Möse in langsamem Auf und Ab. Ihre Hand arbeitete gleichmäßig und schien keine Eile zu haben. Als der Student ein Bein zwischen die Schenkel des anderen schob und seinen Brustkorb massierte, griff die Voyeurin nach ihren Brüsten, die nun schwer und weich in ihrer Hand ruhten.

Das Spiel der beiden Männer wurde immer heftiger, und als die Leidenschaft ihre Zärtlichkeiten überrollte, rissen sie sich die Kleider vom Leib und warfen sich nackt auf den Boden, auf einen weichen Flokati, der anscheinend nur für diesen einen Moment dort gelegen hatte.

Es war ein lüsternes Bild, das sie ihrer Beobachterin boten. Der Student lag ausgestreckt auf der weichen Unterlage und spreizte wollüstig seine Schenkel. Der Tänzer warf sich auf ihn und begann die festen Muskeln des Liegenden zu liebkosen. Hingebungsvoll umrundete seine Zunge die roten Brustwarzen, seine Zähne knabberten an den erigierten Knospen, und seine Lippen saugten an dem kräftigen Fleisch. Gleichzeitig griff er mit der Rechten zwischen die gespreizten Schenkel des anderen und massierte seinen Penis mit sicheren Bewegungen. Dabei hatte er das Bein des Studenten fest auf sein eigenes Geschlecht gepresst und rieb sich daran im gleichen Takt, wie sich seine Hand auf dem Schwanz des Freundes bewegte. Das begehrliche Miteinander der beiden wirkte vertraut. Sie umschmeichelten ihre Körper, labten sich aneinander, spielten ein sinnliches Spiel der Lust.

Die Beobachterin presste ihre Hand fest auf ihre nasse Möse, während ihr Blick an den nackten Körpern der beiden Männer hing. Sie sah, wie der Student sich aufbäumte, als sein Gespiele die Finger um sein gieriges Geschlecht schloss, bemerkte, wie der Tänzer seinen Luststab immer heftiger an dem Bein rieb, das sich zwischen seine Schenkel presste. Der Student stemmte sich gegen die muskulöse Brust des Mannes, der sich in wilder Leidenschaft über ihn gebeugt hatte. Er knetete und zupfte an den tiefroten Spitzen. Dann hob er seinen Oberkörper an, um an den kleinen Knospen saugen zu können, während der Liebkoste den Kopf in den Nacken warf und offensichtlich die Gier genoss, die durch seinen Leib brandete.

Die Voyeurin spürte, wie die Erlösung ihres Schoßes immer schneller herannahte. Sie versuchte, den Moment hinauszuzögern, wartete auf die sicheren Zeichen für den Höhepunkt des Liebesspiels auf der anderen Seite der Straße. Die Bewegungen der Männer wurden schneller, fordernder, ihre Hände griffen in festes Fleisch, ihre Körper rieben sich aneinander und peitschten sich gegenseitig auf den Gipfel ihrer Wollust.

Die Frau mit der pulsierenden Möse keuchte, und sie hörte das Stöhnen der Männer, das sich zu einem einzigen Schrei der Lust steigerte. Ihre Leiber zuckten, ihre Münder waren weit geöffnet, als sie gemeinsam den Höhepunkt erreichten.

Einen kurzen Moment hielt die Frau inne, genoss den Anblick dieses entrückten Schauspiels, bevor sie ihrer eigenen Gier den letzten Anstoß gab und ihre Vulva explodieren ließ.

Keuchend, erschöpft stand die Frau am Fenster. Ihr Sekret tropfte in die Pfütze am Boden. Sie würde zu spät zu ihrer Verabredung kommen, aber sie wusste nun, dass sie die richtige Wohnung gefunden hatte.

Dessous-Dieb

Einmal im Monat gönne ich mir einen Shopping-Tag in einem großen Berliner Kaufhaus. Ich liebe die anonyme Atmosphäre dieser Konsumtempel, die eine Welt unbegrenzter Möglichkeiten beherbergen. Hier kann ich es wagen, mir getigerte Shorts, Stringtangas oder sogar mal einen Body für Männer auszusuchen und sie in der Geborgenheit einer Kabine anzuprobieren. Wenn meine Kumpels von dieser Vorliebe für extravagante Wäsche wüssten, würden sie sich schlapp lachen. Aber ich liebe das Gefühl, sie für einen Augenblick auf der Haut zu tragen, wo ich das enge Dessous noch tagelang spüre.

Warum mir an jenem Tag der köstliche Reiz des kurzen Moments nicht mehr genügte, kann ich mir selbst nicht erklären. Tatsache ist, dass ich einen lackschwarzen Stringtanga anbehielt, als ich die Umkleidekabine verließ. Meine eigene gerippte Unterhose verstaute ich in der Jackentasche. Die anderen Wäschestücke hängte ich ordentlich an die Ständer zurück. Beim Schlendern durch die Gänge des Kaufhauses spürte ich den Lackstoff auf meiner Haut. Meine nackten Arschbacken rieben gegen den rauen Kattun meiner Jeans. Der String drückte sich in meine Ritze und spannte sich fest um meine Eier. Bei jedem Schritt spürte ich mein Geschlecht, das die Aufmerksamkeit genoss und zum Dank Wellen der Erregung durch meinen Körper jagte. Ich fühlte mich unbeschreiblich männlich und ließ meinen Blick durch die Menge der Kauflustigen wandern. Fiel meine Ausstrahlung irgendeiner Dame auf?

Ich schlenderte lässig durch die Gänge – und blickte plötzlich in ein Paar kühle blaue Augen. Die Frau, in deren

Gesicht sie funkelten, musterte mich eindringlich, und als ich sie frech anlächelte, kam sie auf mich zu. Sie blieb so dicht vor mir stehen, dass ich ihr Parfüm riechen konnte und die Wärme ihres Körpers spürte. Noch bevor ich etwas sagen konnte, packte sie mein Handgelenk und zog mich hinter sich her, zurück zu den Umkleidekabinen. Berauscht von meiner Wirkung, folgte ich ihr in Erwartung eines köstlichen Abenteuers, das sich hier ganz unvermittelt anzukündigen schien.

Kurz vor den Kabinen bog die Unbekannte ab, öffnete eine versteckte Tür und zog mich in einen schwach beleuchteten Gang. Ich bereitete mich innerlich darauf vor, von ihr gegen die Wand gedrückt zu werden, während sie ein Bein zwischen meine Schenkel schieben und sich an mir reiben würde. Bei dem Gedanken an die bevorstehende Herausforderung für meinen Schwanz zogen sich meine Eier erwartungsvoll zusammen und schickten lüsterne Wellen durch meinen Unterleib. Doch der Gang war der Schönen wohl zu unsicher, dachte ich, als sie eine weitere Tür öffnete und mich in ein Büro führte. Der Raum war nur mit einem Schreibtisch, dazugehörigem Drehstuhl und einem kleinen Kühlschrank möbliert. Ich wunderte mich noch über die fehlenden Regale und Aktenordner, bevor mir klar wurde, wie wenig meine «Büro-Phantasie» der Wirklichkeit entsprach. Während ich mir noch überlegte, ob ich sie direkt auf dem Schreibtisch vögeln sollte, langte die Frau plötzlich in eine Schublade und holte ein Paar Handschellen hervor, mit dem sie mich blitzschnell an das Heizungsrohr neben dem Schreibtisch fesselte. Ich bekam gar nicht so schnell mit, was passierte, wollte protestieren, doch ein erstaunlich fester Schlag mitten ins Gesicht ließ mir dazu keine Chance.

«Ich an deiner Stelle … würde mich ganz ruhig verhalten!» Die Stimme der Frau war gefährlich leise, als sie diese Drohung aussprach: «Ein einziger Mucks von dir, und ich rufe die Polizei! Hast du mich verstanden?»

«Aber ich ...», wollte ich mich rechtfertigen, als mir der Tanga einfiel, den ich nicht bezahlt hatte. Und bevor ich mir eine andere Strategie zurechtlegen konnte, traf mich ein zweiter Schlag ins Gesicht.

«Das ist meine letzte Warnung!», zischte die Unbekannte in mein Ohr, und ich verstummte.

Doch als sie meine Jackentaschen abtastete und mir triumphierend meine Unterhose vor die Augen hielt, wagte ich einen letzten Erklärungsversuch. Ich hatte kaum den Mund geöffnet, da blitzten mich ihre Augen kalt an, und sie stopfte mir den zerknüllten Stoff zwischen die Lippen.

«So, nun wirst du wohl endlich Ruhe geben», sagte sie mit höhnischem Lachen. «Dann wollen wir mal sehen, was du alles geklaut hast, mmh?» Ich rührte mich nicht, überlegte, was sie mit mir vorhaben könnte, doch sie traute mir anscheinend nicht. Aus dem Augenwinkel sah ich, wie sie den Schreibtischstuhl heranzog und ihn vor mich rollte. Im nächsten Moment spürte ich einen Schlag in die Kniekehlen, sodass ich nach vorne fiel und mit den Knien auf der Sitzfläche landete, den Oberkörper über die Rückenlehne gebeugt, mit den Händen noch immer ans Heizungsrohr gekettet. Dann zog sie den Stuhl so weit von der Wand weg, dass jede unbedachte Bewegung von mir das Umkippen des Stuhls zur Folge haben würde.

Aber meine Demütigung war noch nicht vollkommen. Als sie mich zur stummen Bewegungslosigkeit gezwungen hatte, packte sie meine Beine und drückte sie so weit auseinander, dass meine Oberschenkel die Armlehnen des Bürostuhls berührten. Offensichtlich zufrieden mit ihrem Werk, schlug sie mir zwei-, dreimal auf den Hintern und öffnete dann mit sicheren Griffen meine Hose. Sie schob die Jeans so weit runter, dass ich mit nacktem Arsch und Lacktanga vor ihr kniete.

«So, da haben wir ja das Diebesgut», verkündete sie. «Dann

können wir jetzt also die Polizei rufen, nicht wahr?» Sie ging um den Schreibtisch herum und hob den Telefonhörer ab. Ohne nachzudenken, schüttelte ich den Kopf und brachte damit den Stuhl zum Schwanken. Ich versuchte, um Gnade zu bitten, bekam aber nur ein gedämpftes Stöhnen heraus.

«Ach, die Idee gefällt dir nicht?», fragte sie scheinbar freundlich, und wieder schüttelte ich den Kopf.

«Meinst du, wir sollten eine andere Lösung finden?» Diesmal nickte ich eifrig.

«Möchtest du vielleicht, dass ich mir selbst eine kleine Strafe ausdenke, anstatt dich anzuzeigen?» Ich starrte sie verwirrt an, ohne reagieren zu können.

«Ach so, du möchtest doch lieber die Polizei haben? Soll mir recht sein …» Und wieder griff sie nach dem Hörer. Ich schüttelte energisch den Kopf und blickte sie diesmal erwartungsvoll an.

«Dann sind wir also auf dem richtigen Weg?», fragte sie, und ich nickte.

«Mal sehen, ob du noch mehr versteckt hast …» Regungslos musste ich zulassen, wie sie mir Jacke und T-Shirt über den Kopf schob, sodass ich nun mit heruntergelassener Hose und verhülltem Kopf einen erbärmlichen Anblick bieten musste. Im nächsten Augenblick spürte ich, wie sie mit Daumen und Zeigefinger beider Hände in meine Brustwarzen kniff und an ihnen zog.

«Schöne Muskeln», murmelte sie anerkennend und packte wie zur Bekräftigung mit beiden Händen zu, um ihre Stärke zu prüfen. «Mmh, du könntest dir die Achseln mal wieder rasieren, was meinst du?» Und als ich nicht gleich zustimmte, kniff sie mit aller Kraft in die Nippel, bis ich endlich reagierte und wie gewünscht nickte. «Gut, das hätten wir geklärt.» Sie ließ die schmerzenden Brustwarzen los und ging anscheinend um den Stuhl herum. «Aber vielleicht hast du ja noch mehr zu bieten.» Sie lachte auf, als sie eine Hand zwischen meine

Arschbacken schob. «Wir müssen doch dafür sorgen, dass du so was nie wieder machst, nicht wahr?» Ich nickte vorsichtshalber und spürte, wie sie die dünne Schnur zwischen meinen Backen packte und sie fest nach oben zog, sodass das dünne Band in meine Ritze schnitt und die Eier zusammenpresste. Vorsichtig versuchte ich, mich dem Druck zu entziehen, und reckte dabei meinen Arsch immer weiter in die Höhe. Genau diese Reaktion hatte sie offensichtlich bezweckt, denn als mein Rücken ganz durchgebogen war, teilte sie mit der anderen Hand die Backen und fingerte nach dem String. Dabei untersuchte sie jeden Zentimeter meiner Ritze, als könnte ich dort noch weiteres Diebesgut versteckt haben. Als sie von hinten mein Gemächt erreicht hatte, tastete sie auch dort alles ab, und ehe ich wusste, was geschah, schlug sie mit der flachen Hand auf meine Pobacken.

«Das kann ja wohl nicht wahr sein», schnauzte sie mich an, «dir ist wohl der Ernst deiner Lage nicht ganz klar, oder?» Immer wieder ließ sie ihre Hand auf meinen Hintern knallen, der immer heißer wurde. Ich unterdrückte ein Stöhnen, doch das machte sie noch wütender. Nach ein paar weiteren Schlägen hielt sie plötzlich inne und untersuchte erneut meinen Schwanz.

«Wenn das so ist», sagte sie in schneidendem Ton, «dann muss ich wohl andere Maßnahmen ergreifen.» Sie zog den String beiseite und ließ Schwanz und Eier aus der winzigen Unterhose herausschnappen. Mein Hintern brannte, und die nicht zu übersehende Tatsache, dass mich ihre Behandlung erregt hatte, ließ mich vor Demütigung erzittern.

«So einer bist du also», hörte ich sie hinter mir sagen. «Das habe ich mir doch gleich gedacht, du kleiner Wichser. Die paar Klapse reichen dir wohl nicht?» Das war keine Frage, denn sofort schlug sie wieder mit der flachen Hand auf meinen Arsch.

«Geiles Stück, du hast noch nicht genug?» Beim nächsten

Schlag packte sie mit der anderen Hand meine Eier und presste sie mit sanfter Gewalt zusammen. Das darf doch nicht wahr sein, dachte ich verzweifelt, aber mein Körper war anscheinend anderer Meinung. Während ich still über den Stuhl gelehnt den Kopf hängen ließ, fing mein Unterleib an zu zucken und sich unter den weiteren Schlägen vor Geilheit zu winden. Ich stöhnte lautlos in den Knebel und reckte meiner Peinigerin den Arsch entgegen. Damit brachte ich sie anscheinend auf eine weitere Idee. Für einen kurzen Moment ließ sie von mir ab. Meine Arschbacken brannten heiß, und dann hörte ich sie am Kühlschrank hantieren, dem sie etwas zu entnehmen schien. Ich konnte nicht sehen, was es war, spürte aber im nächsten Moment auf meinem gepeinigten Arsch etwas Kaltes, was in meine Ritze floss. In dieser kühlen Flüssigkeit rieb sie eine harte Stange zwischen meinen Backen und drückte sie kurz an die enge Hinterpforte. Als Nächstes spürte ich, wie sie die Nässe auf der kleinen Rosette verteilte und einen Finger hineinstieß. Unwillkürlich krampfte ich die Backen zusammen, doch das hätte ich besser nicht getan. Sofort hagelte es wieder Schläge auf meine heiße Haut.

«Lass die Spielchen», herrschte mich die Frau an. «Du kannst mir hier nichts mehr vormachen, du geiler Kerl!» Und wieder stieß sie einen Finger in das enge Löchlein. Diesmal versuchte ich die Muskeln zu entspannen, um nicht erneut ihren Zorn hervorzurufen. Zufrieden trieb sie den Finger immer tiefer in meinen Hintereingang, zog ihn wieder heraus und salbte mich erneut mit der Flüssigkeit ein. Dann spürte ich an meinem Arschloch die kalte Stange, die sie vorsichtig in die geweitete Öffnung presste. Je weiter sie den Gegenstand hineinstieß, desto breiter schien er zu werden, sodass er meine Rosette immer weiter dehnte. Ich spürte den Stab tief in mir und wagte nicht an die Wirkung auf meinen Schwanz zu denken. Doch die Frau hatte mein knallhartes

Rohr keineswegs vergessen. Plötzlich spürte ich ihre Hand an dem prallen Schaft, den sie geübt wichste. Ich konnte nicht länger gegen meine Erregung ankämpfen und stemmte mich mit aller Kraft gegen die fickenden Stöße, die in meine Arschfotze drangen.

«Das dachte ich mir, dass dir das gefällt», sagte die Frau, und ich konnte ihrer Stimme anhören, dass sie das, was sie da vor sich sah, wahnsinnig aufgeilte. «Aber ich bin mir sicher, dass deine Rosette noch mehr vertragen kann.» Mit diesen Worten zog sie das kühle Objekt aus der Öffnung, die enttäuscht schmatzte. Während der Gegenstand auf den Schreibtisch knallte, hörte ich, wie sie einen Reißverschluss aufriss, mit irgendetwas rumhantierte und schließlich mit einem Stöhnen verkündete: «Ich werde dein nasses Loch jetzt durchficken, hast du mich verstanden?» Ich nickte schnell. «Und wenn ich mit dir fertig bin, wirst du nie wieder etwas stehlen?» Ich beeilte mich, wieder zu nicken, während mein Schwanz kurz vorm Platzen war. Im nächsten Moment spürte ich einen gigantischen Knüppel an meiner offenen Rosette, der sich unerbittlich hineinzwängte. Er stieß tief in mein heißes Fleisch, und ich begann, unter den Stößen zu zucken und zu wimmern. Ich war so kurz davor zu explodieren, dass ich die Frau anflehen wollte, nicht aufzuhören, mir dieses Teil hart und fest in den Arsch zu rammen und mich weiter zu ficken, bis es mir endlich kommen würde. Doch geknebelt und gefesselt blieb mir nichts anderes übrig, als ihr mein gieriges Loch entgegenzurecken und mich gegen die Stöße zu stemmen, die sich immer schneller und tiefer in mein Fleisch bohrten.

Ich hörte ihr Stöhnen und das Schmatzen, das meine Öffnung im Takt ihrer fickenden Stöße von sich gab.

Und dann rammte sie mir das Ding ein letztes Mal tief hinein, presste es bis zum Anschlag in meine Rosette und zuckte ekstatisch. Während sie meinen Arsch vollkommen ausfüllte und sich stöhnend gegen meinen Rücken presste, packte sie plötzlich meinen harten Ständer mit beiden Händen. Wie wild ließ sie die Finger über den Schaft tanzen und molk mich, bis die heiße Sahne hervorschoss. Zuckend und wimmernd brach ich unter ihr zusammen, während ein nicht enden wollender Orgasmus meinen Unterleib überrollte.

Als sie fertig war, zog sie den Eindringling aus meiner Hinterpforte. Ich hörte sie wieder hantieren. Dann fischte sie den Knebel aus meinem Mund und wischte mit dem Stoff die triefenden Säfte auf, die meinen Schwanz und Arsch benetzten.

«Damit du immer daran denkst, was passiert, wenn du was stehlen willst», sagte sie. Anscheinend nahm sie das Objekt vom Schreibtisch, wickelte es in meine nun nasse Unterhose und steckte das Bündel in meine Jackentasche. Dann zog sie T-Shirt und Jacke wieder zurecht. Schließlich öffnete sie die Handschellen.

Mit den Worten «Du findest sicher allein raus» ging sie zur Tür. «Den Tanga lässt du an, wenn du gehst, damit du deine Strafe nicht so schnell vergisst!» Dann verschwand sie und überließ mich den gemischten Gefühlen, die in mir tobten. Ich fasste zwischen meine Beine und spürte, dass mein Schwanz sich noch nicht beruhigt hatte. Mein Arsch zuckte immer noch von der geilen Behandlung, die er eben erfahren hatte. Ermattet setzte ich mich auf den Stuhl und ruhte mich einen Moment aus. Dabei entdeckte ich auf dem Schreibtisch einen ledernen Gurt, in dem noch ein schwarzer, riesiger Dildo steckte. Schließlich siegte die Neugier über die Erschöpfung, und ich griff in meine Jackentasche, um nachzusehen, was sie darin verstaut hatte. Als ich die Unterhose auseinanderfaltete, kam eine Karotte zum Vorschein, die nass und glänzend auf dem Stoff lag.

Ich verließ den Raum, während der dünne Riemen des Tangas in meine heiße Arschritze drückte.

Der Maserati

Sie fuhr mit einem Maserati Spyder GT vor. Noch klischeehafter ging es wohl kaum. Daniel schaute an sich hinunter und kam sich billig vor. Er solle sich ein weißes Hemd anziehen, hatte sie lachend am Telefon gesagt. Und er hatte diese Aufforderung als Kompliment verstanden, weil sie vielleicht den Anblick seiner gepflegten Erscheinung genießen wollte. Aber nun, neben diesem protzigen Wagen mit der glänzend grauen Metallic-Lackierung, sah es eher so aus, als wolle sie mit einem jungen Mann an ihrer Seite angeben. Seht her, schien sein geschniegeltes Outfit auszudrücken, ich lasse mich von einem teuren Auto beeindrucken. Daniel seufzte und lächelte höflich, als Nela ihm die Tür aufhielt, damit er auf den Beifahrersitz des Maseratis klettern konnte. Er ließ sich in den Sitz fallen, während seine Verabredung mädchenhaft auf den Fahrersitz schlüpfte und den Motor wieder anließ. Leise schnurrend setzte sich das Automatikgetriebe in Gang, und Daniel war fast ein wenig enttäuscht, dass das erwartete Röhren ausblieb. Erstaunlich leise schlängelte sich der Wagen durch die engen Straßen des Wohngebietes. Daniel ertappte sich dabei, wie er sich in der Hoffnung umsah, einer der Nachbarn hätte ihn vielleicht einsteigen sehen.

Kaum hatten sie die Einfamilienhäuser hinter sich gelassen und waren auf die Umgehungsstraße eingebogen, gab Nela Gas, und Daniel wurde tief in den weichen Ledersitz gepresst, während der V8-zylindrige Motor mit kehligem Knurren nun doch zu erkennen gab, dass er zu einem Maserati gehörte. Das Dach des Cabriolets war heruntergeklappt. Der Fahrtwind spielte sanft mit Nelas dunklen Locken und wehte Daniels blonde Strähnen durcheinander. Sie schaute kurz zu ihm herüber und lächelte ihn an. Stolz lag in ihrem Blick und jener Übermut, den er so an ihr mochte. Langsam entspannte Daniel sich. Er streckte seine Beine in dem geräumigen Fußraum aus und genoss das handschuhweiche Leder unter seinen Händen. Die Innenausstattung war bordeauxrot und wirkte plötzlich nur noch luxuriös, genauso wie das glänzende Metall in der Grigio-Alfieri-Lackierung um ihn herum und die Frau im hellen Leinenkleid neben ihm. Sie fuhren über Land, an leuchtenden Rapsfeldern vorbei, hinein in das helle Maigrün der Wälder. Daniel betrachtete Nelas schönes Profil und schämte sich plötzlich für die Absichten, die er ihr unterstellt hatte. Sie war die Freundin seiner Schwester, verheiratet mit einem bekannten Anwalt. Daniel hatte schon immer für sie geschwärmt, aber er war für sie nie mehr gewesen als der kleine Bruder, mit dem sie manchmal Ausflüge unternahm, um ihn mal auf andere Gedanken zu bringen. «Du arbeitest zu viel», hatte sie bei ihrem Anruf festgestellt. «Ich werde dich am Freitag zu einer kleinen Tour abholen.» Und dann hatte sie ihn aufgefordert, das weiße Hemd anzuziehen.

Nachdem sie eine Brücke überquert hatten, bog Nela von der Landstraße ab und folgte einem schmalen Weg, der am Fluss entlangführte. Nach ein paar hundert Metern parkte sie den Maserati auf dem Seitenstreifen und forderte den überraschten Daniel auf auszusteigen.

«Warte einen Moment!» Sie drückte ihm einen feuchten Kuss auf die Wange, öffnete den Kofferraum und holte eine Picknickdecke und eine Stofftasche hervor. Dann streckte sie ihm eine Hand entgegen und zog ihn mit sich. Arm in Arm schlenderten sie den Weg entlang, bogen nach ein paar hundert Metern auf einen schmalen Pfad ein und gelangten schließlich an das Ufer des Flusses, der an dieser Stelle die Breite eines Sees erreichte und von frischgemähten Wiesen gesäumt wurde. Nach der Kühle des Waldes wurden sie hier von der wärmenden Frühlingssonne empfangen, die zu einem Picknick im Grünen einzuladen schien. Nela breitete die große Decke direkt an der Uferkante aus und bat Daniel, sie am anderen Ende gerade zu ziehen. Als er sich bückte, konnte sie direkt in sein weit aufgeknöpftes Hemd schauen, unter dem er nichts trug. Sie warf einen kurzen Blick auf seine nackte Haut und packte dann scheinbar ungerührt die Tasche aus. Zuerst präsentierte sie Daniel eine Packung After Eight und forderte ihn auf, eins von den gekühlten Pfefferminzblättchen zu probieren. «Habe ich eine Stunde in die Kühltruhe gelegt», verkündete sie und zog ein zerknülltes Geschirrhandtuch hervor, in dem sich zwei Kristallkelche verbargen, die sie Daniel nun zum Festhalten in die Hände drückte. Als Letztes holte sie eine Flasche Champagner aus der Tasche und hielt ihm das Etikett hin, als hätte er diesen edlen Tropfen bestellt. Nela ließ den Korken knallen und schenkte das sprudelnde Getränk in die Gläser, die beim Anstoßen einen glockenhellen Ton von sich gaben.

«Kann ich sonst noch etwas für dich tun?», fragte sie und zwinkerte Daniel neckisch zu. Lachend antwortete er: «So gestaltest du also deine Freizeit … Und was macht dein Mann gerade?» Nela fiel in sein Lachen ein. Daniels Bemerkung schien sie nicht im Geringsten zu irritieren. «Ich werde ja wohl noch den kleinen Bruder meiner Freundin zu einem Ausflug einladen dürfen!» Grinsend füllte sie die Gläser noch einmal nach und ließ sich dann auf die Decke fallen. Auf dem Rücken ausgestreckt, blinzelte sie in die Sonne und schien rundum zufrieden mit ihrem kleinen Arrangement.

Daniel betrachtete sie verstohlen. Wenn sie bloß nicht so verdammt hübsch wäre, dachte er wie schon so oft. Schon als Teenager hatte er sich oft vorgestellt, wie es wohl wäre, ihre geschwungenen Lippen zu küssen, die eigentlich viel zu sinnlich waren für eine Nordeuropäerin. In wie vielen Nächten war sie die Heldin seiner erotischen Träume gewesen?

Immer wieder hatte er sich in Gedanken ihren heißen Küssen hingegeben, hatte sich vorgestellt, auf ihrem wohlgeformten Körper zu liegen und in sie einzudringen, bis sich die Bilder nach einem einsamen Orgasmus wieder auflösten. Daniel seufzte und versuchte, diese verbotenen Gedanken zu vertreiben. Er hielt Nela sein leeres Glas hin und ließ sich nachschenken. Sein Blick wanderte zum Fluss, in dessen Mitte gerade ein Lastschiff vorbeifuhr. Er winkte dem Mann an Deck zu, der an der Reling lehnte und seinen Gruß erwiderte. Schließlich legte auch er sich auf die Decke, überkreuzte die angewinkelten Beine und ließ einen frischgeputzten Lederschuh in der Luft wippen. Er schloss die Augen und spürte, wie der Alkohol sich langsam in seinem Körper ausbreitete und dabei eine beschwingte Leichtigkeit verbreitete. Mit der Schuhspitze berührte er Nelas Knie und stupste es leicht an, doch die junge Frau ließ sich nicht in ihrem Redefluss unterbrechen. Begeistert berichtete sie von einem neuen Geschäftszweig, den sie mit ihren Partnern in New York aufbauen wollte. Daniel ließ sie reden und konzentrierte sich auf das fröhliche Zwitschern der Vögel, das leise Rauschen des Wassers und das Prickeln des Champagners in seinem Bauch. Noch einmal ließ er sich nachfüllen. Er hatte sich auf die Seite gedreht, stützte sich mit einem Arm ab und nippte an seinem Getränk. Nela hatte sich wieder lang ausgestreckt und die Arme hinterm Kopf verschränkt. Ihr Kleid war leicht verrutscht und gab den Blick auf ihre Beine frei. Daniel hätte gern das Muster der kleinen Leberflecke auf ihrer Haut mit den Fingern nachgezeichnet. Stattdessen zupfte er einen Grashalm ab und ließ die zarte Ähre auf Nelas Beinen tanzen. Ihre Haut spannte sich unter der kitzelnden Berührung, und ein Lächeln huschte über Nelas Lippen. Daniel fuhr mit dem Halm die Wade hinauf bis zum hochgeschobenen Rand des Leinenstoffes, wedelte über die halb entblößten Oberschenkel und folgte der Linie zwischen den Beinen wieder hinab bis zu den schlanken Fesseln. Gerade war Nela dabei, von irgendeiner Begegnung in einem New Yorker Coffee-Shop zu berichten. Als wäre es das Selbstverständlichste, knöpfte sie langsam ihr Sommerkleid auf. Dann verschränkte sie die Arme wieder hinterm Kopf und überließ es Daniel, was er mit dieser Einladung anfangen wollte. Das halb geöffnete Kleid ließ helle, ebenmäßige Haut hervorblitzen und den Ansatz von zwei wohlgeformten Brüsten. Daniel rückte näher heran, damit er die Frau an seiner Seite genauer betrachten konnte. Noch immer traute er sich nicht, sie direkt zu berühren, und so ließ er weiter den Grashalm seine Bahnen ziehen. Doch je näher er Nela kam, desto deutlicher nahm er ihren warmen, weiblichen Duft wahr, der zusammen mit der Sonne und dem Champagner eine betörende Wirkung entfaltete. Das Kribbeln in seinem Inneren breitete sich immer weiter aus. Daniel fühlte sich leicht und erotisiert, und als der Grashalm seinen Fingern entglitt, legte er eine Hand auf ihre sonnengewärmte Haut. Nelas einzige Reaktion war eine kurze Pause in ihrer Erzählung. Sie atmete tief ein, sodass sich ihr Bauch ausdehnte und die freche Männerhand in die Höhe hob. Das Ausatmen klang wie ein wohliges Seufzen, doch dann fing sie wieder an zu erzählen, als hätte die Hand auf ihrem Bauch keine weitere Bedeutung. Das Ausbleiben jeglicher Wirkung reizte Daniel, dessen heitere Beschwingtheit langsam einem beschwipsten Übermut wich. Er ließ seine Hand über ihre nackte Haut gleiten und begann sie zu erkunden. Seine Finger folgten dem Bogen der Rippen bis zur Wölbung der Brust, zogen Kreise auf dem Dekolleté, bis das Leinen des Kleides so weit auseinandergerutscht war, dass er auch ihre Brüste erkunden konnte. Einem plötzlichen Impuls folgend, strich Daniel mit den Fingernägeln über die zarten Kuppen und erzeugte damit endlich eine Reaktion des entspannten Körpers. Die dunkelrote Haut zog sich zusammen und ließ die kleinen Spitzen hervortreten. Bevor die Sonne die Gänsehaut wieder glätten konnte, pustete Daniel sanft über Nelas Haut. Die kleinen Knospen reckten sich dem kühlenden Luftstrom entgegen und schienen Daniel zu weiteren Vorstößen aufzufordern. Ermutigt ließ er die Hand weiterwandern, zögerte ein wenig, als er den flachen Bauch erreichte, und wagte sich dann doch bis zum Nabel vor, der ihm mit jedem Atemzug zuzuzwinkern schien. Die Kreise, die er um dieses Zentrum zog, wurden immer größer, bis er schließlich die letzten geschlossenen Knöpfe des Kleides erreichte, was ihn zu einer Entscheidung zwang.

Hatte sich Nelas Atem beschleunigt? Oder bildete er sich das nur ein?

Allein die Tatsache, dass sich seine Hand in eine anscheinend vorgegebene Richtung bewegte, reichte Daniels benebeltem Verstand, sie weiterwandern zu lassen. Mit einem kleinen Schwung überwand er den Rand des Stoffes und berührte wie unbeabsichtigt ihren Schritt, bevor er langsam über den Oberschenkel strich.

Hatte er gerade ein Erzittern gespürt?

Schnell streichelte er das Bein wieder hinauf, um sich des flüchtigen Eindrucks zu vergewissern. Tatsächlich! Kaum streifte er sanft die Wölbung des Venushügels, begann Nelas Stimme zu zittern. Aber warum ließ die junge Frau nicht erkennen, dass ihr das kleine Spielchen gefiel?

Es musste doch einen Weg geben, sie aus der Reserve zu locken …

Daniel stemmte sich hoch und kniete sich neben Nela, die mit geschlossenen Augen anscheinend nichts von dieser Annäherung mitbekam. Ihre Erzählung hatte offenkundig das Ende erreicht, denn sie schwieg und gab sich entspannt der Frühlingssonne hin. Obwohl ihr beschleunigter Atem nicht mehr zu überhören war, machte sie keine Anstalten, auf Daniels vorsichtiges Herantasten einzugehen. Aber da sie seinen Berührungen auch nicht Einhalt gebot, wagte er sich einen Schritt weiter. Er legte beide Hände auf ihre Schultern und tat so, als wollte er sie sanft massieren. In symmetrischen Bewegungen wanderten seine Fingerspitzen auf und ab, glitten dabei immer wieder sanft über die Brusthügel und wanderten dann hinab zum Bauchnabel, wo die Öffnung des Kleides endete. Als er den Stoff erreichte, atmete Nela gerade tief aus und zog dabei den Bauch so weit ein, dass sie Daniel zum Weitermachen einzuladen schien. Er fuhr mit den Fingerspitzen vorsichtig unter den Stoff und berührte auch dort nackte Haut. Nela schien keine Unterhose zu tragen, stattdessen wurde Daniel von kurzgeschorenem Schamhaar gestoppt. Vorsichtig erkundete er die seidig weiche Haut bis zum Rand der zarten Löckchen. Es fühlte sich wunderbar an, und Daniel konnte der Versuchung nicht widerstehen. Entschlossen griff er mit der ganzen Hand zu und tastete sich über den Hügel. Seine Absichten waren so eindeutig, dass es nun kein Zurück mehr gab. Es war Daniel in diesem Moment egal, ob er sich von der Wirkung des Alkohols leiten oder sich von seinem eigenen Begehren mitreißen ließ. Er wusste nur noch eines: Er wollte jetzt und hier endlich die Erfüllung seiner sehnsüchtigen Träume.

Mit dieser Entscheidung wich sein vorsichtiges Herantasten einer selbstbewussten Entschlossenheit. Er zog seine Hand zurück und öffnete rasch die letzten Knöpfe ihres Kleides. Als er den hellen Stoff zur Seite schob, sah er das erste Mal das Objekt seiner Begierde. Nelas Muschi war bedeckt mit kurzgetrimmten dunklen Locken, die ein akkurates Dreieck bildeten. Zwischen den feinen Härchen waren die Wölbungen der Schamlippen zu erkennen. Daniel wollte alles sehen, und er strich mit den Händen an der appetitlichen Scham vorbei, um die Schenkel ein wenig auseinanderzudrücken. Dabei hatte er den Eindruck, dass Nela ihm half, indem sie leicht das Becken anhob. Endlich lag die begehrte Frau nackt mit gespreizten Schenkeln vor ihm. Der Anblick ihres herrlichen Körpers mit der entblößten Muschi hatte eine aphrodisierende Wirkung auf Daniel. Er beugte sich über die schlanke Gestalt, stützte sich links und rechts von ihrem Oberkörper ab und näherte seine Lippen der warmen Haut. Vorsichtig strich er über die harten Brustspitzen, leckte mit der Zunge über die kleinen Perlen und rieb die Zähne an dem empfindlichen Fleisch.

Nela unterdrückte ein Stöhnen.

Immer mutiger saugte Daniel sich an den roten Warzen fest, während seine Hand sich wieder auf Wanderschaft begab. Daniel küsste sich bis zur zarten Haut an Nelas Hals hinauf, wo er die sensible Zone unter dem Ohr erkundete. Seine Hand streichelte den Unterleib der ausgestreckten Frau und streifte dabei immer wieder den zarten Hügel, ohne ihn direkt zu berühren. Er wollte Nela herausfordern, so wie sie ihn mit dem Aufknöpfen ihres Kleides gelockt hatte. Er wollte sie dazu bringen, sein Begehren zu erwidern, und sei es nur dieses eine Mal, das für immer ein Geheimnis zwischen ihnen bleiben müsste.

Daniel ließ seine Zungenspitze über Nelas Haut tanzen, die ein wenig salzig schmeckte. Er stupste noch einmal die kleinen Brustwarzen an und strich gleichzeitig mit der Hand zwischen den Oberschenkeln hinab. Während er sich mit dem Mund immer mehr dem Bauchnabel näherte, glitt er mit den Fingerspitzen wieder hinauf, umkreiste ihr warmes Geschlecht und streifte kurz über die Spalte, wobei er sachte die verborgene Perle berührte. Er spürte das Zittern in Nelas Unterleib, merkte, wie sie leicht die Beine spreizte und ihr Becken anhob, als wollte sie ihm den Weg zu ihrer Muschi verkürzen. Als er schließlich die Hand auf ihre Muschelhälften legte und sie sanft massierte, stöhnte Nela endlich laut auf. Bevor er jedoch seine Genugtuung über dieses Eingeständnis ihrer Lust auskosten konnte, entfuhr ihm ein Laut des Erstaunens, denn Nela griff plötzlich von hinten zwischen seine

Schenkel. Er registrierte, wie sie eine Hand auf sein Gemächt presste, mit der anderen geschickt seine Hose öffnete und sie energisch mitsamt der Unterhose herunterriss. Kurzerhand schob Nela ihren Kopf zwischen seine Beine, sodass er nun über ihr kniete und direkt auf ihre Möse blickte. Ohne sich lange mit irgendeinem Vorspiel aufzuhalten, griff sie nach seinem harten Knüppel und begann, ihn zu wichsen. Als Daniel den Kopf hinabbeugte, um Nelas triefende Möse zu lecken, senkte sich sein Unterleib über ihr Gesicht, und sie konnte mit den Lippen seine Hoden erreichen. Daniel tauchte seine Zunge in das verlockende Dreieck und präsentierte Nela dabei seinen Ständer, der nur darauf wartete, endlich von ihr geküsst zu werden. Während Daniels Zunge heiße Wellen auslöste, öffnete Nela ihre Lippen und ließ den bebenden Schwanz eindringen. Sie bog das stramme Rohr zurück, stülpte ihren Mund darüber, saugte, verschlang es und nahm es ganz in sich auf. Daniel versuchte, einen Rhythmus zu finden, aber Nelas raue Zunge brachte ihn fast um den Verstand. Die empfindliche Kuppe zwischen ihren saugenden Lippen pulsierte und bäumte sich unter den harten Berührungen der Zungenspitze auf. Daniels Schwanz presste sich ihrem gierigen Mund entgegen und tauchte tief in den süßen Speichel ein. Während der kniende Mann sich nur noch auf die heißen Wellen in seinen Eingeweiden konzentrieren konnte, saugte er sich an den heißen Muschilippen fest und erzeugte ein Vakuum, das Nelas Geilheit explodieren ließ. Ihr ganzer Körper bäumte sich auf, ihre leckende Zunge tanzte über Daniels berstenden Schwanz, bis ein Schrei der Erlösung aus seinem Mund drang. Gleichzeitig leckte seine raue Zunge wie wild über die heiße, nasse Möse, die sein Stöhnen in sich aufnahm, verstärkte und durch Daniels Sonnengeflecht jagte. Brennende Lava sammelte sich in diesem Zentrum und schwappte träge durch seinen Unterleib. Doch als der Schwanz in Nelas Mund zu pumpen begann und seinen heißen Saft ausspie, entlud sich der Vulkan, dessen Krater ihre Vulva zu sein schien, und überschwemmte Daniels keuchende Lippen mit seinen Fontänen.

In Daniels Kopf begann es zu dröhnen, so als hörte er die langen kräftigen Töne eines Nebelhorns. Und als er nach Luft schnappend den Kopf hob, sah er in der Mitte des Flusses tatsächlich einen Lastkahn vorbeigleiten, welcher der Szene am Ufer mit seiner Schiffshupe Applaus spendete. Diesmal erwiderte er das Winken des Mannes an Deck nur mit dem Lächeln seiner feuchten Lippen, die noch von dem schäumenden Nektar benetzt waren. Dann ließ er sich zur Seite fallen und blieb erschöpft neben Nela liegen, die noch immer entspannt auf dem Rücken lag und ihren nackten Körper von den Sonnenstrahlen streicheln ließ.

Überrascht stellte Daniel fest, dass sein Penis nach wie vor das Haupt erhoben hielt. Das Abspritzen schien ihn überhaupt nicht ermüdet zu haben. Als hätte Nela seinen Blick durch ihre geschlossenen Lider gesehen, fragte sie: «Nachschlag?»

Daniel war fassungslos, dass sie nicht einmal eine kurze Pause benötigte, um wieder einsatzbereit zu sein. Umso erstaunter registrierte er das Ziehen in seinem Unterleib, das ihm die eigene Bereitschaft zu einer weiteren Runde signalisierte.

«Na komm, leg dich auf mich und steck ihn mir rein», forderte Nela ihn auf.

Empört über so viel Unverfrorenheit, wollte Daniel sich gerade zur Seite drehen, als Nela erneut zwischen seine Beine griff und entschlossen seinen noch erigierten Lustpfahl packte. Er keuchte auf und spreizte unwillkürlich die Schenkel, weil sie eine Hand auf seine feuchte Kuppe presste und ihn erneut reizte.

«Du bist doch immer noch geil», stellte Nela fest. «Kannst gar nicht genug von mir bekommen, stimmt's?»

Sie spielte mit der zarten Haut seines Schaftes und tauchte plötzlich einen Finger in die Spalte seines Arsches, sodass er wieder nach Luft schnappen musste, aber diesmal nicht vor Erschöpfung, sondern vor neu erwachender Lust. Bevor er sich für einen weiteren Schritt entscheiden konnte, fasste Nela mit beiden Händen nach seinem Ständer und zog ihn zu sich heran. Dann legte sie sich wieder bequem auf den Rücken und überließ Daniel das Weitere.

Er ließ den Blick über ihre Nacktheit gleiten und bewunderte die Schamlosigkeit, mit der sie sich zur Schau stellte. Er sah sich um, konnte aber kein weiteres Schiff erkennen, nur ein paar Spaziergänger mit Hund auf der weit entfernten anderen Seite des Flusses. Daniel selbst war immer noch halb bekleidet. Und Nela schien sich nicht an dieser Ungleichheit zu stören.

Unschlüssig rutschte er ein wenig näher an sie heran und begann erneut, ihren Oberkörper zu streicheln. Er spürte seine geschwollenen Hoden und erhöhte den Druck auf seine Eier, indem er die Schenkel aneinanderrieb. Das Summen des Orgasmus war noch nicht verklungen. Die Vibration seiner Nerven verstärkte sich langsam wieder. An dieser Schwelle des Begehrens packte Nela ihn unvermittelt im Nacken und zog ihn zu sich herab. Er wollte etwas sagen, aber sie verschloss seine Lippen mit einem leidenschaftlichen Kuss, bedrängte seine Zunge mit der ihren und hielt seinen Kopf zwischen ihren warmen Händen. Ihre Küsse brannten auf seinen Lippen, und die Hitze breitete sich aus, floss die Wirbelsäule hinab und tropfte langsam in seinen Unterleib. Immer ungestümer tauchte ihre Zunge in ihn hinein, und während sein Mund sich dem Ansturm hingab, lösten sich Nelas Hände aus Daniels Haarschopf. Sie strichen hinab zu seinen Hüften, packten fest zu und schoben den jungen Mann weiter, sodass er beinahe über sie fiel. Geschickt hatte Nela ihn dazu gebracht, sich über sie zu knien, und als sie einatmete, berührte ihre Bauchdecke Daniels heißes Gemächt. Während sie seine Lippen mit ihren Küssen gefangen hielt, drückte sie seine Hüften nach unten und rieb ihren Bauch an seinen Schamhaaren. Daniel spreizte die Schenkel und ließ seinen Hintern tanzen, rutschte dabei tiefer und spürte endlich mit der Kuppe seines Ständers ihre fleischigen Pforten. Mit ein paar gezielten Bewegungen dirigierte er seinen Schwanz in die Mitte des weit geöffneten Tores. Dann senkte er sein Becken und stieß zu.

Das harte Eindringen in Nelas geschwollene Möse versetzte Daniel derart in Aufruhr, dass er sich aufbäumte und sich mit einem heiseren Schrei von ihrem Kuss löste. Er stemmte sich auf und begann, die nackte Frau zwischen seinen Schenkeln zu ficken. Das Stöhnen der beiden steigerte sich zu einem Stakkato, und Nela griff nach Daniels runden Backen und vergrub ihre Finger in dem weichen Fleisch. Unnachgiebig zog sie die Halbkugeln auseinander. Sie ließ ihr Becken hochschnellen und federte seinen Ritt ab, passte sich seinem furiosen Tempo an und saugte seinen harten Prügel in ihre schmatzende Möse.

Nela hielt Daniels Pobacken gespreizt und ließ ihren Zeigefinger um die kleine Rosette tanzen. Sie griff kurz nach unten, benetzte die Fingerspitzen mit ihrem glitzernden Sekret und salbte damit das kleine Löchlein, bis es nachgiebig wurde und sich dem eindringenden Finger öffnete. Während Daniels Schreie immer tiefer und atemloser wurden, drang sie in seine Pforte ein. Sie versenkte ihren Finger in seinem Anus und fickte ihn tief und hart. Als sie merkte, dass Daniel langsam die Beherrschung verlor und wild unter ihren Stößen zuckte, ließ auch sie ihre Lust kommen. Sie steigerte ihr Tempo und setzte zum finalen Spurt an. Daniel bäumte sich noch einmal auf, stieß stöhnend seinen Atem aus und erschlaffte dann unter ihren Händen. Ganz tief rammte sie den Finger noch einmal in seinen Leib, dann drang auch aus ihrer Kehle ein raues Stöhnen, begleitet von dem schmatzenden Pumpen des sich entladenden Schwanzes.

Wenn sich ein Ruderer an diese Uferseite verirrt hätte – das Bild dieses fickenden Paares hätte sich wohl für lange Zeit in seine Träume gebrannt. Vom Fluss aus gesehen, hätte er den besten Einblick in die glänzenden Körperöffnungen, die von Fingern und einem unnachgiebigen Ständer penetriert wurden.

«Du hast einen Sonnenbrand», stellte Daniel fest, als Nela sich anzog und er die Reste ihres Picknicks zusammenräumte.

«Du auch», erwiderte sie lachend und hob sein Hemd hoch, unter dem er immer noch nackt war. Zum Beweis klatschte sie auf seine geröteten Pobacken. Dann hielt sie ihm die Unterhose hin, nur um sie wieder wegzuziehen, als er danach greifen wollte.

«Die behalte ich als Andenken!» Mit diesen Worten verstaute sie das Stoffteil grinsend in der Picknicktasche.

Die Rückfahrt verlief ebenso schweigsam wie die Hinfahrt, doch diesmal meinte Daniel eine neue Vertrautheit in der Stille zu spüren. Er lehnte sich zurück und bemühte sich, nicht an das Pochen in seinem Schwanz zu denken. Gleichzeitig versuchte er, nicht an die Folgen dieses Nachmittags zu denken. Er musterte Nela von der Seite. Ihre von der Sonne geröteten Gesichtszüge zeigten nichts als Entspanntheit. Kaum hatten sie wieder die Umgehungsstraße erreicht, ließ sie den Motor aufheulen, und Daniel wurde tief in den Sitz gepresst, als der Wagen beschleunigte und an den anderen Autos vorbeischoss. Viel zu schnell hielten sie vor seiner Wohnung an. Nela beugte sich zu Daniel herüber, hauchte ihm zwei freundschaftliche Küsse auf die Wangen und blieb im Wagen sitzen, während er wieder über den Holm kletterte. Sie wartete gerade noch ab, bis er die Tür zugeschlagen hatte, dann schnellte der Maserati vor, und Nela wendete geschickt in der nächsten Einfahrt. Daniels Herz pochte heftig, als sie noch einmal neben ihm hielt. Er beugte sich vor, um sie zum Abschied zu küssen, doch die junge Frau zog ihren Kopf zur Seite und flüsterte ihm ins Ohr: «Ich wusste schon immer, dass dein stilles Wasser tief ist. Bis zum nächsten Mal, kleiner Bruder meiner Freundin.»

Sie winkte ihm noch einmal zu und fuhr gemächlich davon.

Völlig verwirrt sah Daniel dem Maserati nach, bis er hinter der nächsten Kurve verschwunden war. Erst viel später, als sich der Alkohol in seinen Adern verflüchtigt hatte, wunderte er sich darüber, dass sie keine Unterwäsche getragen hatte. Warum wohl?

Anruf genügt

Es fing schon an zu dämmern, als er endlich mit den Vorbereitungen fertig war. Zwei Stunden hatte er diesmal im Bad benötigt, um sich zu seiner Zufriedenheit in Szene zu setzen. Seine Haare hatte er in schwungvollen Wellen nach hinten gekämmt. Die Frisur wirkte natürlich und war doch das Ergebnis von teurem Schaumfestiger und einem leistungsstarken Fön. Aber der schimmernde Glanz frischer Kastanien war echt. Er fand sich in den Löckchen seiner Scham wieder, für deren makellosen Kurzhaarschnitt er ebenfalls viel Zeit benötigt hatte. Die Rasur der Achselhöhlen brauchte nur ein paar Sekunden unter der Dusche. Sehr viel länger hatte dagegen das sorgfältige Feilen der Fingernägel gedauert, die nun kurz und gepflegt glänzten. Nach der ganzen Prozedur hatte er sich in seinem Sessel zurückgelehnt und war für einen kurzen Moment versucht gewesen, seine perfekt manikürten Finger zwischen seine Schenkel wandern zu lassen. Ganz sanft hatte er den Schaft berührt und sich von der Samtigkeit der sensiblen Haut überzeugt. Für einen winzigen Augenblick hatte er nachgegeben und seine Finger auf die Schwanzspitze gelegt, wo die Eichel sofort auf die Berührung reagierte. Erik musste sich beherrschen, um die Spannung für seine Verabredung aufrechtzuerhalten. Er hatte viel Mühe investiert, um dieses Rendezvous zu einem Erfolg werden zu lassen. Am Ende hatte er es bei diesem Anflug von Erregung belassen und sich auf die Auswahl der passenden Garderobe konzentriert.

Nun stand er endlich an der Haustür und kontrollierte, ob er alles dabeihatte. Der leichte Wollmantel, den er sich über die Schultern geworfen hatte, passte perfekt zu seinem Anzug in der gleichen Farbe. Er tastete die Manteltaschen ab. Darin befanden sich ein Mobiltelefon, Taschentücher, der Hausschlüssel – und Kondome. Erik war sich nicht sicher, ob dies den üblichen Umgangsformen entsprach, aber das kleine Päckchen latexfreier Überzieher gab ihm ein Gefühl von abgeklärter Souveränität. Er fühlte sich als Mann von Welt, der für jede Situation gewappnet war. Vor ein paar Tagen hatte er in einer Statistik gelesen, dass 57 Prozent der Singlefrauen auf den Gebrauch von Kondomen verzichteten, aus Unsicherheit oder Schamgefühl. Nun, in diesem Falle wäre er vorbereitet. Er griff nach der Türklinke und verließ entschlossen das Haus. Seit zehn Minuten war er mit ihr in der «Paris-Bar» verabredet, und er hatte seinen Auftritt minutiös geplant. Als er die Haustür hinter sich zuzog, wartete bereits das bestellte Taxi auf ihn. Erik war ganz sicher, dass seine Verabredung bereits an dem reservierten Fenstertisch saß und ungeduldig auf die Uhr schaute. Er würde den Wagen direkt vor dem Eingang halten lassen und mit einer großen Geste aussteigen. Vorher wollte er aber einen Blick auf diese Geschäftsfrau werfen; ob er das tat, um Zeit zu gewinnen oder um sich selbst zu beruhigen, wusste er nicht. Den Fahrer hatte er bereits im Voraus bezahlt, und nun fuhr er wie vereinbart langsam an der Bar vor.

Erik entdeckte die Frau sofort. Sie saß elegant an dem hellbeleuchteten Tisch und beobachtete die ein und aus strömenden Gäste. Die dunkelbraunen Haare reichten ihr bis über die Schultern. Eine einzelne Strähne hatte sich gelöst und fiel ihr neckisch ins Gesicht. Die enganliegende Bluse betonte ihre weiblichen Formen. Ein Lächeln umspielte ihre Lippen, und für einen winzigen Augenblick bekam Erik Panik. Diese Frau strahlte eine überlegene Weiblichkeit aus. Er würde versagen angesichts ihrer offensichtlichen Dominanz und sich lächerlich machen.

Nein, ermahnte er sich selbst, denk daran, es gibt kein Zurück.

Erik atmete tief ein, um das nervöse Rumoren seines Magens zu beruhigen, und bat dann den Fahrer, zu wenden und direkt vor dem Eingang zu halten. Wie geplant stieg dieser zuerst aus, ging langsam um den Wagen herum und öffnete ihm die Tür. Er drehte sich auf dem Sitz und streckte seine langen Beine aus. Als seine Füße in den Budapester Schuhen die Straße berührten, kehrte seine Selbstsicherheit zurück. Mit einem Nicken dankte er dem Fahrer, strich die glänzenden Wellen seines Haares zurück, und dann blickte er auf. Er wusste, dass sie ihn beobachtet hatte. Die ganze Inszenierung hatte lange genug gedauert, um ihre Aufmerksamkeit zu wecken. Aber als der Blick ihrer kühlen grauen Augen ihn nun traf, wurden seine Knie für einen Moment weich. Er musste sich an der noch offenen Wagentür abstützen, um nicht das Gleichgewicht zu verlieren, doch dann stand er wieder fest auf seinen Ledersohlen und war bereit, dieses Spiel zu Ende zu spielen.

Als er die Bar betrat, erhob sie sich von ihrem Platz und reichte ihm die Hand. Einen kurzen Moment standen sie sich gegenüber, er im Anzug, sie im engen Kostüm. Dabei spürte er ihren auf und ab wandernden Blick. Ein zufriedenes Lächeln breitete sich um ihre Mundwinkel aus, und schließlich forderte sie ihn auf abzulegen. Erik öffnete langsam die Knöpfe seines Mantels, zog ihn wie in Zeitlupe aus und hängte ihn auf. Dann ließ er sich elegant auf den angebotenen Platz nieder und schlug seine Beine übereinander. Gebannt sah die Frau ihm dabei zu. Mit der gleichen Geschmeidigkeit öffnete er sein Jackett. Als er sich endlich auf dem Stuhl zurücklehnte, war er in seiner Rolle angekommen.

«Sie haben nicht zu viel versprochen» waren ihre ersten Worte, und Erik freute sich über die weiche Stimme, mit der sie sprach. Er konnte vor sich selbst behaupten, diese Frau zu mögen, ja sogar, sie attraktiv zu finden in ihrer dominanten

Weiblichkeit, die ihm seltsamerweise Vertrauen einflößte. Es fiel ihm nicht schwer, mit ihr zu flirten und sie ein wenig zu reizen, indem er wie in Gedanken eine Hand über seinen Brustkorb wandern ließ, um ihren Blick zu bannen.

«Wie wär's, wenn wir etwas trinken und dann von hier verschwinden?», fragte sie ihn, ohne sich mit langen Vorreden aufzuhalten.

Er nickte beiläufig, als hätte er nichts anderes erwartet, und bat um ein Glas Rotwein. Die Frau, die sich als Münchener Unternehmerin ausgegeben hatte, mit einem Namen, der jedoch eher slawisch als bayrisch klang, winkte den Kellner heran, gab ihre Bestellung auf und widmete sich wieder ihrem Gegenüber.

«Erik, nicht wahr?» Ohne eine Antwort abzuwarten, fuhr sie fort: «Du kannst mich Sara nennen. Auf das förmliche Sie können wir wohl verzichten.» Sie lachte, als hätte sie einen guten Scherz gemacht. Dann nahm sie dem Kellner die Getränke ab, warf ihm einen Geldschein auf das Tablett und erhob ihr Glas zum Toast.

«Auf einen außergewöhnlichen Abend!» Sie prostete Erik zu und nahm einen tiefen Schluck.

Der junge Mann nippte nur an seinem Glas und bedachte die Frau mit einem geübten Augenaufschlag, der seine Wirkung nicht verfehlte. Unter seinen langen Wimpern sah er sie mit strahlenden Augen an. Er zwinkerte ihr zu, und sie leckte sich die Lippen, als würde sie nicht dem Wein nachschmecken, sondern bereits Eriks Aroma kosten. Kaum hatte sie ihr Glas abgestellt, langte sie über den Tisch und ergriff seine Hand, die er wie zufällig ein wenig zu weit von sich gestreckt hatte. Sie strich über seine starken Finger, fuhr die Sehnen mit ihrem Zeigefinger nach und berührte dabei die empfindlichen Zwischenräume. Es kitzelte, und Erik musste lächeln, was sie als Aufforderung zu verstehen schien fortzufahren. Ihre schmale Hand hob seine kräftige auf. Sie drehte seine Handfläche nach oben und streichelte die zarte Innenseite. Dann zog sie Erik zu sich heran und beugte sich selbst so weit über den Tisch, dass er von oben in ihre tiefausgeschnittene Bluse schauen konnte. Die Unternehmerin stellte den Ellbogen auf und stützte ihr Kinn mit den Fingerspitzen ab. Dabei presste sie ihre Brüste zusammen und ließ ihren Busen verführerisch aus dem Ausschnitt hervorlugen. Die Frau blickte ihrem Gegenüber tief in die Augen und leckte sich abermals die Lippen. Wenn er nicht aufpasste, würde der Abend schneller vorbei sein, als ihm lieb war. Er lehnte sich wieder zurück und entzog ihr die Hand.

«Sind Sie mit Ihrem Hotel zufrieden, Frau … äh … Sara?»

«Das wirst du gleich sehen, mein Schöner. Trink aus, dann können wir gleich los.»

Sie schien es wirklich eilig zu haben, denn sie stand bereits auf, obwohl er sein Glas noch nicht einmal abgestellt hatte. Energisch zog sie ihn hinter sich her, zwischen den engstehenden Tischen hindurch zur Tür. Erik stolperte die Eingangsstufe hinunter und versuchte dabei, seinen Mantel überzustreifen. Erst nach ein paar Metern hielt seine Begleiterin inne und drehte sich zu ihm um. Galant half sie ihm in den Wollmantel. Als er vor der kühlen Abendluft geschützt war, legte sie ihren Arm um seine Hüften und schlenderte mit ihm über die Kantstraße. Die Größenverhältnisse passten perfekt. Erik konnte sie an sich ziehen und die Wärme genießen, die sie ausstrahlte. An der nächsten Straßenecke bogen sie ab, und Erik ahnte, dass sie auf dem Weg zum Kempinski waren. Erleichtert lächelte er vor sich hin. Die Frau schien nicht nur in Bezug auf die Weinauswahl Stil zu haben. Tatsächlich steuerte sie auf den roten Teppich zu, der den Eingang zum Hotel markierte. Sie nickte dem livrierten Türsteher zu, der ihnen die gläsernen Flügeltüren aufhielt, und zog ihren Begleiter zielstrebig zum Fahrstuhl. Kaum hatten sich die Türen hinter ihnen geschlossen, drängte sie Erik gegen die verspiegelte Wand. Sie stützte sich auf den Messingumlauf und beugte sich so weit vor, dass ihre Nase seinen Hals berührte. Gleichzeitig legte sie eine Hand in seinen Nacken, strich fest über die warme Haut seiner Schultern nach unten, berührte seine Hüfte, presste die flache Hand auf sein Gesäß und glitt hinab bis zu seinen Oberschenkeln. Erik erwartete, dass sie zwischen seine Beine greifen würde, doch sie schien seine Gedanken zu erraten und lächelte nur. Stattdessen beugte sie sich noch weiter vor und streifte mit ihren Lippen die zarten Stellen an seinem Hals. Er spürte ihren Atem auf der Haut, spürte ihren Körper, der ihn gegen die Wand presste, und rührte sich nicht.

«Warum so schüchtern?», fragte sie dicht an seinem Ohr. «Es ist doch nicht das erste Mal, dass du so etwas machst, oder?»

Unvermittelt ließ sie von ihm ab und strich sich das Kostüm glatt. Im gleichen Moment ertönte ein Gong als Zeichen, dass sie die gewünschte Etage erreicht hatten. Kokett überließ sie Erik den Vortritt und dirigierte ihn dann zum Ende des Ganges, dessen dicke Teppiche jedes Geräusch ihrer Schritte schluckten. Als sie vor einer Tür anhielten, stockte Erik fast der Atem. Statt einer Zimmernummer ließen messingfarbene Lettern erkennen, dass sich hinter dieser Tür die Präsidentensuite verbarg. Erik wagte gar nicht daran zu denken, was eine Übernachtung kosten mochte. Konnte es wirklich sein, dass eine Frau bereit war, so viel Geld auszugeben, nur um eine Nacht mit ihm zu verbringen?

Auch diese Gedanken schien die Frau erraten zu haben, denn sie nickte ihm aufmunternd zu, öffnete die Tür und sagte: «Ich bin mir sicher, dass du es wert bist!»

Erik atmete tief ein und betrat den schummrigen Raum. Eine Vielzahl von Lampen verbreitete gedämpftes Licht. Die Suite, die sie betraten, war größer als seine gesamte Wohnung.

Das Interieur, im klassisch englischen Stil gehalten, wirkte ein wenig schwülstig mit den geschwungenen Formen und roten Fauteuils, aber auch einladend und luxuriös. Es gab einen kleinen Sekretär aus dunklem Nussbaum, einen ovalen Esstisch aus dem gleichen Holz, eine großzügige Sitzgarnitur, und in der Mitte der mit Seidentapeten bezogenen Wände konnte er eine eingelassene Tür erkennen, hinter der sich wahrscheinlich das Schlafzimmer verbarg.

Sara ließ dem jungen Mann Zeit, sich umzusehen. Währenddessen öffnete sie mit lautem Knall eine Champagnerflasche, die auf einem Beistelltisch im Kühler bereitgestanden hatte. Erik hörte, wie sie das sprudelnde Getränk in zwei Gläser goss. Er blieb einfach in der Mitte des riesigen Raumes stehen und wartete, was als Nächstes passieren würde. Auch hier dämpften dicke Teppiche jeden Schritt, und er erschrak, als die Frau plötzlich neben ihm auftauchte und ihm einen Kelch mit perlendem Champagner reichte.

«Entspann dich!», forderte sie ihn auf. Dann stürzte sie ihr Getränk in einem Zug hinunter und stellte das Glas auf dem kleinen Tisch ab. Während Erik mit kleinen Schlucken an seinem Champagner nippte, nahm Sara ihm den Mantel ab und legte ihn über einen Stuhl. Mit ruhigen Schritten ging sie um den jungen Mann herum und begutachtete ihn von allen Seiten. Die Zufriedenheit in ihrem Gesicht war nicht zu übersehen. Erik wusste nicht genau, was sie von ihm erwartete, und so nippte er weiter an seinem Champagner, steckte eine Hand in die Hosentasche und versuchte, eine dekorative Figur zu machen. Diesmal war er nicht überrascht, als er sie hinter sich spürte. Sie stand ganz dicht bei ihm und vergrub ihre Nase abermals an seinem Hals. Dabei sog sie genüsslich den Duft seines Rasierwassers ein. Als sie ihr Knie anwinkelte, um es zwischen seine Beine zu schieben, hatte er diese Bewegung bereits geahnt. Er lehnte sich ganz leicht gegen sie und spürte die angenehme Wärme, die von ihr ausging.

«Willst du nicht ablegen?», raunte sie mit leiser Stimme. Und Erik ließ das Jackett über ihren freien Arm sinken, wechselte dann das Glas in die andere Hand und entledigte sich der Anzugjacke. Sara fing den Stoff auf und warf ihn achtlos hinter sich auf einen Stuhl. Die Wärme, die von ihr ausstrahlte, wurde intensiver. Mit jedem Atemzug berührte ihre Brust seinen Rücken, und Erik war gespannt, ob allein seine Nähe ausreichte, um sie zu reizen. Wie unbeabsichtigt verlagerte er sein Gewicht und drängte seinen muskulösen Hintern gegen ihren Unterleib. Das genügte, um die Frau leise aufstöhnen zu lassen. Es gefiel ihm, ihr Begehren so einfach wecken zu können, und er wollte wissen, wie weit er sie noch treiben konnte, ohne direkt Hand anzulegen. Während er den letzten Schluck aus seinem Glas nahm, beugte er den Kopf weit zurück, um die kühle Flüssigkeit in seine Kehle laufen zu lassen. Dabei schmiegte er sich an ihren Hals und ließ sie sein Atmen hören. Gleichzeitig erhöhte er den Druck seines Pos und ließ die Hüften ein wenig kreisen.

Sara hielt seinem Drängen stand. Er konnte hören, wie sie schluckte, und er ging ein wenig in die Knie, um sie mit der Auf-und-ab-Bewegung seines Hinterns weiter zu reizen. Die Frau stemmte sich seinem kreisenden Becken entgegen. Ihr Atem wurde schneller. Plötzlich packte sie Erik an den Schultern, drehte ihn zu sich herum und drückte ihn mit hartem Griff in die Knie. Kaum berührte er den weichen Teppichboden, hatte sie auch schon ihren Rock hochgeschoben und sich des Höschens entledigt. Mit einer Hand streichelte sie ihre Muschi, mit der anderen führte sie Eriks Kopf zum Hügel ihres pulsierenden Geschlechts, das sie unnachgiebig auf seine Lippen presste. Gehorsam öffnete der kniende Mann seinen Mund und leckte die Möse, die sich ihm immer fester entgegendrängte.

«O ja!», stöhnte Sara. «Leck mir die Muschi aus!»

Und Erik stülpte seine Lippen über die heiße Vulva, die im selben Augenblick begann, kleine Fontänen auszuspeien.

«Ah, das war gut», stellte Sara zufrieden fest, als er gehorsam auch den letzten Tropfen abgeleckt hatte. Sie zog den Rock wieder hinunter, allerdings ohne ihren Slip wieder anzuziehen, und setzte sich in einen Devonshire-Ohrensessel. Entspannt zurückgelehnt betrachtete sie Erik, der hastig aufstand und seine Hose glatt strich und dabei immer noch das Glas in der Hand hielt. Bevor er einen klaren Gedanken fassen konnte, forderte sie ihn auf, zum Tisch hinüberzugehen und sich auszuziehen.

«Ganz langsam, und zwar alles!»

Erik musste innerlich lachen. Jetzt war er genau in der Situation, die er in Gedanken so oft durchgespielt hatte. Und nun wusste er, wie es weitergehen sollte. Er war wieder in seinem Element und konnte den weiteren Verlauf dieses Spiels bestimmen.

Anstatt die Frau dabei anzusehen, drehte er ihr den Rücken zu, streckte ein wenig den Hintern vor und wiegte sich leicht in den Hüften. Die enge Anzughose betonte die Rundungen seiner Pobacken, und er konnte ihre Blicke förmlich spüren. Während er sich weiter im Takt einer imaginären Musik bewegte, stellte er endlich das Glas ab und öffnete die Knöpfe seines Hemdes. Langsam, ganz langsam ließ er den weißen Stoff über seine Schultern gleiten und drehte dabei den Kopf zur Seite, um Sara aus den Augenwinkeln beobachten zu können. Sie saß lässig mit ausgestreckten Beinen in dem englischen Polstermöbel und hatte ihren Blick immer noch auf sein Hinterteil geheftet. Erik löste den Reißverschluss seiner Hose. Er ging ganz leicht in die Knie, beugte sich ein wenig vor und streifte sich dabei die Hose von den Hüften. Dabei wechselte er das Gewicht von einem Bein auf das andere und ließ den Stoff Zentimeter für Zentimeter an seinen Schenkeln hinuntergleiten. Zum Vorschein kamen knallenge Shorts, unter der sich die Muskeln seiner Beine und die Rundungen seiner Pobacken abzeichneten. Erik hörte, wie Sara genüsslich die Luft einsog und sie mit einem kleinen Seufzer wieder ausstieß. Als er vorhin in der Bar die Faszination in ihren Augen gesehen hatte, als er mit der Hand seinen Brustkorb gestreichelt hatte, wusste er, dass er die richtige Strategie gewählt hatte. Und die Spannung, die nun im Raum lag, gab ihm recht.

Mit einer eleganten Bewegung stieg Erik aus den Hosenbeinen und streifte sich dabei Schuhe und Strümpfe ab. Dann stellte er die Beine ein wenig auseinander und stützte sich mit den Händen auf dem Tisch ab, sodass er seiner Zuschauerin die appetitlichen Pobacken entgegenstrecken konnte. Schließlich fuhr er mit den Händen unter den engen Stoff der Shorts und schob sie lasziv nach unten, bis auch sie zu ihren Füßen lagen. Er beugte sich so weit vor, dass sie gewiss die feine Schnur in seiner Poritze erkennen konnte. Um ganz sicherzugehen, ließ er eine Hand über die weiche Haut seines Hinterteils gleiten, fuhr an der Ritze entlang und zog sie dabei etwas auseinander. Dann glitt er mit den Fingern an dem dünnen Stoff entlang und streifte dabei das dünne Band, das um seine Hüften lag. Während er mit der einen Hand die nackten Halbkugeln seines Hinterns streichelte, fuhr er sich mit der anderen Hand über den Bauch und über den winzigen Tanga, bis seine Fingerspitzen wieder zwischen den Schenkeln zum Vorschein kamen. Er ließ die manikürten Nägel auf dem dünnen Stoff tanzen und zog mit der anderen Hand Kreise auf den nackten Pobacken. Immer wieder berührten sich seine Fingerspitzen und lenkten die Aufmerksamkeit der Zuschauerin auf das für ihren Blick noch verborgene Zentrum, das sich bereits zu beeindruckender Größe erhoben hatte.

Aber Erik hatte es nicht eilig, genauso wenig wie die Frau, welche die kleine Darbietung genießen wollte, bis sie wieder zu Kräften kam. Als der junge Mann sich aufrichtete, rutschte sie noch ein wenig tiefer in den Sessel und faltete die Hände entspannt über ihrem flachen Bauch.

Für sie nicht sichtbar, schob Erik den Tanga herunter und entblößte sein mächtiges Glied. Und als er schließlich auch das winzige Stoffteil in den Händen hielt, verschränkte er die Arme vor seinem Geschlecht und drehte sich wie in Zeitlupe zu Sara um. Scheinbar keusch schob er ein Bein vor das andere und lächelte sie herausfordernd an. Dann öffnete er die Arme und ließ das winzige Kleidungsstück ebenfalls zu Boden fallen. Schamlos gönnte er der Frau einen vollständigen Blick auf seine muskulöse Gestalt mit der schmalen Taille. Auf die schlanken Beine, deren Muskelstränge den Blick nach oben lenkten. Und schließlich auf seinen Schwanz, der sich seiner Betrachterin wie ein Speer entgegenreckte. Als wäre er gerade nackt dem Bad entstiegen, rieb Erik seinen Körper mit den Händen, so als wollte er ein Öl verteilen. Dabei streifte er immer wieder die kleinen rosigen Brustwarzen, bis diese sich dem Reiz ergaben und sich ebenfalls in die Höhe reckten. Erst jetzt war Erik mit dem Gesamtbild zufrieden. Er streckte die Arme in die Höhe, räkelte sich wie ein Kater am Morgen. Dann streifte er durch den Raum, als wäre er allein und auf der Suche nach einer Gespielin. Jeder seiner Schritte war elegant. Seine nackten Sohlen versanken im Teppich, doch er bewegte sich wie ein Raubtier, sicher und geschmeidig. Dabei zog er seine Kreise um die sitzende Frau, als wäre sie die Beute, für die es kein Entkommen gab. Und als Eriks lautlose Schritte endlich hinter Saras Sessel zu einem Halt kamen, konnte er sehen, wie sich ihre Brust hob und senkte und ihre Erregung verriet. Für sie unerwartet, beugte er sich von hinten über die Lehne und legte die Hände auf ihre Schultern, ganz leicht und zart. Er spreizte die Daumen, um ihren Hals zu berühren, dann strich er mit den Fingern am Rand ihrer Bluse entlang, bevor er behutsam die Knöpfe öffnete. Sie hatte immer noch ihre Jacke an, die er nun zusammen mit der offenen Bluse zur Seite schob, um ihre nackte Haut streicheln zu können. Zwischen den Stoffen wurden ihre üppigen Brüste sichtbar, die in einem mit Rosen besetzten Büstenhalter ruhten. Erik kraulte ihren Nacken. Er mochte es, wenn Frauen schwere Brüste hatten. Und diese hier hatte genau die richtige Menge, nicht zu viel, gerade genug, um von oben einen tiefen Einblick in die Spalte zwischen den festen Kugeln haben zu können. Erik stellte sich neben die Rückenlehne des Sessels, um leichter mit dem Zeigefinger an der Linie ihres Halses entlangfahren zu können. Dabei schob er seinen erigierten Penis neben Saras Gesicht. Mit einer kleinen Drehung seines Unterkörpers erreichte er, dass die rote Speerspitze fast ihren Mundwinkel berührte. Sofort öffnete sie ihre Lippen und leckte über die Spitze, die sich ihr so frech entgegendrängte. Erik nutzte diesen Moment, um mit beiden Händen nach Saras Brüsten zu greifen. Der BH ließ sich vorn zwischen den Cups öffnen. Und während sie seine kleine Kuppe mit der Zunge reizte, rieb er mit den Fingerspitzen über ihre nackten Brustwarzen. Als sie begannen sich aufzurichten, packte er die Spitzen und zog sie in die Länge, bis sie so hart waren, dass er hineinkneifen konnte. Die Frau dankte ihm diese Aufmerksamkeit, indem sie sanft an seiner Eichel leckte und mit der rauen Zunge hingebungsvoll über den harten Schaft fuhr. Doch plötzlich entzog sich Erik ihren Liebkosungen. Er richtete sich wieder auf und ging um den Sessel herum. Breitbeinig baute er sich vor der Frau auf und stemmte die Hände in die Hüften. Sie schien überrascht, dass er plötzlich gar nicht mehr so zurückhaltend und schüchtern wirkte, wie sie ihn wohl zuerst eingeschätzt hatte. Seine Körperhaltung verriet Selbstbewusstsein, vielleicht sogar ein wenig Dominanz. Sichtbar neugierig wartete sie auf seine nächsten Schritte. Erik bemerkte ihren amüsierten Blick, und er nahm die Herausforderung an, die darin lag.

Als wäre es das Selbstverständlichste, sich einer fremden Frau so zu präsentieren, hob er sein rechtes Bein an und stellte den Fuß auf die Lehne ihres Sessels. Saras Augen waren genau auf Höhe seines Schwanzes. Obwohl ihr Blick bereits wie gebannt auf die Stelle zwischen seinen Schenkeln starrte, verstärkte er die Wirkung noch, indem er mit den Fingerspitzen am Rand seiner akkurat gestutzten Schambehaarung entlangfuhr. Er umkreiste sein Geschlecht, streifte die rasierten Kugeln seiner Hoden und drückte seinen Zeigefinger gegen die kleine Öffnung seiner Eichel, um seinen Lustprügel vor ihren Augen zu massieren. Wie hypnotisiert folgte sie den Bewegungen seiner Finger und leckte sich dabei die Lippen. Erik vermutete, dass ihr Höschen bereits wieder feucht wurde. Doch um ganz sicher zu sein, gab er ihr eine Zugabe. Er ließ den Zeigefinger an seinem Schaft hinuntergleiten, spielte mit seinen prallen Eiern, hob sie schließlich an und presste sie mit der Faust an der Peniswurzel zusammen, damit die Frau zu seinen Füßen direkt zwischen seine Arschbacken schauen konnte. Er hörte, wie sie den Atem einsog und sich räusperte, er spürte die Unruhe, die von ihr Besitz ergriff, und jetzt konnte er auch deutlich erkennen, wie sie auf ihrem Sitz hin und her rutschte. Ihre Brustspitzen standen steil in die Höhe. Ihre Muschi war noch unter dem Rock verborgen, aber jetzt war es an der Zeit, das zu ändern.

«Zieh deinen Rock hoch und zeig mir deine Möse!», befahl Erik mit fester Stimme. Und während Saras Augenbrauen erstaunt zuckten, folgten ihre Hände bereits dem Befehl. Sie zerrte sich den Rock hoch und riss sich das Höschen herunter. Den Blick fest auf den knallharten Ständer geheftet, begann Sara, ihre Klitoris kräftig zu reiben.

«Nicht so hastig», zügelte Erik ihr Tempo. «Zeig mir deine süße Fotze! Ja, so ist es gut, nimm sie in die Hand und massier sie. Fester! Und jetzt reib deine Klit weiter, schön langsam!»

Erik war begeistert, wie willig sie sich seiner Führung

unterwarf. Das Spiel fing an, ihm zu gefallen. Aber mehr noch erstaunte ihn die Feststellung, dass es ihn erregte, ihr beim Masturbieren zuzusehen. Sein Blick folgte den Bewegungen ihrer Hand, die in gleichmäßigem Rhythmus die kleine Perle rieb, während die andere Hand ihre saftigen Lippen spreizte. Saras Linke spielte an der nassen Öffnung ihrer Möse. Auch ihr schien die Entwicklung des Abends zu gefallen, denn sie machte keinen Hehl aus ihrer Geilheit. Mit ihrem Stöhnen spornte sie Erik an, noch mehr von sich zu zeigen. Doch dafür hätte es keiner weiteren Aufforderung bedurft. Es war, als träte er mit ihr in einen Wettstreit der Schamlosigkeit. Während sie ihr Becken anhob, um ihm ihre glänzende Muschel zu präsentieren, schob er ihr seinen Ständer entgegen, der sich bis zum Bersten mit Blut gefüllt hatte. Daumen und Mittelfinger zogen die Vorhaut herunter, der Zeigefinger tauchte in den winzigen Honigkelch und tupfte in den Liebesnektar. Doch diese kleinen Neckereien reichten Erik bald nicht mehr. Kurz entschlossen packte er Saras Kopf und zog ihn in seinen Schoß. Er presste ihren Mund auf seine mächtige Erektion und zwang sie, von seinem Nektar zu kosten. Gehorsam fügte sie sich seiner Lust und sog das glitzernde Sekret zwischen ihre Lippen. Erik stöhnte laut auf, als sie sich seiner Schwanzspitze widmete. Hingebungsvoll lutschte sie an der runden Kuppe. Und als sie ihre Zunge in die nasse Öffnung stieß, war es um Eriks Beherrschung geschehen.

«O ja!», stöhnte er. «Tiefer! Komm, jaa!»

Mit einer Hand führte er ihre Zunge, mit der anderen presste er ihren Kopf fest zwischen seine Schenkel. Es gab kein Entrinnen für sie, außer ihn bis zum Höhepunkt zu lecken. Als seine Stimme heiser wurde und sein Mund stöhnende Laute ausstieß, nahm sie ihre Hände zu Hilfe. Sie ließ ihr Geschlecht los und griff sich Eriks harten Prügel. Mit beiden Händen bearbeitete sie Schwanz und Eier und verschlang ihn gleichzeitig mit ihrem Mund. Wie rasend leckte sie von der Öffnung an seinem Ständer hinunter und wieder zurück zu seinem gierigen Loch, das nicht genug von ihrer rauen Zunge bekommen konnte. Scheinbar völlig unerwartet traf sie ein Impuls wie von einer elektrischen Entladung, und im selben Augenblick schwemmte ihr der heiße Saft entgegen, der Eriks Orgasmus begleitete. Sein Unterleib zuckte unter ihren Händen, und seine Finger krallten sich in ihr Haar, bis der erlösende Höhepunkt sich in seinem ganzen Körper ausgebreitet hatte. Ebenso plötzlich, wie Erik explodiert war, beruhigte er sich wieder. Er nahm sein Bein von der Sessellehne und drückte die verblüffte Frau zurück in den Fauteuil. Verwirrt, weil er sie so sitzen ließ, schaute sie von ihrem pulsierenden Geschlecht zu Eriks entspanntem Gesicht, das nun seinerseits mit amüsiertem Blick auf sie hinabsah. Dann drehte sich der schöne Mann um und ging langsam zum Beistelltischchen. Als er hörte, dass sie ihm folgen wollte, drehte er sich blitzschnell zu ihr um und rief: «Stopp!» Augenblicklich ließ sie sich wieder in den Sessel fallen und sah ihn fragend an. «Bleib, wo du bist, und wage es nicht, deine Muschi anzufassen!»

Wie versteinert blieb sie sitzen und starrte ihm hinterher. Er wusste nicht, wie lange er sie in seinem Bann halten konnte, also versuchte er, sie mit bewährten Mitteln abzulenken. Er beugte sich über den Tisch und hantierte an seinem Jackett, das sie vorhin hier über den Stuhl geworfen hatte. Er fühlte Saras Blick auf seinem nackten Arsch. Ihre fleischigen Lippen mussten immer noch feucht glänzen, und er ahnte, dass sie sich danach sehnte, seinen prallen Pfahl endlich in sich zu spüren. Aber Erik hatte keinesfalls vor, ihr allzu schnell wieder die Führung zu überlassen. Mit flinken Händen riss er ein Kondom auf, prüfte, in welche Richtung es sich abrollen ließ, und zog den Präser über seinen Schwanz, der immer noch recht prall und hart war. Dann stolzierte er aufreizend langsam wieder zu der Frau im Sessel zurück. Er sank auf die

Knie, streifte mit den Lippen über ihre geöffnete Möse, um zu prüfen, ob sie nach wie vor geschwollen war, und richtete sich wieder auf. Breitbeinig baute er sich vor Sara auf und zeigte ihr, dass sein bestes Stück auch nach dem Abspritzen noch eine erstaunliche Standfestigkeit bewies. Schließlich beugte er sich hinunter, bis sie seine muskulöse Brust mit den Lippen berühren konnte.

«Na komm, worauf wartest du?», forderte er sie auf.

Sofort streckte sie ihre Zunge aus, streifte über die winzigen Knospen und sog sie brav in den Mund.

«Fester!», verlangte Erik. «Ist das alles, was du kannst?» Und als sie mit aller Kraft zu saugen begann, lobte er sie: «Ja, das ist phantastisch. Und jetzt die andere. Mmh, das machst du gut …»

Während er sie abwechselnd an seinen Nippeln saugen ließ, bemerkte er, dass sie wieder nach ihrer Muschi greifen wollte. Sofort herrschte er sie an: «Hab ich dir nicht verboten, dich anzufassen?» Er hob ihr Kinn an und zwang sie, zu ihm aufzuschauen. Während sie mit der Zungenspitze über ihre Lippen fuhr, holte Erik aus und schlug ihr mit der flachen Hand ins Gesicht, gerade fest genug, um seinem Befehl Nachdruck zu verleihen. Die Frau wollte protestieren, aber bevor sie etwas sagen konnte, schob er ihr seinen Daumen zwischen die Lippen, und sie ließ es geschehen, schloss ihre Augen und ließ die Zunge über den Eindringling tanzen. Während ihr Mund beschäftigt war, griff Erik mit der rechten Hand zwischen ihre Beine. Sie saugte an seinem Daumen, und Erik tauchte einen Finger in die feuchte Spalte, massierte ihre Pforte mit den Fingerspitzen und belohnte ihren Gehorsam mit leisem Stöhnen. Als Erik spürte, dass sie sich nicht mehr lange würde beherrschen können, hatte er Erbarmen. Er packte ihre beiden Handgelenke und führte die Hände zu seiner muskulösen Brust. Dann kniete er sich auf den Sessel.

«Sieh mich an!», verlangte er von Sara. Sie öffnete die

Augen und sah ihn mit verschleiertem Blick an. Als er langsam seinen Unterleib senkte und schließlich die Spitze seines Ständers zwischen ihre Muschilippen schob, flackerten ihre Augenlider. Ihr Körper erzitterte, während sie sein Glied langsam in sich aufnahm. Erst als er fest im Sattel saß, begann er mit seinem Ritt, und Sara hielt sich an seinen kräftigen Schultern fest, während er sie fickte. Sie hatte ihre Gier offensichtlich so lange zurückgehalten, dass sie nun hemmungslos stöhnte und sich seinen Stößen entgegenstemmte.

«Aaah, gib's mir», keuchte sie, während er immer schneller wurde. Sie ließ seine Schultern los und packte seine Arschbacken, um das Tempo zu bestimmen. Jetzt hatte sie wieder die Oberhand, und sie ließ keinen Zweifel daran, dass sie ihn erst freigeben würde, wenn er sich in ihr entladen hatte. Ihre Hände hielten ihn fest im Griff, und er stieß seinen Schwanz kraftvoll in ihre Möse. Mit jedem Stoß packten ihre Hände fester zu. Ihre Finger glitten in seine Ritze, und er spürte, wie sie seine Arschbacken auseinanderzog. Das Gefühl, ihn zu entblößen, steigerte ihre Geilheit, und es dauerte nicht lange, bis sich ihre Finger tief in seine weichen Hinterbacken gruben und sie einen dumpfen Schrei ausstieß.

Völlig außer Atem hockte Erik zwischen ihren Schenkeln und wartete darauf, dass sie sich beruhigte. Ihr Körper war schweißbedeckt. Sie hatte den Kopf zurückgelegt und die Augen geschlossen. Der Moment war günstig. Erik griff zwischen seine Beine und hielt das Ende des Kondoms fest, während er seinen nicht mehr ganz so prallen Penis aus ihr herausgleiten ließ. Dann zog er den Gummi ab, bevor sie etwas bemerkte, und warf ihn hinter den Sessel.

«Nicht so eilig», murmelte Sara, ohne sich aus ihrer entspannten Position zu erheben. Sie umfasste Eriks Hüfte und zog ihn wieder an sich. Er hockte breitbeinig auf ihr, mit halberigiertem Penis, der Brustkorb bebend vor ihrem Gesicht, die Hände auf die Rückenlehne des Sessels gestützt.

Mit einer Hand langte sie von hinten zwischen seine Beine und tastete nach den immer noch geschwollenen Eiern. Sie schob ihre Hand über seinen Schwanz und kontrollierte, ob er noch hart genug war. Eriks Geschlecht war überreizt und empfindlich. Der junge Mann erhob sich, in der Hoffnung, dem Druck ihrer tastenden Finger zu entkommen, aber sie hielt ihn in eisernem Griff.

«Wo willst du denn hin?», fragte sie ihn verwundert. «Du glaubst doch wohl nicht, dass ich so leicht zufriedenzustellen bin, oder?» Während sie ihn an der Hüfte festhielt, packte sie seinen Schwanz und hielt ihn in der Faust. «Vielleicht braucht dein Ständer ja eine Pause?», fragte sie Erik fürsorglich. «Vielleicht fühlt sich deine Hinterpforte ein wenig vernachlässigt, was meinst du?» Sie tastete mit dem Daumen nach dem kleinen Löchlein, das ihr jedoch den Eingang versperrte. Also benetzte sie ihre Finger mit ihrem Mösensaft und verrieb ihn auf Eriks hinterer Öffnung, um sie gefügiger zu machen. Immer wieder stupste sie mit der feuchten Fingerspitze in die Rosette, bis sie schließlich ein wenig nachgab. Sie erhöhte den Druck und bohrte sich langsam in die enge Pforte. Doch kaum hatte sie den Finger wieder herausgezogen, schloss sich der Eingang erneut.

Es waren erst ein paar Minuten vergangen, seit sie zum zweiten Mal gekommen war, aber sie schien immer noch unersättlich. Ihre geschwollene Möse glänzte feucht, als wartete sie nur darauf, Eriks Schwanz wieder verschlingen zu können. Das kleine Fingerspiel hatte anscheinend ausgereicht, um Saras Gelüste erneut zu wecken.

«Leck sie!», flüsterte sie. «Damit sie wieder schön nass wird.» Mit diesen Worten schob sie den jungen Mann vom Sessel und spreizte ihre Beine. Gefügig, trotz seiner Erschöpfung, kniete er sich zwischen ihre Knie und tastete nach ihren geschwollenen Lippen. Sie rochen nach Gummi und Mösensaft und fügten sich geschmeidig in seine sanften Finger. Vorsichtig massierte er die empfindliche Haut und strich dabei immer wieder über die gerötete Perle. Er tupfte mit der Zunge auf die kleine Erhebung und schmeckte ihr salziges Aroma. Als er mit der Zunge um ihre Pforte herumleckte, spürte er plötzlich Saras Hand in seinem Nacken.

«Nicht so zögerlich, mein Hübscher!» Sie drückte seinen Kopf auf ihre Muschi und forderte ihn damit auf, sie fest in den Mund zu nehmen.

«Ah, ja», stöhnte sie, während er den langsam fließenden Honig zwischen seine Lippen sog und ihre Spalte mit der Zunge bearbeitete. Ihre Lippen füllten sich immer mehr mit Blut und wuchsen in seinen Mund hinein. Kaum hatte Erik sich an der nassen Möse festgesogen, richtete sich Sara plötzlich auf. Sie drückte Erik nach hinten, sodass er mit dem Rücken auf dem weichen Teppichboden landete. Während die Frau ihre Klit rieb, ging sie völlig selbstverständlich zu Eriks Jacke, holte einen Präser hervor und riss ihn mit den Zähnen auf. Aus seiner liegenden Position konnte er beobachten, wie geschickt sie den Gummi prüfte. Dann kniete sie sich zu ihm auf den Teppich und fingerte an seinem Penis. Erik half ihr, indem er seinen Schwanz mit ein paar gezielten Handgriffen wieder zum Stehen brachte. Als er hart genug war, stülpte sie ihm den Präser über. Dann stieg sie breitbeinig über ihn, Jacke und Bluse hatte sie inzwischen ausgezogen und achtlos beiseitegeworfen, der Rock hing hochgerollt um ihre Hüften. Erik hielt die Luft an, als sie ihn mit einem festen Stoß in sich eindringen ließ. Ganz tief nahm sie seinen Pfahl in ihrer Möse auf. Während sie ihn hart und schnell fickte, packte sie seine Brustwarzen und zog die Knospen in die Länge, bis sie ebenso erigiert waren wie sein zu neuem Leben erwachter Schwanz. Die kräftigen Stöße ließen ihre schweren Halbkugeln tanzen, und Erik fiel in ihr Stöhnen ein. Er hielt still unter ihrem Ritt und lieferte sich ihr völlig aus. Er war das Spielzeug ihres Begehrens, ihr Liebesdiener, der nur dafür da war, sie zu befriedigen. Und so senkte sie ihre willige Möse auf seinen Ständer und vögelte ihn unnachgiebig mit kraftvollen Stößen bis zu ihrem erlösenden Höhepunkt. Sie bäumte sich auf, stieß einen befreiten Schrei aus und verharrte mit zitterndem Unterleib auf seinem Pfahl, über den sich die Ströme ihrer Lust ergossen. Dann verließen sie die Kräfte, und sie sackte erschöpft neben Erik zu Boden. Beide rangen nach Luft. Eine Weile lang hörte man nur die keuchenden Atemzüge der beiden. Doch dann raffte Sara sich auf. Sie tätschelte noch einmal Eriks muskulöse Brust. Während sie sich langsam erhob und jetzt, da alles vorbei war, endlich ihren zerknitterten Rock auszog, um unter die Dusche zu gehen, deutete sie auf ein Sideboard, das neben der vermeintlichen Schlafzimmertür stand.

«Du bist es wirklich wert», sagte sie anerkennend. «Der Briefumschlag ist für dich.» Sie schlüpfte aus dem Rock und fügte grinsend hinzu: «Und vergiss deinen Tanga nicht. Wir wollen doch keine verräterischen Spuren hinterlassen.»

Erik sah sich um. Er musste lächeln, als er neben dem Sessel auch das zweite Kondom entdeckte. Nun, dann sollte er besser auch diese Spuren entsorgen. Er schnappte sich sein Strip-Utensil und sammelte auch die beiden Präservative ein. Nur gut, dass er an Taschentücher gedacht hatte. Dezent ließ er die Zeugnisse dieses Abends in seiner Jackentasche verschwinden. Bevor er sich wieder ankleidete, begutachtete er seinen hart in Anspruch genommenen Penis, doch der hatte die Ereignisse gut überstanden. Zufrieden knöpfte Erik sein Hemd zu und schlenderte zum Sideboard. Tatsächlich hatte sie dort einen Briefumschlag deponiert, der sich recht dick anfühlte. Er drehte sich um, doch Sara war schon im Bad verschwunden, also wagte er einen Blick. Seine Augen wurden groß, als er die vielen Scheine entdeckte. Schnell steckte er den Umschlag ein. Ob sie von ihm erwartete, dass er sofort die Suite verließ?

Erik entschied sich dagegen. Als er wieder korrekt gekleidet war, öffnete er die Badezimmertür. Dampfwolken quollen ihm entgegen. Über das Prasseln des Wassers hinweg rief er ihren Namen. Sara stellte kurz die Dusche ab. «Ist noch etwas?»

«Ich wollte mich nur verabschieden», sagte Erik. «Und wenn du zufrieden warst … du weißt ja, Anruf genügt …»

«Ich werde darauf zurückkommen», antwortete die Frau in der Dusche und stellte das Wasser wieder an.

Erik zog die Tür hinter sich zu und verließ beschwingt das Hotel. Als er schließlich erschöpft und müde im Taxi saß, zählte er das Geld, das sie für seine Dienste gezahlt hatte. Beim zehnten Hundert-Euro-Schein wurde ihm schwindelig. Er lehnte sich zufrieden auf dem Rücksitz des Wagens zurück und formulierte in Gedanken den Text für die nächste Anzeige in der Tageszeitung.

Vergnügt ging Arno unter die Dusche und ließ heißes Wasser auf seine nackte Haut prasseln. Er spannte die runden Pobacken an und wand sich unter dem Wasserstrahl, der seine kräftigen Schultern massierte.

Als seine Haut zart und rosig genug war, drehte er das Thermostat auf eiskalt und hielt der klirrenden Kälte so lange stand, bis sich die Poren zusammengezogen hatten und die Hitze in seinem Inneren speicherten. Er fühlte sich phantastisch. Entspannt und erfrischt trat er in das geräumige Badezimmer, um sich dem weiteren Pflegeprogramm zu widmen.

Mit der Zahnbürste im Mund beugte er sich über das Waschbecken, stützte sich mit einer Hand auf dem Rand auf und strich sich mit der anderen die Augenbrauen glatt. Als jedes Härchen an seinem Platz lag, richtete er sich auf und schlug sich auf den kleinen Bauchansatz. Mit einem Waschbrettbauch konnte Arno nicht punkten. Aber er hatte andere Vorzüge zu bieten. Seine stämmige Figur mit den kräftigen Händen war das Ergebnis jahrelanger körperlicher Arbeit und wirkte auf natürliche Weise männlich. Die Tatsache, dass seine ausgeprägten Muskeln unter einer gutgepolsterten Haut lagen, war aus seiner Sicht kein Nachteil. Vielmehr war bei Arno Stärke mit Weichheit gepaart. «Du fühlst dich wunderbar an» war ein Satz, den er schon oft gehört hatte. Die Bauarbeiterfigur allein erklärte allerdings noch nicht seinen Erfolg beim anderen Geschlecht. Auch wenn seine Arbeitskollegen sich immer wieder über ihn lustig machten und die Wirkung von ehrlichem Männerschweiß auf Frauen priesen, war Arno sicher, dass das Aroma eines gepflegten Männerkörpers eine noch viel größere Wirkung erzielte. Er hielt von teuren Rasierwassern und übertünchenden Deos ebenso wenig wie seine Kollegen. Aber im Gegensatz zu den haarigen, ungewaschenen Exemplaren seiner Gattung setzte Arno auf die Wirkung frischen Schweißes auf unbehaarter Haut. Der Preis für seinen appetitlichen Körper war ein ausgefeiltes Pflegeprogramm, dem er sich regelmäßig widmete. Von der täglichen gründlichen Reinigung einmal abgesehen, war einmal die Woche eine längere Sitzung im Badezimmer notwendig. Die Rasur der Achseln hatte er gleich unter der Dusche erledigt. Dabei hatte er auch gleich das Gestrüpp zwischen seinen Arschbacken beseitigt. Ohne Haarbüschel gab es für die anrüchige Arbeit der Bakterien deutlich weniger Nährboden, sodass Arno auch am Ende eines Tages angenehm männlich-herb duftete. Das Zupfen einzelner Härchen, die an den unmöglichsten Stellen zum Licht strebten, hatte er ebenfalls schon erledigt. Kritisch betrachtete er das vorläufige Ergebnis.

Eine feine dunkle Spur führte vom Bauchnabel direkt hinunter zur Schwanzwurzel, wo sie sich mit den dunklen Kringeln seiner Schambehaarung vereinte. Die krausen Locken waren schon wieder nachgewachsen, obwohl er sie erst letzte Woche kurz geschnitten hatte. Arno war der Meinung, dass auch ein echter Kerl es den Damen so angenehm wie möglich machen sollte, wenn er ab und zu einen Blow Job haben wollte. Und dazu gehörte nun mal, dass sich die Auserwählte nicht durch einen haarigen Urwald kämpfen musste. Also griff er sich die kleine Bartschere, die er extra für diesen Zweck angeschafft hatte, und klappte den Klodeckel hoch. Breitbeinig stellte er sich über die Schüssel und begann, die dunklen Löckchen über seinem Penis zu stutzen. Als sein bestes Stück bis zum Ende des Schaftes freigelegt war, klappte er den Penis nach oben und vollendete sein Werk auf dessen Unterseite. Wenn er jetzt noch einen Cockring anlegte, würde jede Frau freiwillig auf die

Knie sinken, um in den Genuss dieser herrlichen Pracht zu kommen – zumindest in seiner Phantasie. Während er sich in Gedanken eine vollbusige Blondine auf Knien vorstellte, die willig ihren Mund öffnete, pinkelte er genüsslich auf die dunklen Haarstoppeln in der Kloschüssel. Dabei musste er sich zusammenreißen, um die Phantasie nicht zu weit zu treiben, damit er sein Geschäft beenden konnte, bevor sich sein treuer Gefährte wieder aufrichtete. Schließlich schlug er die letzten Tropfen ab, zog die Spülung und drehte sich wieder zum Waschbecken, wo er sein Pflegeprogramm beendete. Er hängte seinen Schwanz über den Beckenrand, schob die Vorhaut zurück und wusch die letzten Urinreste ab. Arno mochte den zufriedenen Gesichtsausdruck der Frauen, wenn er ihnen seinen Schwanz in den Mund schob und sie feststellten, wie sauber und duftend er war. Dann leckten und saugten sie mit echter Begeisterung, statt einen widerwilligen Preis für die erwartete Gegenleistung zu zahlen.

Als er schließlich nackt und breitbeinig vor dem Spiegel stand, ging hinter ihm die Tür auf.

«Wow!», entfuhr es der Frau, die hinter Arno das Bad betrat. «Was für ein Kerl!»

Sie blieb hinter ihm stehen und schmiegte sich an seinen muskulösen Rücken. Mit der Nasenspitze berührte sie die weiche Haut an seinem Hals und schnupperte.

«Du riechst gut», stellte sie fest. «Was ist das?»

«Nichts.» Arno grinste. Der unverfälschte Geruch eines frischgewaschenen Körpers hatte eine erstaunliche Wirkung.

«Aber du duftest», insistierte die Frau, deren Name, wenn er sich richtig erinnerte, Milla war.

«Dann kannst du mich wohl einfach gut riechen.» Arno lachte und drehte sich zu seiner neuesten Eroberung um. Schnell neigte sie den Kopf zur Seite und murmelte etwas von Zähneputzen.

«Stört es dich, wenn ich bleibe?»

Die Augen der Frau weiteten sich. Sie schien zu überlegen, wie viel Intimität sie nach der ersten gemeinsam verbrachten Nacht zulassen konnte. Der Sex war alles andere als zaghaft gewesen, und so musste sie wohl schließlich zu dem Ergebnis kommen, dass Scham jetzt unangebracht war. Sie lächelte und nahm die Zahnbürste entgegen, die Arno ihr hinhielt.

Er war noch vom letzten wilden Ritt gesättigt und wollte im Moment nur seinem Voyeurismus frönen. Entspannt lehnte er sich gegen eine kleine Kommode, die seine ordentlich zusammengefalteten Handtücher enthielt. Milla hatte ihm den Rücken zugedreht und widmete sich ihren Zähnen. Sie hatte einen entzückenden Po, der Arno heute Nacht schon viel Freude bereitet hatte. Zwei kleine Grübchen zierten die runden Backen und lenkten den Blick hinauf zu einem geraden Rücken. Millas Haut war sonnengebräunt und hatte kleine dunkle Leberflecke, die ein Muster bildeten. Ihre Brüste, die sich im Moment Arnos Blick entzogen, hatten vor ein paar Stunden noch schwer in seinen Händen gelegen. Ein wohliger Schauer lief ihm über den Rücken, als er daran dachte, wie sich ihr weiches Fleisch um seinen Schwanz geschmiegt hatte. Arno hatte diese üppigen Kugeln zusammengepresst und seinen Ständer zwischen ihre Brüste geschoben. Noch feucht und glitschig von ihren Säften, war er hineingeglitten. Der Anblick seiner roten Schwanzkuppe, die immer wieder zwischen den Hügeln zum Vorschein gekommen war, hatte seine Geilheit so sehr gesteigert, dass er seinen Samen viel zu schnell auf Millas herrlichen Busen gespritzt hatte. Noch schwer atmend, hatte er sich zu ihr hinuntergebeugt und seine Spuren von ihren Titten geleckt. Wollüstiges Stöhnen war der Lohn für seine Aufmerksamkeit gewesen.

Während die Frau in seinem Badezimmer sich gerade kaltes Wasser ins Gesicht klatschte, musste Arno feststellen, dass sich sein Schwanz schon wieder regte. Jetzt, da seine

Scham wieder frisch gestutzt war, wirkte der sich aufrichtende Phallus noch länger und kräftiger. Wie ein Speer ragte er vor Arno auf und zeigte auf das Objekt seiner Begierde. Schnell griff sich Arno ein Handtuch und verdeckte damit seinen fordernden Ständer. Er wollte Millas Unbefangenheit noch nicht durch seine erneuten Avancen stören, sondern sie lieber noch ein Weilchen beobachten.

«Ich … äh …» Sie blickte ihren Liebhaber über die Schulter an, als wäre es ihr peinlich, sich ganz umzudrehen.

«Tu dir keinen Zwang an», antwortete Arno amüsiert. Er war gespannt auf ihre Reaktion.

Milla seufzte und klappte den Toilettendeckel auf. Geschmeidig setzte sie sich hin. Sie stemmte ihre Zehenspitzen auf den Boden, presste die Knie zusammen und stützte sich mit den Händen auf den Oberschenkeln ab. Dabei wurden ihre Brüste zu einem höchst verlockenden Dekolleté zusammengeschoben. Arno musste an das Bild seines Schwanzes zwischen diesen Prachtmöpsen denken. Er spürte, wie sein Ständer unter dem Handtuch zuckte.

Milla hatte den Blick züchtig gesenkt, und dann begann es zu plätschern. Als der Strahl unaufhaltsam in das Porzellanbecken rann, schaute sie zu Arno auf. Er lächelte sie an und warf das schützende Frottétuch beiseite. Vor ihm ragte seine Rute auf. Milla betrachtete den nackten Mann interessiert, aber Arno konnte nicht erkennen, ob ihr die frischgestutzte Scham auffiel. Als die plätschernden Geräusche verstummten, sah Milla sich suchend um.

«Warte!» Arno bückte sich und holte eine Rolle Toilettenpapier aus dem Schrank. Er riss ein paar Blätter ab und wickelte sie zusammen. Dann kniete er vor Milla nieder und forderte sie auf: «Mach die Beine breit!» Er musste ob der Doppeldeutigkeit seines Befehls lachen.

Milla starrte auf den prallen Ständer. Schließlich öffnete sie ihre Schenkel. Arno schob seine Hand mit dem Papierknäuel zwischen ihre Beine und tupfte über die benetzten Muschilippen. Fürsorglich rieb er sie trocken und betätigte die Spülung. Als das Wasser rauschte, wollte Milla aufstehen, doch Arno hielt sie zurück.

«Nicht so schnell. Ich muss doch erst noch prüfen, ob wirklich alles sauber ist.» Er nahm die zweite Hand zu Hilfe, teilte die wulstigen Lippen und fuhr mit den Fingern über die inneren Furchen und Fältchen.

«Ich fürchte, du bist noch ganz besudelt von deinem nächtlichen Treiben», murmelte Arno und schüttelte den Kopf. «Nein, so kann ich dich unmöglich gehen lassen. Komm her, ich werde dich ein wenig frisch machen.» Er zog die Frau von der Toilette zum Waschbecken, was sie wortlos geschehen ließ.

«Ja, so ist es gut! Stell dich breitbeinig hierhin.» Arno drehte den Wasserhahn auf, wartete, bis der Strahl die richtige Temperatur hatte, und schöpfte das warme Wasser dann mit der hohlen Hand. Ungeachtet der Überschwemmung, die er verursachte, spritzte er seiner Geliebten das Wasser auf die Scham, wo er es mit der anderen Hand verrieb. Sorgfältig fuhr er mit den Fingern in jeden Winkel ihrer Vulva und wusch sie gründlich aus. Es entging Arno keineswegs, dass Millas Möse eindeutig auf diese Behandlung reagierte, aber er wollte noch ein wenig mit ihr spielen, bevor er sie seinen harten Hammer spüren ließ. Nachdem reichlich warmes Wasser an den strammen Frauenbeinen hinabgeflossen war und auch die Ritze zwischen den prallen Pobacken frisch gewaschen war, griff Arno sich ein Handtuch und begann, ihren Unterleib sorgfältig trocken zu tupfen.

«Beug dich nach vorn», sagte er und teilte die Hinterbacken fachmännisch. Er rieb das Handtuch fest durch die Spalte, bis sie vollkommen trocken war. Dann bückte er sich und leckte die frischgewaschene Haut wieder nass. Arno ließ seine Zunge zwischen den Pobacken auf und ab gleiten, und immer wenn er die kleine Öffnung passierte, stieß er seine Zungenspitze tief hinein.

«He, du hast noch etwas vergessen», erinnerte Milla ihn an sein eigentliches Vorhaben. Noch einmal bohrte Arno seine Zunge in die Öffnung, in die er gestern mit wilder Lust seinen Schwanz hineingestoßen hatte. Die Versuchung, diesen Coitus a Tergo zu wiederholen, war groß, aber Arno entschied sich für eine andere Spielart. Er stellte sich hinter Milla, spreizte ihre Pobacken und ließ seinen Liebesstab der Länge nach in die Ritze gleiten. Er hatte sie nass genug geleckt, dass er sich jetzt langsam zwischen den Halbkugeln bewegen konnte. Die nackte Frau lehnte sich zurück und erhöhte den Druck auf Arnos gierigen Schwanz. Sie schien die ihr zugewiesene Rolle als passives Lustobjekt zu genießen und machte keinerlei Anstalten, dieses Spiel voranzutreiben. Arno ließ seinen harten Prügel noch ein paar Mal hin- und hergleiten, dann verharrte er in dieser Position und widmete sich wieder der Möse, deren Nässe inzwischen nicht mehr allein von der Waschung herrührte. Den Ständer fest in Millas Arschritze gepresst, griff Arno von vorn zwischen die Muschilippen, um sie erst einmal trocken zu tupfen. Mit dem Frotté rieb er über das Geschlecht, zuerst vorsichtig, dann immer kräftiger, denn Millas Stöhnen ließ erkennen, dass ihr diese Behandlung gefiel. Bevor Millas Begeisterung auf den Höhepunkt zustrebte, warf Arno das Handtuch auf den Boden und verließ sich auf die Fertigkeiten seiner Finger. Trotz der harten Arbeit auf dem Bau waren seine Hände weich. Die Fingernägel feilte er zweimal pro Woche, damit sie immer kurz und ohne Ecken und Kanten waren. Dieser besondere Pflegeaufwand machte sich jetzt bezahlt. Er konnte seine kräftigen Fingerkuppen ohne Risiko in Millas Möse tauchen. Tief stieß er einen Finger hinein, während er mit der anderen Hand in ihren schon wieder nassen Lippen wühlte. Milla verlor langsam die Beherrschung. Ihr Oberkörper kippte nach vorn, sie stützte sich mit den Händen auf dem Beckenrand ab und genoss es sichtlich, Arnos Drängen ausgeliefert zu sein. Der Mann, der sie von hinten und vorn fest im Griff hatte, spürte, wie die Frau langsam zerfloss. Über seine Hände troff eine warme Flüssigkeit, doch diesmal war es kein Wasser, sondern das Sekret ihrer Lust. Arno badete seine Hände in dem frischen Nass und versuchte, sich auf ihre Zeichen zu konzentrieren. Ihr Unterleib zitterte, und der fließende Saft war ein deutliches Indiz für den nahenden Orgasmus. Die Gewissheit, dass sein Schwanz sich so nahe an ihrem hinteren Fickloch befand, ließ Arnos Selbstbeherrschung langsam schwinden. Wenn er Milla nicht bald so weit hatte, dass sie kam, würde er sich um das Vergnügen bringen, von ihr zum Abschluss noch einen geblasen zu bekommen. Es kostete ihn unglaubliche Mühe, seinen Hammer nicht einfach in ihre Hinterpforte zu stoßen und stattdessen auf den Rhythmus ihrer Möse zu achten. Arno konnte schon spüren, wie die Scheidenmuskeln zu zucken begannen, während er die geschwollene Klit mit dem Daumen rieb. Mit der freien Hand packte er eine von Millas herrlichen Brüsten und vergrub seine Finger in dem nachgiebigen Fleisch. Der Frauenkörper vibrierte unter seinen Händen, und das Beben übertrug sich auf seinen festverzapften Ständer. Arno ließ sein Becken vor- und zurückschnellen.

«Oh … Mann, du bist so gut», keuchte Milla und überließ sich dem Ansturm von Arnos Berührungen. «Ja … Jaaa … fick mich mit deinen Fingern!»

Arno stieß seinen Mittelfinger fest in ihr nasses Loch und massierte die Innenwände der zuckenden Vagina. Als sich der gierige Schlund fest um den Eindringling krampfte, ließ Arno die steil aufgerichtete Brustwarze los, die er gerade noch bearbeitet hatte, und griff mit der Hand zwischen die geschwollenen Lippen. Er presste seine Fingerspitzen auf die gereizte Lustknospe und ließ seine Hand dabei zittern.

Millas Unterleib wurde von der Gewalt der erlösenden Entladung förmlich zurückgeschleudert. Sie schrie vor Lust und erschlaffte im gleichen Moment in Arnos starken Armen, die sie festhielten, bis das Zucken und Keuchen sich beruhigte. Arno spürte, wie ihre Knie nachgaben und sie sich kaum noch auf den Beinen halten konnte. Ihre eben noch fest zusammengepressten Hinterbacken gaben seinen berstenden Schwengel frei.

Arno hatte sich lange zurückgehalten und Milla gute Liebesdienste geleistet. Doch nun brach der Damm seiner Selbstbeherrschung. Er schnappte sie sich und setzte sie auf den Klodeckel. Sie blickte zu ihm auf, und ihr verheißungsvolles Lächeln verriet ihm, dass sie wusste, was er von ihr wollte. Bevor Arno die Initiative ergreifen konnte, packte Milla sein rechtes Bein, zog es hoch auf den Toilettendeckel und beugte sich zum überreifen Schwanz hinab. Mit einer Hand umfasste sie die prallen Eier, mit der anderen schob sie die Vorhaut zurück. Das zufriedene Lächeln auf ihren Lippen konnte Arno nicht sehen. Er spürte nur, wie sie mit der Zunge die Eichel umrundete und vorsichtig in das kleine Spritzloch stieß. Als sie ihren warmen Mund über den knallharten Luststab stülpte, schwanden Arno die Sinne. Seine Hoden zogen sich zusammen und wurden von kräftigen Fingern gemolken, bis die Säfte des Ejakulats hochgepumpt wurden und mit ganzer Wucht in den empfangenden Mund schossen.

Und Milla schluckte die volle Ladung.

Als sein Schwengel zu schrumpfen begann, zog Arno sich langsam zurück und fiel abermals vor seiner Eroberung auf die Knie. Er blickte ihr tief in die Augen, und bevor sie etwas sagen konnte, verschloss er ihren Mund mit einem leidenschaftlichen Kuss. Er wühlte seine Zunge zwischen ihre Lippen und schmeckte seinen eigenen Saft. Milla erwiderte sein Zungenspiel, wanderte über seine glatten, gepflegten Zähne, knabberte an seinen weichen Lippen und schmiegte ihren nackten Körper in seine Umarmung.

«Du bist der appetitlichste Mann, der mir je begegnet ist», flüsterte sie heiser.

Arno war sich dessen sehr wohl bewusst.

Gefällt es dir? Mich so zu sehen? Gefesselt an einen Baum … nackt wie Adam … ohne Feigenblatt … Und du? Meine Eva?

Sieh mich an! Mein Brustkorb reckt sich dir entgegen. Der Wind streicht über meine Brustwarzen. Sie sind ganz hart und spitz. Möchtest du sie lecken?

Du zögerst noch? Und betrachtest meinen nackten Körper mit den gespreizten Beinen, die Füße weit auseinandergestellt, fest auf dem weichen Waldboden …

Komm näher, du wildes Weib … Kannst du meinen Moschusduft wittern?

Ja, so ist es gut! Ich bin dir ausgeliefert, und du fällst vor mir auf die Knie.

O ja, reibe dein Gesicht an meinem muskulösen Bauch, koste den ersten Lusttropfen, der sich glitzernd auf der samtigen Phallusspitze gesammelt hat, mmmh, lecke mit deiner rauen Zunge über meinen Schaft.

Spürst du, wie willig mein Ständer ist? Du kannst ihn dir nehmen, wenn du willst, mit deiner Zunge, deinen Fingern oder deiner heißen Möse …

Mein Schwanz ist hart wie ein Pfahl, jaa, komm, verreib den Saft auf deinem Loch, damit du meine mächtige Latte spüren kannst.

Lavaströme jagen durch meinen Körper, und ich kann nichts anderes tun, als mich an der samtigen Birkenrinde zu reiben, meine Arschbacken gegen den Stamm zu pressen und mich deinen Händen auszuliefern …

Oohjaa, spreiz deine Lippen, press deinen Daumen auf die entblößte Kuppe meines Schwanzes.

Ich werde immer geiler, während du an meinen harten Warzen saugst. Aaah, saug dich fest an mir, nimm die Spitzen in den Mund, jaa, fester, jaaa …

Ich winde mich unter deinen Berührungen, mein Becken kreist, und du hast Mühe, dir meinen harten Ständer in die Fotze zu stecken. Mach schon, spieß dich auf, ich bin heiß und geil …

Fick mich doch endlich!

Aaah, das tut gut, deine Finger packen fest zu, ich will mehr, ja, los, komm, fester, mein Schwanz ist deinen Händen ausgeliefert, ich kann mich doch nicht wehren …

O nein, lass ihn nicht los … Was tust du? Aah, ja, ich leck den Saft von deinen Fingern …

Ist es gut so? Kannst du dir vorstellen, was meine Lippen mit deiner Muschi machen können? Mmmmh, so wie ich an deinen Fingern sauge, könnte ich auch deine Knospe lecken, sie ganz fest reiben und die Zunge über dein heißes Fleisch tanzen lassen …

Jaaa, lass mich deine Finger lecken …

Ooohh … ich spüre meinen Schwanz an deiner Spalte … Er ist so riesig … Du musst dein Loch noch ein bisschen weiten, wenn du ihn ganz reinschieben willst …

Jaaa, reib dein Fötzchen mit meinem Harten, deine Muschi kann noch mehr vertragen …

Ohjaaaa, mach sie weit für meine Riesenlatte, zieh die Lippen ganz weit auseinander, damit er reinpasst, mein geiler Ständer …

Jaa … jaaa … steck ihn dir rein … fick dich mit meinem Hammerschwanz …

Ich bin so geil und heiß … jaaaa, komm, besorg's mir … ich will, dass du mich richtig hart fickst …

Deine Möse schmatzt unter meinen Stößen … Du bist so nass, dass es mir die Beine runtertropft …

Nimm mich … fick mich … reite mich …

rororo

Diese erotischen Kurzgeschichten lassen sich gleich zweimal genießen. «Sie stöhnt» erzählt von leidenschaftlichen Begegnungen, wie wir sie zu kennen glauben: Die Frau wird verführt, gibt sich hin und stöhnt vor Lust. Doch was passiert, wenn sich die Vorzeichen ändern? Wenn die Frau sich nimmt, wonach ihr der Sinn steht? Dann ist sie es, die den teuren Sportwagen vorführt und sich den jungen Geliebten gönnt, und dann heißt es: «Er stöhnt» …

Von Corinna Rückert sind außerdem lieferbar:
«Lustschreie» (rororo 23962)
«Gestohlene Lust» (rororo 24277)
«Kammern der Begierde» (rororo 24616)

Corinna Rückert

Sie stöhnt, **er stöhnt**

Erotische Geschichten

Rowohlt Taschenbuch Verlag

Originalausgabe

Veröffentlicht im Rowohlt Taschenbuch Verlag,
Reinbek bei Hamburg, April 2009

Redaktion Kristine Kress

Umschlaggestaltung any.way, Cathrin Günther
(Foto: getty images)

Satz Dante MT / Deepdeene PostScript (InDesign) bei
Pinkuin Satz und Datentechnik, Berlin

Druck und Bindung CPI – Clausen & Bosse, Leck

Printed in Germany

ISBN 978 3 499 24893 1

Rosenhochzeit

«Hast du mir meinen Wunsch erfüllt?» Jack stellte diese Frage mit einem erwartungsvollen Glitzern in den Augen. Er hatte beide Hände auf den Tisch gelegt und spielte mit den Fingerspitzen an dem Besteck. Seine Nervosität war ihm deutlich anzumerken. Louise überlegte, ob sie ihn noch ein wenig zappeln lassen sollte, entschied sich dann aber, das Spiel zu beginnen – gleich hier und jetzt. Sie nickte.

Das Paar hatte einen Tisch in seinem Lieblingsrestaurant reserviert. Der Platz befand sich in der hintersten Ecke des langgezogenen Lokals. Akkurate Reihen von weiß eingedeckten Tischen füllten den Raum, der mit seinen hohen Wänden und der mit Stuck verzierten Decke einen pompösen Anblick bot. Kellner in schwarzen Hosen, weißen Hemden und langen weißen Schürzen eilten umher, um die Gäste mit erlesenen italienischen Speisen zu verwöhnen. Der Duft von Trüffeln lag in der Luft. Jeder Teller mit der Hausspezialität «Tagliatelle con Tartufo» wurde stets von zwei Kellnern gebracht. Einer servierte die dampfenden Nudeln, die in einer feinen Soße aus Wein und Sahne schwammen. Der andere hielt ein Holzbrett bereit, auf dem sich eine Trüffelreibe befand, und ein paar der dicken schwarzen Erdknollen. Nachdem der Gast die Trüffeln mit großem «Ah» und «Oh» begrüßt hatte, griff sich der erste Kellner Reibe und Pilz und schabte mit großer Geste ein Häufchen Trüffelspäne auf das Nudelgericht. Die Zeremonie wiederholte sich an jedem zweiten Tisch des Hauses, denn die versammelten Gäste wussten Außergewöhnliches zu schätzen. Ebenso wie Jack und Louise, die an diesem Abend ihren zehnten Hochzeitstag zelebrierten.

Gerade hatten sie ihre Bestellung aufgegeben: Zweimal Trüffelnudeln und dazu einen Barbera d'Alba des Weingutes Castello di Neive, Jahrgang 2005. Der Kellner würde eine Weile brauchen, um die gewünschte Flasche aus dem Weinkeller zu holen, und so blieb ihnen ein wenig Zeit für den ersten Akt.

«Schieb deinen Rock hoch, damit ich es sehen kann.» Jacks Stimme zitterte vor Aufregung.

Louise stützte ihren Ellbogen auf den Tisch und tippte mit dem Zeigefinger an ihr Kinn. Dabei hob sie den Kopf zu einem hochmütigen Lächeln. Ihre andere Hand verschwand unter dem Tisch. Louises Stuhl stand in der Ecke des Raumes. Niemand saß hinter ihr, und von vorn war sie durch das bodenlange Tischtuch vor neugierigen Blicken geschützt. Eine Weile geschah nichts, außer dass die zierliche Frau mit den langen schwarzen Locken auf ihrem Stuhl herumzappelte, als könnte sie es gar nicht erwarten, dass endlich die Trüffel serviert wurden. Dann stützte sie auch den zweiten Arm auf dem Tisch auf, faltete ihre schlanken Hände unter ihrem hübschen Kinn und bedachte ihren Mann mit dem Lächeln einer Madonna. Bevor sie sich auf ihrem Stuhl zurücklehnte, warf sie einen Blick über Jacks breite Schultern, um sich zu vergewissern, dass sich kein Kellner auf dem Weg zu ihrem Tisch befand. Louise nahm sich ein Stück Weißbrot und beugte ihren Rücken entspannt zurück. Anmutig und elegant zupfte sie ein Stück Brot ab, führte es zu ihrem rotgeschminkten Mund und schob es sich zwischen die Lippen, ohne dabei die sorgfältig aufgetragene Farbe zu verschmieren. Die ebenfalls roten Fingernägel hoben sich dunkel von ihrer blassen Haut ab, von der sie an diesem Abend viel zeigte. Das silberfarbene Kleid aus weich fließendem Satin wurde nur von zwei dünnen Trägern auf ihren nackten Schultern gehalten. Um ihren Schwanenhals wand sich eine lange Perlenkette, die sie über dem Ansatz

ihrer festen Brüste geknotet hatte. Der Ausschnitt des Kleides zog sich bis zur Mitte ihrer Halbkugeln. Unmöglich, dass sie einen BH trug.

Jack beugte sich zu seiner Frau vor, ganz der galante Gentleman, der ihr ein wohlformuliertes Kompliment ins Ohr flüstern wollte. Tatsächlich aber war er sprachlos. Seine Augen weiteten sich ungläubig, als könnte er nicht fassen, was er gerade zu sehen bekam.

Louise hatte ihr Kleid bis zu den Hüften hochgeschoben. Sie saß breitbeinig auf dem Stuhl und gewährte Jack Einblick in ein zauberhaftes Arrangement. Wie er es sich gewünscht hatte, trug sie keine Unterwäsche. Stattdessen zog sich aber eine feine Silberkette über ihren Unterleib und verschwand zwischen den Lippen ihrer Vulva, die sich nackt und haarlos um die Kette wölbten. Was Jack noch nicht sehen konnte, waren die Feinheiten dieses Schmuckstücks, das sie als Hochzeitsgeschenk hatte anfertigen lassen. Der Goldschmiedemeister, der sich auf die Herstellung erotischer Artefakte spezialisiert hatte, befand sich nur ein paar Häuser von ihrem Restaurant entfernt in der gleichen Straße. Nun, die Besonderheiten ihres Intimschmucks würde Jack in den nächsten Stunden noch entdecken können.

Louise winkelte das rechte Bein an, damit ihr Ehemann sich schon einmal Appetit holen konnte beim Anblick ihrer nackten Scham. Jack schluckte. Seine Gesichtsfarbe nahm einen frischen rosigen Ton an, und er war fast froh, dass der Kellner ihn aus seiner hypnotischen Starre erlöste. Das Ritual des Weinkostens begann, doch Jack konnte sich weder auf den leichten Brombeergeschmack konzentrieren noch auf die leuchtende Farbe des Rotweins in dem bauchigen Kristallkelch. Er nickte den Wein ab und war froh, als der Mann vom Service wieder verschwand.

«Was …» Er musste sich räuspern. «Was ist das für eine Kette?»

«Find es heraus.» Louise wusste nun, dass ihre Überraschung gelungen war.

Ihr Sexleben war bisher auch ohne große Experimente befriedigend gewesen. Wie in langjährigen Beziehungen nicht unüblich, hatte die Frequenz in den letzten Jahren nachgelassen. Aber Louise war überzeugt, dass ein guter Orgasmus alle paar Wochen besser war als ständig schnelle Nummern mit mäßiger Wirkung. Der Rosenhochzeitstag war dennoch ein guter Anlass, ihr Liebesleben wieder ein wenig in Schwung zu bringen. Und wenn sie Jacks tiefe Atemzüge richtig deutete, würde dieser Tag eine neue Ära einleiten.

Es dauerte nicht lange, und das Kellnerduo erschien mit den Speisen. Vorhin hatte Jack sich noch auf die kleine Zeremonie des Trüffelhobelns gefreut, doch nun wünschte er sich, so schnell wie möglich wieder allein mit Louise am Tisch zu sein. Allein – unter den möglichen Blicken von zig Gästen. Die Vorstellung von Louises nackter Muschi, die nur für ihn sichtbar war, und das Wissen darum, sich mit vierzig, fünfzig anderen Menschen in einem Raum zu befinden, ließen sein Glied anschwellen. Er musste sich mit seinem Stuhl ein wenig zur Seite drehen, damit kein aufmerksamer Beobachter die Beule in seiner weiten Sommerhose entdecken konnte. Das enge weiße T-Shirt spannte sich über seinem Brustkorb, als er tief Luft holte, um sich seinem Essen widmen zu können. Die Tagliatelle schmeckten vorzüglich, und das Aroma der Trüffel entfaltete sich mit jedem Schluck des Barbera zur vollen Blüte. Aber Jack konnte an nichts anderes denken als an die fleischigen Lippen seiner Frau und die dünne Kette dazwischen. Rasch faltete er die gestärkte Stoffserviette auseinander und drapierte sie als zusätzlichen Sichtschutz über seine Erektion, die sich immer kräftiger gegen den dünnen Hosenstoff drängte. Unter dem festen Tuch konnte er seinen Schwanz wachsen lassen und die Erregung genießen. Wärme breitete sich zwischen seinen Schenkeln aus, und er ertappte

sich dabei, eine Hand gegen seinen Ständer zu drücken, um sich daran zu reiben.

«Liebster», unterbrach Louise seine Selbstvergessenheit. «Würdest du mir die Serviette reichen? Sie ist mir runtergefallen.»

Ohne nachzudenken, bückte Jack sich und hob das Tuch vom Boden auf. Als er sich wieder aufrichten wollte, starrte er direkt in das offene Schmuckkästchen seiner Frau und entdeckte einen Teil des Geheimnisses der Kette. Louise hatte sich auf dem nackten Po in seine Richtung gedreht und die Beine so weit gespreizt, wie es die Deckung des Tisches zuließ. Ihre äußeren Lippen klafften auseinander, und Jack konnte eine dicke silberne Perle erkennen, die direkt auf Louises Klitoris ruhte. Im gleichen Augenblick schloss sie die Beine wieder und bewegte ihren Oberkörper hin und her. Jack, der inzwischen wieder aufrecht saß, konnte sich vorstellen, welche Wirkung die Reibung der Silberkugel auf ihrer Lustperle hervorrief. Sein Mund fühlte sich plötzlich ganz trocken an. Er leerte sein Glas mit einem großen Schluck, und sofort eilte ein Kellner heran, der ihm nachschenkte. Dieses Spiel barg den Reiz des Entdecktwerdens in sich. Jack musste sich entscheiden, wie weit er es treiben wollte. Seine Frau hatte ihm die Vorlage geliefert, und nun war es an ihm, den weiteren Verlauf dieses Abends zu bestimmen. Er holte noch einmal tief Luft und begab sich in die Rolle, die Louise so an ihm liebte.

«Press deine Beine zusammen und beweg dein Becken!», befahl er ihr. Überrascht weiteten sich ihre Augen für einen Moment, und dann folgte sie seiner Anweisung. Er sah, wie sich ihr Körper in den Hüften wiegte, ganz sanft, kaum erkennbar für einen Außenstehenden. Aber Jack konnte an dem feuchten Glanz ihrer blauen Augen erkennen, dass sich die Wirkung der Kugel bereits verstärkte.

«Drück deinen Rücken durch», sagte Jack zwischen zwei

Gabeln voll Nudeln. Louise machte ein Hohlkreuz und verlagerte damit ihr Gewicht direkt auf den oberen Teil ihrer Vulva. Sie hielt das Besteck fest in den Händen und konnte sich nicht mehr auf das Essen konzentrieren. Mit Hilfe der Kugel und ein paar geschickten Bewegungen massierte sie ihre Klitoris in Anwesenheit von über fünfzig fremden Menschen, die nichts von ihrem ungeheuerlichen Tun wussten. Louise ließ den Blick schweifen, ohne ihren geheimen Akt zu unterbrechen. Sie schaute sich die anderen Gäste genau an, erwiderte jeden Blick, der ihr galt, und lächelte verzückt in die Runde. Manche Frau lächelte zurück, fragend, ob sie sich vielleicht kannten. Und eine ganze Reihe von Männern hob erstaunt die Augenbrauen, um gleichzeitig einen sehnsüchtigen Blick in Richtung dieser bezaubernden Frau zu werfen, die eine unerklärliche erotische Ausstrahlung besaß. Louise spürte, welche Wirkung sie hervorrief. Was wohl geschähe, wenn irgendjemand herausfände, was sich hinter dem Tischtuch abspielte? Vor ihrem inneren Auge sah Louise eine orgiastische Szene, in der die Fremden sich die Kleider vom Leibe rissen und übereinander herfielen.

Ein plötzlicher Griff zwischen ihre Schenkel holte sie zurück in die Wirklichkeit. Jack hatte sein Besteck auf den noch halbvollen Teller gelegt und sich ein Stück Brot genommen, das er nun mit einer Hand vor seinen Mund hielt. Er hatte sich wieder vorgebeugt und tat so, als würde er seiner Frau liebevoll den Schenkel tätscheln. Tatsächlich aber lagen seine Finger direkt auf den fleischigen Lippen und tasteten nach der silbernen Kugel. Mit dem Zeigefinger fuhr er über die Kette, folgte ihrem Verlauf zwischen den Fruchthälften, rieb über die glatte Oberfläche des Metalls und verstärkte den Druck auf die bereits geschwollene Klitoris. Dabei sah er seiner Frau tief in die Augen und murmelte: «Zum Nachtisch hätte ich gern einen saftigen Pfirsich, aufgeschnitten in zwei Hälften, aus denen der Nektar fließt.» Er glitt weiter an der

Kette entlang und stutzte. Sein Finger befand sich auf der Höhe ihres Eingangs, doch eine weitere Kugel versperrte ihm den Zugang. Diese war deutlich größer als die erste und presste sich in die enge Pforte, die er am liebsten auf der Stelle vögeln würde. Sein Finger tastete sich an den Innenseiten von Louises kleinen Schamlippen entlang und umrundete die Silberkugel. Ganz unten, am Damm zwischen Vagina und After, wo die Kette sich weiter in Richtung Hinterpforte zog, konnte er mit dem Finger ein wenig vordringen. Er presste den Zeigefinger zusammen mit der Kugel in Louises enges Loch und badete in ihrem Honig. Seine Frau schnappte nach Luft und versuchte, sich nichts anmerken zu lassen. Bevor ihrem schönen Mund ein Stöhnen entweichen konnte, zog Jack den Finger wieder heraus. Er setzte sich bequem zurück und strich mit dem Mittelfinger durch die Trüffelsoße auf seinem Teller. Doch statt die sahnige Creme abzulecken, steckte er sich den Zeigefinger in den Mund und lutschte genüsslich daran.

«Pfirsicharoma» war sein einziger Kommentar, und Louise schenkte ihm ein süßes Lächeln. Dann beugte sie sich über den Tisch und flüsterte: «Du hast noch nicht alles entdeckt.» Jack legte die Gabel zurück, die er gerade zum Mund führen wollte. Er ahnte bereits, was für ein Geheimnis seine Frau noch vor ihm verbarg, und wollte dem sofort auf den Grund gehen.

«Zeig's mir!», forderte er heiser. Louise rutschte auf dem Stuhl nach vorn, bis sie nur noch mit halber Pobacke darauf saß. Jack hüstelte und bückte sich, als wollte er einen Schnürsenkel zubinden. Mit einer Hand nestelte er an seinen Schuhen, mit der anderen langte er an den Hintern seiner Frau. Rasch schob er seine Hand zwischen ihre Pobacken und tastete nach der Silberkette. Sie verlief genau in der Ritze und schien an der Hüfte von einer weiteren Kette gehalten zu werden. Als Jack dem Verlauf folgte, entdeckte er eine

weitere Kugel, die von der Kette gegen die Rosette gedrückt wurde. Die Raffiniertheit dieses Schmuckstücks versetzte ihn in Erstaunen. Woher nur hatte Louise eine solche Idee? Für einen Moment war er versucht, seine Frau auf den Tisch zu legen, um das aufwändige Arrangement genau in Augenschein nehmen zu können. Doch dann erinnerte er sich wieder daran, wo sie sich befanden, und richtete sich ordentlich auf seinem Platz auf.

«Du bist unglaublich!», sagte er anerkennend, erhob sein Glas und prostete seiner Frau zu. «Auf die nächsten zehn Jahre.»

«Und auf einen interessanten Abend», erwiderte Louise und stieß mit ihm an.

«Was passiert, wenn du an der Kette um deine Hüften ziehst?», wollte Jack wissen.

«Mit ein bisschen Phantasie kannst du dir das vorstellen.»

«Mach es! Jetzt sofort!»

Louise tupfte sich die Lippen, die inzwischen ein wenig von ihrer roten Farbe verloren hatten, mit der Serviette und wischte sich die Finger darin ab. Dann stemmte sie neckisch die Hände in die Hüften und lächelte ihren Mann an. Ihre Fingerspitzen tasteten durch den dünnen Stoff des Kleides nach der Kette, die sich um ihre Taille schlang. Sie nahm das silberne Band durch den Satin hindurch zwischen Daumen und Zeigefinger und zog es langsam in die Höhe. Dass sich der Druck auf die drei Kugeln zu verstärken begann, konnte Jack an Louises Gesicht ablesen. Winzige Schweißperlen bildeten sich über ihrer Oberlippe. Unruhig rutschte die Frau auf ihrem Stuhl hin und her. Wenn sie es geschickt anstellte, konnte sie sich auf der Stelle einen Orgasmus bereiten. Doch sie war sicher, dass sie dann mit ihrem Stöhnen die Aufmerksamkeit des ganzen Lokals auf sich ziehen würde. Und so schnell wollte sie diesem Abend noch kein Ende bereiten. Ein paarmal bewegte sie ihre Hüften noch, genoss für einen

weiteren Moment die Hitze, die von dem Zentrum zwischen ihren Schenkeln aufstieg und sich in ihrem ganzen Körper ausbreitete. Dann saß sie wieder still und nahm das Besteck auf, um die Reste der Trüffelnudeln zu verspeisen.

Jack bewunderte die Selbstbeherrschung seiner Frau. Es schien ihm fast, als hätte sich all sein Blut in seinem Schwanz gesammelt, der mit pochender Gier sein Recht verlangte, während Louise wieder ganz entspannt wirkte. Zu seinem Entsetzen winkte sie gerade den Kellner heran und bestellte zwei Portionen Pêche Melba zum Nachtisch. Erstaunlicherweise stand dieses klassisch französische Dessert auf der Tageskarte des ansonsten ganz und gar italienischen Restaurants.

«Du wolltest doch Pfirsiche zur Nachspeise, nicht wahr, mein Liebling?», flötete Louise und weidete sich an seinem Bemühen, die Fassung zu bewahren. Als sie sich vorbeugte, um ihm einen Kuss ins Ohr zu hauchen, legte sie wie zufällig ihre Hand auf seinen Oberschenkel, von wo aus sie zielstrebig unter die Serviette wanderte. Louises Hand packte den Riesenständer und massierte ihn, bis Jack rot anlief und nach Luft schnappte. Er spürte deutlich, wie die Wellen, die sein pulsierender Penis aussandte, immer intensiver wurden. Mit Sicherheit hatte er bereits einen ersten feuchten Fleck in der Hose, der sich hoffentlich nicht auf dem hellen Stoff abzeichnete. In Gedanken stellte er sich Louise ausgestreckt auf dem Tisch vor, während er ihre Hand fest auf seinem Rohr spürte. Er sah, wie sie ihre Beine weit spreizte und sie anwinkelte, damit er all ihre Öffnungen in Augenschein nehmen konnte. Bevor er sich die gesamte Komposition ihres schamlosen Schmucks vorstellen konnte, nahm sie ihre Hand von seinem Ständer, langte sich einmal zwischen die Beine und hielt ihm kurz darauf einen Finger zum Ablecken vor den Mund. Mechanisch streckte er die Zunge aus und kostete den Nektar, den sie ihm darbot. Er liebte ihren Geschmack. Ohne

sich darüber Gedanken zu machen, ob jemand zu ihnen herübersah, saugte er Louises Finger zwischen die Lippen und leckte das ganze Sekret ab. Seine Hände auf dem Tischtuch zitterten, und er blickte verklärt in die Ferne.

«Lass uns von hier verschwinden», flehte er und machte schon Anstalten, sich zu erheben. Doch genau in diesem Moment kam der Kellner mit den Pfirsich-Eis-Kreationen, die er mit vollendetem Schwung vor ihnen platzierte, nachdem ein anderer Kellner die Speiseteller abgeräumt hatte.

«O nein», erwiderte Louise auf seine Bitte. «Iss, damit du später bei Kräften bleibst.» In ihren Worten lag ein Versprechen, das ihm fast den Verstand raubte. Mit äußerster Selbstbeherrschung löffelte er den Eisbecher, und mit jedem Bissen stellte er sich vor, wie er Louises Muschi leckte. Deren süßsaurer Geschmack vermischte sich mit dem Aroma von Vanille, Himbeere und Pfirsich, und Jack war überzeugt, dass ihm noch nie ein Nachtisch so gut geschmeckt hatte wie dieser. Aus dem Augenwinkel nahm er wahr, wie Louise an ihrem Kleid nestelte. Er schaute von seinem Pêche Melba auf und bemerkte zunächst nur, dass sie ihre schwarzen Locken nach vorn gestreift hatte, sodass sie sich nun bis über ihr Dekolleté kringelten. Louise hielt ihren langstieligen Löffel in der Luft und zwirbelte damit durch ihre Lockenpracht. Als Jack genauer hinsah, war es fast um seine Fassung geschehen. Louise hatte den Ausschnitt des Kleides so verschoben, dass nun ein zarter Nippel herausschaute, den sie unter ihren Haaren für die Blicke der weiter entfernt sitzenden Gäste versteckt hielt. Jack jedoch hatte freie Sicht auf die vorwitzige Brustwarze, die Louise mit dem Löffelstiel umkreiste und sie so weiter reizte. So oft schon hatte er seine Frau nackt vor sich gehabt, hatte jeden Zentimeter ihres bezaubernden Körpers erkundet, hatte ihr Lust bereitet und selbst Lust empfangen, aber die kleinen geheimen Spielchen an diesem Abend ließen ihre Reize in einem ganz neuen Licht erscheinen. Er wusste

nicht, ob es die Öffentlichkeit war, in der sie sich zeigte, oder ob es ihre Schamlosigkeit war, die sich immer nur in kurzen Momenten offenbarte, aber er hatte sie noch nie so sehr begehrt wie hier zwischen all diesen fremden Menschen, die, ohne es zu wissen, Zeugen einer ganz besonderen Verführung wurden. Jack konnte seine Augen nicht abwenden von der rosigen Spitze, die sich durch die schwarzen Locken hindurchbohrte. Louise tat so, als würde sie mit den Fingerspitzen eine Haarsträhne zwirbeln, hatte jedoch in Wirklichkeit den Nippel zwischen Daumen und Zeigefinger. Sie spielte unter ihrem Haar mit der roten Kirsche, zog an ihr, drehte sie mit den Fingerspitzen und genoss die Erregung, die ihren Körper erfasst hatte. Völlig unvermittelt zupfte sie ihr Kleid wieder zurecht, warf die Locken in den Nacken und beugte sich zu ihrem Mann über den Tisch.

«Du zahlst, und ich gehe mich frisch machen. Du findest mich in der zweiten Kabine. Sei doch bitte so lieb und denk an mein Tuch.» Mit diesen Worten stand sie auf, schnappte sich ihre winzige Abendhandtasche und entschwand mit wiegenden Schritten aus Jacks Blickfeld. Irritiert blieb er mit seiner Latte am Tisch zurück und überlegte, wie er es schaffen sollte, ihr zu folgen, ohne mit der Riesenbeule in seiner Hose Aufsehen zu erregen. Im Vorbeigehen hatte Louise offenbar die Rechnung geordert, denn wenige Augenblicke nach ihrem Abgang stand der Kellner mit einem Tablett neben Jack. Auf die Frage nach der Zufriedenheit brummelte Jack eine kaum verständliche Antwort und überspielte seine Unhöflichkeit mit einem großzügigen Trinkgeld, dem keine weiteren Konversationsversuche des Kellners folgten. Jack war erleichtert, seine ganze Aufmerksamkeit wieder auf seinen erigierten Penis richten zu können. Mechanisch sammelte er seine Jacke und Louises Stola zusammen, und im gleichen Moment verstand er, warum sie ihren Schal nicht mitgenommen hatte. Er war eine perfekte Tarnung, hinter

der sich auch die größte Beule mit feuchtem Fleck verstecken ließ.

Geschützt vor allen Blicken, durchquerte Jack das Lokal und verschwand ebenfalls in dem Gang, der zu den Toiletten führte. Anstelle der üblichen zwei getrennten Räume für Damen und Herren hatte dieses Restaurant eine elegantere Lösung gefunden. Es gab an gegenüberliegenden Seiten eines großen Raumes je drei einzelne Kabinen, alle geräumig und mit eigenem Waschtisch versehen. Jack hielt immer noch Jacke und Tuch schützend vor seinen Unterleib und schaute sich um. Es war gerade kein anderer Gast in Sicht, und so klopfte er beherzt an die zweite Tür der Damenkabinen. Sofort öffnete sie sich einen Spaltbreit, und er konnte hineinschlüpfen. Als er die Tür hinter sich zugezogen und den Riegel vorgeschoben hatte, bot sich ihm ein atemberaubender Anblick.

Louise stand nackt vor ihm, ein Bein auf den Toilettendeckel gestützt, die Füße immer noch in ihren silberfarbenen Sandaletten. Ihr Kleid hatte sie ordentlich an den Kleiderhaken gehängt, das Handtäschchen lag auf der Konsole unter dem Schminkspiegel. Alles, was sie trug, war die Silberkette, die sich maßgeschneidert um ihren Unterleib wand.

Jack wollte gerade zu einer wortreichen Lobeshymne auf seine Frau ansetzen, als sie ihm sanft ihren rotlackierten Zeigefinger auf den Mund legte.

«Sag nichts, mein Liebster. Zieh dich aus.» Sie machte eine bedeutungsvolle Pause. «Und dann darfst du dir das Ganze aus der Nähe ansehen.» Verschmitzt lächelnd sah sie ihrem Mann dabei zu, wie er fast das Gleichgewicht verlor, als er sich so schnell wie möglich seines Anzugs entledigte. Auf nackten Sohlen, eine unglaubliche Latte vor sich hertragend, näherte er sich seiner verführerischen Frau. Er schlang seine Arme um sie und bedeckte ihr Gesicht, ihren Hals, ihre Brüste mit zarten Küssen.

«Was für ein Hochzeitstag», murmelte er, während seine Lippen mit ihren harten Brustspitzen spielten. Seine Hände strichen ihren Rücken hinunter. Louise stand da, streichelte Jacks Nacken und überließ sich seiner Neugier. Endlich hatte er die Kette erreicht, die um ihre Taille lag. Er fuhr mit den Fingerspitzen an den Kettengliedern entlang. Eine Hand tastete sich zu der vorderen Verknüpfung, die andere glitt zur hinteren Verbindung, bis beide die ins Zentrum führende Silberkette erreicht hatten. Als Jack sich weiter nach unten tastete, hielt er den Atem an. Gleichzeitig spürte er die drei Kugeln, die jeweils einen Eingang versperrten und die Klitoris reizten. Er musste die Raffinesse dieses Schmuckstücks mit eigenen Augen sehen. Also kniete er sich vor Louise und zog die zarten Pfirsichhälften auseinander. Er berührte die obere kleinere Kugel und massierte mit dem glatten Metall die erregte Perle. Das tiefe Rot von Louises offener Frucht verriet den Zustand der Erregung, in dem sie sich befand. Je durchbluteter ihr Fleisch wurde, desto größer wurde die Reibung des Intimschmucks. Jack umrundete mit dem Finger die zweite Silberkugel, die wie ein Fruchtkern in der Mitte des rosigen Pfirsichfleischs ruhte. Sie war mit glitzerndem Nektar überzogen, und als Jack ein wenig an dem verbindenden Kettenglied zog, gab sie den Eingang frei, aus dem ihm duftendes Sekret entgegenquoll. Schnell tauchte er einen Finger in die nasse Frucht, stieß ihn tief hinein und weidete sich an Louises Stöhnen, das er hervorrief. Er spürte, wie sich die Muskeln des engen Gangs um seinen Finger zusammenzogen, und ahnte, dass Louise es nicht mehr lange aushalten würde. Aber er hatte noch nicht alles gesehen, und so stieß er ein letztes Mal in das weiche Fleisch, bevor er sich der Hinterpforte widmete.

«Dreh dich um», flüsterte Jack. Seufzend drehte Louise ihrem Mann den Po zu und beugte sich so tief nach unten, dass sie sich mit den Händen aufstützen konnte. Mit weit

gespreizten Beinen lieferte sie sich den Blicken ihres Geliebten aus. Die Mösenkugeln waren verrutscht. Die triefend nasse Frucht schien Jacks Aufmerksamkeit einzufordern, aber seine Augen starrten auf die Rosette, die sich fest um einen silbernen Kettenring geschlossen hatte. Der Eingang hatte sich im Laufe des Abends so sehr geweitet, dass er die Silberkugel verschlungen hatte. Jacks Finger, die noch nass von dem Pfirsichsaft waren, tupften über die straffe Haut um das Poloch herum. Er konnte die Kugel spüren, die sich dicht hinter dem Eingang befand. Langsam und genüsslich zog Jack an der dünnen Kette, und nach kurzer Gegenwehr öffnete sich das Löchlein, und das glänzende Metall kam zum Vorschein. Der Anblick war so faszinierend, dass Jack die Kette losließ, damit der kleine Schlund die Kugel erneut verschlingen konnte. Louise stöhnte laut auf, als der Eindringling zurückschnellte. Und sofort zog Jack an dem silbernen Ring, bis die Kugel wieder zum Vorschein kam. Diesmal zog er sie weiter heraus, ließ sie los, zog noch einmal, bis sie heraussprang und von außen gegen die Rosette drückte. Louises Hinterteil begann zu zappeln, und Jack wusste, was sie jetzt brauchte. Er richtete sich auf und öffnete geschickt den Verschluss des Schmucks, um freie Bahn zu haben. Dann positionierte er seinen Ständer zwischen den saftigen Pfirsichhälften und rieb gleichzeitig mit dem Daumen über die gereizte Rosette.

«Vögel mich endlich!», flehte Louise ihren Mann an. Und als hätte er auf diese Aufforderung gewartet, trieb er sein hartes Rohr in ihre Möse. Mit der gleichen Kraft stieß er seinen Daumen in ihren Anus und bohrte ihn tief in ihr enges Fleisch. Louise schrie vor Lust und stemmte sich den Stößen entgegen, mit denen ihre beiden Öffnungen gefickt wurden. Ihr ganzer Unterleib war in Aufruhr, pulsierte und jagte Ströme der Erregung durch ihren Körper.

«Warte», stöhnte Jack, der die Entladung herannahen spürte. «Ich komme gleich! Ich …»

Er durchbohrte die Lustpforten, noch einmal, zweimal. Beim dritten Mal trieb er seinen Pfahl tief in das heiße Fleisch seiner Frau und spritzte seinen Samen ab. Louise keuchte, presste ihre Möse gegen den harten Phallus, und dann ließ sie los, ließ sich in den Strom ihres Begehrens fallen und erwiderte das Pumpen des Schwanzes mit den Kontraktionen ihrer Scheidenmuskeln. Es war, als würde sie Jacks Ständer melken, ihre Möse krampfte sich um die harte Latte, und Louises Stöhnen mischte sich in das Keuchen ihres Mannes.

Zitternd verharrten die beiden in dieser Stellung und versuchten, wieder zu Atem zu kommen. Aus der Ferne hörten sie eine Toilettenspülung, jemand rüttelte an der Türklinke, und dann war wieder alles still, bis auf das Geräusch tiefer Atemzüge und das laute Klopfen ihrer Herzen.

Zärtlich streichelte Jack Louises Pobacken, als er sich langsam aus ihr zurückzog. Seine Frau blieb noch einen Moment in ihrer gebückten Stellung, und er konnte beobachten, wie sich die kleine Rosette langsam wieder schloss. Sein ganzer Körper stand unter Strom, sein Herz raste, und er hatte das Gefühl, gerade den intensivsten Orgasmus seines Lebens gehabt zu haben.

«Das war unglaublich», flüsterte Louise, die ihre Stimme kaum beherrschen konnte. Sie hob das Silbergeschmeide vom Boden auf und ließ heißes Wasser über das Metall laufen. Sorgfältig trocknete sie Kette und Kugeln ab und hängte sich das Schmuckstück dann um den Hals, wo es sich ganz unschuldig zu der Perlenkette gesellte. Mit weichen Knien nahm sie das Kleid entgegen, das Jack ihr hinhielt, und streifte es sich über. Der Stoff fiel glatt und glänzend über ihre Nacktheit, und nichts ließ erahnen, welcher Lust sie sich eben noch hingegeben hatte. Auch Jack machte wieder einen ordentlichen Eindruck, nun, da er sich angezogen hatte und mit der Jacke über dem Arm auf seine Frau wartete, die sich noch die Lippen nachzog. Als hätte sie sich nur eben die Hände

gewaschen, verließ Louise die Kabine, sah sich kurz um und winkte dann ihren Mann heraus. Arm in Arm gingen die beiden durch das Restaurant und ignorierten die erstaunten Blicke der anderen Gäste.

«Buona sera», rief ihnen der Kellner hinterher, bei dem sie vor über einer Dreiviertelstunde bezahlt hatten und der sich nun wunderte, warum die beiden jetzt erst das Lokal verließen.

Louise und Jack nickten ihm lächelnd zu, bevor Jack seiner Frau galant die Tür offen hielt. Sie drehte sich zu ihm um und meinte: «Wir sollten öfter essen gehen, was meinst du?» Jack blieb die Antwort schuldig. Er konnte den Blick nicht von der Silberkette wenden, deren Kugeln zwischen Louises wogenden Brüsten hin und her wippten.

Die Beifahrerin

«Was kann schon passieren?», hat meine Schwester mich gefragt. «Ich rufe dich zur vereinbarten Zeit an, und wenn dir der Typ nicht gefällt, dann gehst du eben wieder.» Das klang so einfach, dass ich mich schließlich auf ein Blind Date mit einer Internet-Bekanntschaft eingelassen habe.

Ich sollte mich mit dem Mann an einer Straßenecke treffen, am frühen Nachmittag, ganz unverfänglich und vor allem wenn es noch hell ist. Ich wollte dann mit ihm durch die Einkaufsstraßen schlendern und später vielleicht noch einen Kaffee mit ihm trinken, wenn wir uns nach der ersten halben Stunde noch etwas zu sagen haben würden. Aber als ich pünktlich am Treffpunkt erschien, adrett gekleidet in Rock und Bluse, war weit und breit niemand zu sehen, zu dem das Foto aus dem Internet gepasst hätte. Ich sah mich suchend um, und plötzlich hupte ein silberfarbener Mercedes neben mir. Ein Mann ließ das Fenster herunter, winkte mich wild heran und rief mir zu: «Sorry, ich habe keinen Parkplatz gefunden. Steig ein, dann musst du hier nicht länger warten.» Seine Stimme klang angenehm und sympathisch, also folgte ich seiner Aufforderung und stieg in die Limousine. Er reichte mir die Hand, lächelte und sagte: «Du bist hübscher als auf dem Foto, eine nette Überraschung.» Dann fädelte er sich in den rollenden Verkehr ein.

«Wie wäre es, wenn wir einen kleinen Ausflug machen?», fragte er und sah mich neugierig von der Seite an. «Ich habe vor ein paar Tagen ein nettes Café entdeckt, in dem es selbstgebackenen Kuchen gibt. Wir können dort auch spazieren gehen, wenn du darauf bestehst.» Seine charmante Art gefiel mir, und ich fing an, mich zu entspannen.

An der nächsten roten Ampel drehte er sich zu mir und sagte: «Du gefällst mir. Ich würde gern meinen Arm um dich legen.» Ich lächelte ihn an und wusste nicht, was ich antworten sollte. Gibt es einen Verhaltenscodex für Blind Dates?

Die Ampel sprang wieder auf Grün, er stellte die Automatik auf «Drive» und legte den Arm um meine Schultern. Als ich es geschehen ließ, zog er mich zu sich heran, sodass ich mich in seine Umarmung schmiegen konnte. Nicht unangenehm, dachte ich und sagte laut: «Du riechst gut.»

«Mmh» war seine einzige Antwort, und er ließ seine Hand wie zufällig über meine Schulter rutschen. Seine Fingerspitzen lagen leicht auf meiner Brust, und ich ließ auch das geschehen. Ganz langsam rutschten sie tiefer, bis er den Nippel berühren konnte. Ganz ungeniert begann er, damit zu spielen. Obwohl ich in Gedanken bei Spaziergang, Kaffee und Kuchen war, reagierten meine Brüste. Was kann schon passieren?, wiederholte ich die Worte meiner Schwester, und schaute wie unbeteiligt aus dem Fenster.

Als sich die eine Brustwarze offenbar zu seiner Zufriedenheit versteift hatte, langte er mit der Hand in mein Dekolleté und griff sich die andere. Ohne dass ich es verhindern konnte, reagierte sie auf das Kneifen und Zwirbeln seiner Finger. Ich spürte das Kribbeln in den Spitzen, meine Brüste lagen schwer und warm in seiner Hand, mal die linke, dann wieder die rechte.

Während ich mich noch fragte, wie das Ganze weitergehen sollte, herrschte er mich plötzlich an: «Mach die Beine breit!» Reflexartig spreizte ich die Schenkel und blickte ihn verwirrt von der Seite an. Doch er sah konzentriert geradeaus. Dann zog er seine Hand aus meinem Ausschnitt und nestelte am Bündchen meines Rockes. Schnell schaute ich aus dem Fenster, ob uns jemand beobachten konnte, aber die anderen Autofahrer schienen nichts von den Vorgängen in diesem Wagen mitzubekommen.

«Entspann dich», forderte er, «und zieh den Bauch ein!» Seine strenge Stimme verursachte ein merkwürdiges Gefühl in meinem Magen. Oder war es der Unterleib? Alles in mir kribbelte, von den steil aufragenden Brustspitzen bis hinunter zum Zentrum zwischen meinen Beinen. Tatsächlich zog ich den Bauch ein, für einen kurzen Moment, der ausreichte, um seine Hand von oben in den Rock zu schieben. Zielstrebig arbeitete er sich unter die Strumpfhose, dann in den Slip hinein und schob ohne Umwege einen Finger zwischen die Schamlippen. Sein Arm war in meiner Wäsche eingeklemmt, und die Bewegung seines Fingers zwang mich, tiefer in den Sitz zu rutschen.

«Mach die Beine breit, hab ich gesagt!» Er presste seine ganze Hand in meinen Schritt und zwang mich, die Schenkel noch weiter zu spreizen. Um nicht vom Sitz zu rutschen, musste ich mich am Türgriff festhalten. Seine Finger lagen auf meiner Scheide, und er ließ sie kreisen. Dabei öffnete er die Schamlippen immer weiter und presste auch die inneren Lippen auseinander, sodass seine Handfläche meinen Kitzler massieren konnte, während die Finger sich zur Öffnung vorarbeiteten. Mein ganzes Geschlecht lag wie eine aufgeschnittene Frucht in seiner Hand, und ich konnte deutlich das Schmatzen von Säften hören, die seine Berührungen hervorlockten. Wie sollte ich ihn dazu bringen aufzuhören, wenn mein Körper derart eindeutige Signale sendete?

«Sag es mir!», forderte er mich unvermittelt auf. Als ich nicht sofort reagierte, presste er seine Hand fester auf meine Spalte und wiederholte: «Sag mir, dass ich dich ficken soll!»

Seine Hand rieb unerbittlich meine Möse, die lustvolle Wellen aussandte. Ich stöhnte und seufzte als Bestätigung, doch das reichte ihm nicht. Seine Finger zerrten die Lippen weit auseinander und legten den offenen Schlund frei. Mein Körper bäumte sich auf, und ich wünschte mir nichts sehn-

licher als seine Finger in meiner Möse. Und endlich stöhnte ich ihm entgegen: «Jaaa, bitte, tu es … bitte, fick mich …»

«Ich soll dir einen Finger reinstecken?», hakte er nach. «Ist es das, was du willst?»

«Jaah, steck ihn mir rein … Ooooh …»

Meine Möse war nass und heiß, und sein Finger verschwand bis zum Anschlag in meinem Loch. Mein Becken verselbständigte sich in diesem Moment, und ohne es zu wollen, rieb ich meinen Kitzler an der Innenfläche seiner Hand.

«Reicht dir das?», fragte er nun. «Oder willst du noch mehr?»

«O jaaa, bitte», stöhnte ich. «Bitte noch einen Finger …» Und sofort stopfte er meine willige Möse mit einem weiteren Finger. Er wühlte sich tief in mein Fleisch, massierte meine Spalte und fickte mich hart mit seinen Fingern. Ich bäumte mich unter seinen Stößen auf.

«Aaaaahhh …»

«Macht dich das geil?»

«Jaaa …», stöhnte ich.

«Sag mir, wie sich das anfühlt», forderte er und bohrte sich in meine klatschnasse Spalte.

«Es ist so geil», hauchte ich. «Ooohjaaa … nicht aufhören.» Und als ich erst einmal angefangen hatte, konnte auch ich nicht mehr aufhören. «Jaaa, fick mich … aaah … steck mir noch einen Finger rein … jaa … komm … füll mich ganz aus … oohjaa … so ist es gut …»

Seine Hand bearbeitete mein heißes Fleisch, und ich stöhnte, und ich flehte ihn an, mich tiefer und fester zu ficken.

«Mmmmhhhhjaaaa …» Ein letzter Stoß, und ich schrie auf, als die Wellen eines gewaltigen Orgasmus in meinem Unterleib aufbrandeten. Ich presste meine Beine zusammen und zwang seine Hand, in meiner Möse zu bleiben. Doch er herrschte mich an: «Lass die Beine breit! Noch weiter … Du bist noch nicht fertig.» Und während meine Möse unter sei-

nen Fingern zuckte und erlösende Wogen durch meinen Körper jagte, griff er noch einmal in die nasse Öffnung, erhöhte das Tempo seiner fickenden Stöße und trieb mich ein zweites Mal über den Gipfel.

Völlig erschöpft brach ich auf dem Beifahrersitz zusammen und bemerkte erst jetzt, dass wir uns immer noch im Stadtverkehr befanden. Er ließ seine Hand in meinem Höschen und lenkte den Mercedes einhändig in eine Parkbucht. Dann stellte er den Motor ab und wandte sich zu mir.

«Wenn du mit meiner Leistung zufrieden bist, darfst du dich jetzt erkenntlich zeigen.»

Ich sah ihn fragend an und verstand, als er seine Hose öffnete und einen beeindruckenden Ständer hervorholte. Bevor ich jedoch selbst aktiv werden konnte, packte er meinen Kopf und zog mich unnachgiebig auf seine harte Latte, die so groß war, dass sie kaum in meinen Mund passte. Ich stülpte meine Lippen über seinen heißen Stab und ließ die Zunge über die salzige Kuppe tanzen. Sofort stöhnte der Mann an meiner Seite auf und drückte meinen Kopf fest auf den Ständer, der sich immer tiefer in meinen Mund bohrte. Der Mann griff in meine Haare und bewegte meinen Kopf in seinem eigenen Rhythmus auf und ab, während ich gehorsam seinen Schaft mit Speichel benetzte.

«Jaa, komm …», stöhnte er und trieb mir den Prachthammer zwischen die Lippen. «O ja … lutsch mir den Schwanz!» Ich gehorchte seinem Befehl und saugte und leckte an dem knallharten Riemen, bis er zu pulsieren begann und seine heiße Ladung in meinen Rachen spuckte. Der Mann hielt meinen Kopf gefangen, bis ich noch den letzten Tropfen aufgenommen und geschluckt hatte.

Dann ließ er mich los.

Als ich mich aufgerichtet und meine Kleidung notdürftig geordnet hatte, langte er ein letztes Mal in meinen Ausschnitt, zwirbelte die Brustspitzen, bis sie wieder aufrecht standen,

und sagte schließlich: «Ich hoffe, du hattest einen angenehmen Nachmittag. Wenn du wieder Lust auf einen Ausflug hast, ruf mich an.» Er strich zum Abschied mit dem Daumen über meine verschmierten Lippen und deutete dann auf die Tür. Benommen öffnete ich sie und stieg aus. Beim Ausparken konnte ich sehen, dass sein Schwanz noch immer groß und dunkel auf seinem Schenkel ruhte.

Ich blickte ihm verwirrt nach, als ein Windstoß unter meinen Rock fuhr und ich eine feuchte Kälte zwischen meinen Beinen spürte. Das Handy klingelte. Ich drehte mich um und stellte verblüfft fest, dass ich wieder an der Straßenecke stand, an der ich zwei Stunden zuvor in seinen Wagen gestiegen war. Das Handy klingelte immer noch. Es war bestimmt meine Schwester. Ich würde sie später zurückrufen.

Auf dem kurzen Weg nach Hause spürte ich mit jedem Schritt die Nässe zwischen meinen Schenkeln, die alle Stoffe durchtränkt hatte. In meinem ganzen Leben war ich noch nie so nass gewesen.

Badenixen

Die Türen der Umkleidekabinen gingen fast bis zum gefliesten Boden, sehr viel tiefer jedenfalls als in allen anderen Schwimmbädern, die Nick kannte. Wenn man hier nachsehen wollte, ob sich jemand in der Kabine umzog, musste man sich auf den Boden legen. Das Schwimmbad war erst vor einem Jahr aufwändig saniert worden. Neben der Funktionalität sollte die Ästhetik eine größere Rolle spielen. Das Ergebnis war eine Symphonie sonniger Farben und gestalterischer Elemente, die an ein Luxushotel erinnerten. Tatsächlich schienen sich die Gäste in der neuen Badelandschaft sehr wohl zu fühlen, besonders die beiden, die sich in der verschlossenen Umkleidekabine befanden.

Nick ging noch einmal an der dunkelrot gebeizten Holztür vorbei und versuchte unauffällig zu lauschen. Entweder gab es hier schwerwiegende Probleme beim Anziehen – oder …

Bei der Vorstellung dessen, was sich möglicherweise hinter der Tür abspielen könnte, bekam Nick rote Ohren. Als Bademeister hatte er den ganzen Tag halbnackte Leiber vor sich, von denen einige in den knappen Badeanzügen und Bikinis zum Anbeißen aussahen. Die anderen, weniger attraktiven blendete er einfach aus, es sei denn, sie befanden sich in einer eindeutigen Notsituation. An diesem Tag hatten zwei junge Mädchen seine ganze Aufmerksamkeit in Anspruch genommen. Sie waren bereits am frühen Morgen gekommen und hatten zwei Liegen vor der Panoramascheibe belegt. Den Tag hatten sie abwechselnd im Wasser verbracht und ausgestreckt auf ihren Handtüchern. Die Mädchen mochten vielleicht siebzehn, achtzehn Jahre alt sein. Sie hatten die durchtrainierten Körper von Schwimmerinnen mit kleinen

festen Brüsten, deren Spitzen sich unter den nassen Bikinioberteilen abzeichneten. Nick war ein paar Mal an ihnen vorbeigegangen, hatte ihnen freundlich zugelächelt und versucht, sie mit unverfänglichen Bemerkungen ins Gespräch zu ziehen. Ihre Antworten waren jedoch einsilbig geblieben als deutliches Zeichen ihres Desinteresses. Kurz vor Schluss der Öffnungszeit hatten sie schließlich ihre Sachen zusammengepackt und waren händchenhaltend zu den Umkleidekabinen gegangen. Eine Viertelstunde später war Nick ihnen gefolgt. Er hatte den ganzen Tag versucht, sich vorzustellen, wie sie wohl gekleidet sein mochten – vielleicht mit Stiefeln und kurzen Röcken, dazu ein weit ausgeschnittenes T-Shirt. Nun hoffte er einen letzten Blick auf die beiden werfen zu können, um ein besseres Bild von ihnen zu haben für seine späteren Nachtphantasien.

Nick konnte sich eigentlich nicht beklagen, was seine Wirkung auf Frauen betraf. Aber weder eine feste Freundin noch gelegentliche Affären konnten ihn von seiner Vorliebe für seine intimen Stunden allein abbringen. Wenn er am Tag eine besonders attraktive Frau im Schwimmbad beobachtet hatte, dann bewahrte er die Bilder vor seinem inneren Auge auf und nahm sie mit nach Hause. Wenn er dann allein im Bett lag, ließ er die imaginäre Frau zur Verführungskünstlerin werden, die es auf ihn und seinen Schwanz abgesehen hatte. Um sich die jeweils Auserwählte noch besser vorstellen zu können, hatte sich Nick einen besonderen Trick ausgedacht. Er besaß eine Kamera, deren Objektiv über ein biegsames Teleskop mit dem Rekorder verbunden war. Manchmal gelang es ihm, der Frau unauffällig zu folgen und zu sehen, in welche Kabine sie ging. Dann konnte er sich in die Nachbarkabine einschließen, den Teleskoparm vorsichtig unter den wuchtigen Holztüren hindurchschieben und die Frau beim An- und Auskleiden auf dem Monitor des Rekorders beobachten. Wenn sie besonders delikat war, drückte er auf den

Aufnahmeknopf und ergänzte so die Gedächtnisbilder mit ein paar pikanten Aufnahmen.

An diesem Tag aber hatte eine Mutter mit drei kleinen Kindern ihn aufgehalten und ihn zu den Schwimmkursen befragt, die er regelmäßig anbot. Geduldig hatte er alle Fragen beantwortet und damit den Moment verpasst, als die beiden Badenixen sich umziehen gingen. So lief er nun durch die Gänge auf der Suche nach den Mädchen, die sich vielleicht noch die Haare föhnen mussten. Als er sie nirgends finden konnte, kehrte er zu der Kabine mit den verdächtigen Geräuschen zurück. Nein, dies war eindeutig nicht das Ächzen eines Menschen, der sich in eine zu enge Hose zwängt. Außerdem hörte er zwei verschiedene Stimmen. Nick sah sich um und schlüpfte links in eine leere Kabine, die er sorgfältig verschloss. Dann holte er seine Kamera aus der Umhängetasche, die er extra mit einem wasserdichten Innenfutter versehen hatte, um sie an dem feuchten Arbeitsplatz immer bei sich haben zu können. Er schaltete das Display ein und hielt das Kameraauge an den unteren Rand der Tür, dann schwenkte er das Teleskop und vergewisserte sich, dass niemand in der Nähe war, der ihn bei seinem verbotenen Tun beobachten konnte. Schließlich schob er den Kameraarm unter der Tür durch und manövrierte ihn zur Nebenkabine. Die Holztüren waren so massiv, dass ein Außenstehender das Teleskop nur entdecken konnte, wenn er sich auf den Boden legte.

Nick tarierte das Objektiv aus, bis er das Geschehen in der benachbarten Kabine auf dem Display abgebildet bekam, und erkannte zu seiner Freude die beiden Mädchen wieder. Sie waren nicht damit beschäftigt, ihre nassen Sachen zu sortieren oder sich abzutrocknen, so viel stand fest. Aber was genau sich in dem Raum neben ihm abspielte, konnte Nick auf den ersten Blick nicht erkennen. Sein Rekorder zeigte ihm das Gesicht des einen Mädchens, das sich gefährlich tief zu dem kleinen Kameraauge hinunterzubeugen schien. Die

junge Schönheit hatte die Augen glücklicherweise geschlossen. Ihre nassen Haare umrahmten das Gesicht in dunklen Wellen, von denen einzelne Wassertropfen hinabfielen. Plötzlich ruckte das Gesicht nach vorn, und Nick konnte deutlich ein Klatschen hören. Wieder zuckte das Gesicht auf dem Display, begleitet von einem weiteren klatschenden Geräusch. Nick bewegte das Teleskop vorsichtig an der Türkante entlang, um herauszufinden, was sich hinter der jungen Schwimmerin abspielte. Die Bilder verschwammen, während die Kamera sich neu fokussierte. Nick zoomte, so weit es ging, auf Weitwinkel, und endlich konnte er einen größeren Ausschnitt des Kabinengeschehens erfassen.

Das Mädchen mit den langen Haaren schien sich auf einen der niedrigen Hocker zu stützen, die in jeder Umkleidekabine bereitstanden. Sie war tief nach vorn gebeugt und vollkommen nackt. Hinter ihr stand ihre kurzhaarige Freundin, und auf den ersten Blick sah es so aus, als würde sie ihrer Begleiterin den Rücken eincremen. Doch dann ruckte der Kopf des Mädchens wieder nach vorn. Sie hatte einen Schlag auf ihren hochgereckten Popo bekommen, der ihren Körper vorschnellen ließ. Ihr Gesicht wirkte jedoch nicht so, als hätte dieser Schlag wehgetan. Ihr Mund war zu einem genießerischen Lächeln verzogen, und die Augen blieben geschlossen, als wollte sie sich ganz auf das intensive Gefühl dieser besonderen Berührung konzentrieren. Die Schläge, die ihren Körper in Bewegung versetzten, kamen immer schneller. Plötzlich jedoch verharrte das Gesicht auf dem Display, und der Mund öffnete sich zu einem Stöhnen.

Nick schob die Kamera, so weit es ging, am Türrahmen entlang, um genauer sehen zu können. Als das Wackeln auf dem Display nachließ und sich das Objektiv wieder scharfgestellt hatte, wurde Nick Zeuge einer rasanten Masturbationsszene. Die Pobacken, die er nun direkt vor Augen hatte, leuchteten rot in dem schummrigen Licht. Sowohl Ritze als

auch Spalte waren deutlich sichtbar und präsentierten sich ihrem heimlichen Beobachter in so schamloser Offenheit, dass es seine Wirkung nicht verfehlte. Während Nick das Pochen in seinem Schwanz spürte, versuchte er, die Kamera ruhig zu halten und möglichst viel von dem Geschehen nebenan aufzuzeichnen. Jetzt war nicht die Zeit für seine einsamen Spielchen. Später würde er seinen Prachtkerl hart reiben, wenn er sich die Bilder noch einmal auf seinem Flachbildschirm ansehen würde.

Jetzt musste er sich zusammenreißen, um die beste Perspektive zu finden und dabei die Aufnahme nicht zu verwackeln.

Die eine Hand des stehenden Mädchens streichelte gerade die geröteten Pobacken, die andere machte sich an der auseinanderklaffenden Spalte zu schaffen. Mit den Fingern spreizte sie die geschwollenen Lippen, fast als wollte sie dem Zuschauer zeigen, wie saftig sie waren. Schnell zoomte Nick näher heran und hatte nun die feuchten Blätter in Großaufnahme auf dem Display. Die Mösenlippen waren so prall und rot, dass Nick das Wasser im Munde zusammenlief. Während die Finger den Blütenkelch spalteten, kam die andere Hand dazu und griff nach dem gewölbten Kitzler. Drei Finger pressten sich auf den kleinen Hügel und begannen, ihn zu reiben. Gleichmäßig, mit kreisenden Bewegungen, bearbeiteten sie die harte Klit, wurden immer schneller, glitten auf dem nassen Fleisch hin und her.

Nick sah die masturbierende Hand, die über die feuchtglänzende Möse jagte, und hörte gleichzeitig kleine, spitze Schreie, die sich zu einem Stakkato steigerten und plötzlich mit einem Keuchen endeten. Die Hand zitterte, verharrte und presste sich auf die geschwollene Blüte. Beide, Hand und Möse, waren mit einem feuchten Film überzogen, und Nick meinte, den Duft der Lust wittern zu können.

Während der Bademeister in seinem Versteck noch nach

Luft rang, kam wieder Bewegung in die Szenerie auf dem kleinen Bildschirm. Die Flächen lösten sich auf, Farben flimmerten, und das Objektiv sendete nur verschwommene Bilder. Schnell zoomte Nick wieder zurück, um den sicheren Moment abzupassen, das Kameraauge unbemerkt zurückziehen zu können. Doch die Mädchen hatten immer noch nicht damit begonnen, sich anzukleiden. Die eben noch aktive Kurzhaarige lehnte nun nackt an der hinteren Kabinenwand, und ihre Gespielin kniete vor ihr nieder. Sie hatte beide Hände zwischen die Schenkel der stehenden Freundin geschoben und näherte ihren Kopf dem dargebotenen Schoß. Nick versuchte, mehr von der Szene einzufangen als die inzwischen fast trockenen Haare der Knienden. Er rangierte mit Teleskop und Zoom, bis er ein scharfes Bild von einer vorschnellenden Zunge und nackten Muschilippen erhaschte. In der Hitze des Moments drehte die Stehende ihr Becken noch ein wenig, sodass Nick die besten Bilder vom zweiten Akt der Verführung aufzeichnen konnte. Das Mädchen mit den langen Haaren hatte die köstliche Muschel ihrer Freundin so weit nach außen gestülpt, dass die inneren Lippen samt Lustknospe offen und bereit hervorstanden. Mit der ganzen Fläche ihrer Zunge fuhr sie über das geöffnete Geschlecht, bevor sie die Zungenspitze in dem wartenden Schlund versenkte. Tief und fest stieß sie in die Öffnung. Das Lecken wirkte sicher und geübt. Wie oft mochten die beiden Mädchen diese Spiele schon miteinander getrieben haben? Ob sie wohl manchmal die Rollen tauschten und sich dann die kurzhaarige Schöne den Popo versohlen ließ? Nick freute sich schon auf den Moment, in dem er seinen Phantasien freien Lauf lassen würde. Die beiden Badenixen boten eine wunderbare Inspiration für die Stunden, die nur ihm allein gehörten. Er würde in Gedanken dafür sorgen, dass sie ihre Spielchen weitertrieben, sich gegenseitig zu Liebesdienerinnen machten und ihren jungen Fötzchen tabulose Lust

schenkten. Vielleicht würde er noch ein paar Fesseln in seine Phantasien einbauen oder gar eine lederne Reitgerte, die er auf die runden Backen schnellen lassen würde. Nick konnte es kaum noch erwarten, die Badeanstalt endlich zu verlassen, um sich seinem liebsten Hobby widmen zu können.

Ein verhaltenes Stöhnen aus der Nachbarkabine holte ihn in die Gegenwart zurück. Die Zunge des knienden Mädchens wühlte in der erhitzten Möse der Freundin. Der Leckmuskel vollführte Kapriolen und trieb das Lustzentrum zu ungeahnten Höhenflügen. Jetzt nahm die Langhaarige ihren Daumen zu Hilfe, mit dem sie die Klitoris massierte, in festen Kreisen um die kleine Erhebung herum. Die Hände der Liebkosten, die eben noch schlaff an ihrem Körper herabhingen, griffen plötzlich nach den Haaren der Zungenkünstlerin. Sie packten den Kopf des willfährigen Mädchens und zogen ihn fester auf das unersättliche Geschlecht. Dann wippte der Kopf rhythmisch vor und zurück, und Nick wurde Zeuge, wie die harte Zunge die nasse Möse fickte. Das Schauspiel dauerte nur ein paar Stöße, dann wurde der Kopf fest auf den Venushügel gepresst. Das stehende Mädchen wurde von einem heftigen Orgasmus erschüttert, dessen wellenförmige Explosion sich über die aneinandergepressten Lippen auf ihre kniende Liebesdienerin übertrug. Deren Kopf zuckte, und Nick hörte ein schlürfendes Geräusch.

Wie gern hätte er jetzt von den fließenden Säften gekostet. Sein Schwanz schmerzte, und die Erregung wühlte in seinen Eingeweiden. Nur mit äußerster Anstrengung konnte Nick sich daran hindern, die ersehnte Erlösung sofort herbeizuführen. Wenn er jetzt seiner fordernden Begierde nachgab, würde er sich später einer umso größeren Lust berauben. In seinem Zimmer vor dem großen Fernseher würde er zweimal, vielleicht sogar dreimal abspritzen können, wenn er sich jetzt zusammenriss. Mit zusammengebissenen Zähnen zog er das Kamerateleskop vorsichtig in seine Kabine zurück, schaltete

es aus und verstaute es lautlos in der Spezialtasche. Nebenan war das Seufzen und Stöhnen inzwischen einer harmloseren Geräuschkulisse gewichen. Die Mädchen kicherten, spornten sich an und hantierten mit Schuhen und Taschen. Es dauerte nicht lange, und ihre Kabinentür öffnete sich. Entspannt plaudernd verließen die beiden den Umkleideraum und gingen zum Ausgang.

Nick kauerte mit seinem Steifen in der Ecke und versuchte, an Kühlschränke zu denken und Hotdogs und Wasserbojen, bis die Spannung in seinen Lenden langsam wich. Mühsam erhob er sich und drapierte die Umhängetasche vor seiner immer noch unübersehbaren Beule. Wahrscheinlich hatten alle Badegäste schon längst die Schwimmhalle verlassen, und die Putzkolonne war bereits im Anmarsch. Er spähte aus der Kabinentür und schlüpfte schnell in den menschenleeren Gang. Er hatte es jetzt eilig, rannte fast zum Ausgang, wo er der Kassiererin, die noch mit der Abrechnung beschäftigt war, kurz zunickte. Dann stand er in der kühlen Abendluft und atmete tief durch. Sein Fahrrad stand ein paar Meter weiter um die Ecke. Als er um das Gebäude herumging, stutzte er. Die beiden Mädchen kamen ihm entgegen. Sie gingen Arm in Arm, und als sie mit ihm auf gleicher Höhe waren, warfen sie ihm einen koketten Blick zu. Dabei kicherten sie. Dann sahen sie sich an und liefen davon.

Candy Girl

Lucy schmiegte sich in die Umarmung des Mannes an ihrer Seite. Sie fühlte sich geborgen in seinen starken Armen und genoss den Moment der Ruhe, bevor sie sich in den Trubel seiner gesellschaftlichen Verpflichtungen stürzen mussten. Er war zu einer Premierenfeier eingeladen, und sie durfte ihn begleiten, sich das erste Mal mit ihm in der Öffentlichkeit zeigen.

Viel später an diesem Tag, als sie im eleganten Abendkleid neben ihm über den roten Teppich schritt, wurde ihr bewusst, warum er sie gewarnt hatte. «Betrachte es als Spiel», hatte er ihr geraten, und nun wusste sie, warum. Sie war stolz darauf, seine Gefährtin zu sein, doch in den Augen der Außenstehenden war sie offensichtlich nichts weiter als sein Spielzeug. Ein junges Ding, mit dem er sich schmückte. Auch er hatte die Blicke bemerkt, die seiner neuesten Eroberung galten, und er empfand sie als schmeichelhaft. Er sonnte sich in dem Glanz ihrer Jugend, lächelte über die missgünstigen Blicke der Frauen und die neidischen der Männer. Er hatte alles, was er wollte: Ansehen, Berühmtheit, Geld und eine junge Geliebte an seiner Seite, die die wenigen privaten Stunden mit ihrer heiteren Unbeschwertheit erfüllte. Mit großer Geste zog er seine Begleiterin hinter sich her. Ihr rotes, bodenlanges Kleid leuchtete neben seinem schlichten schwarzen Anzug.

Lucy hielt den Kopf tapfer erhoben. Sie wusste es besser als die gaffende Meute. Der Schauspieler war ihr Seelenverwandter. Es herrschte ein inniges Verständnis zwischen ihnen, das jedem Zweifel an der Aufrichtigkeit seiner Gefühle widerstand. Sie liebte ihn und sehnte sich danach, ihn glücklich zu machen.

«Träumst du?» Er riss sie aus ihren Gedanken. «Ich muss jetzt ein paar Worte zum Publikum sagen. Warte im Foyer auf mich. Wenn es im Kino dunkel geworden ist, schleiche ich mich raus und komme zu dir.» Er tätschelte kurz ihren Po und verschwand mit den anderen wichtigen Leuten, die an diesem Film mitgearbeitet hatten.

Die junge Frau blieb allein zurück und trat unschlüssig von einem Bein auf das andere. Sie hatte sich diesen Abend etwas anders vorgestellt, vor allem dass sie ihn an seiner Seite verbrachte und als die neue Frau in seinem Leben wahrgenommen werden würde. Nun stand sie hier und musste sich in Geduld üben. Eine Ewigkeit schien zu vergehen, bis sich die Tür zum großen Saal wieder öffnete und der Held des neuesten Senator-Films heraustrat. Er sah sich nach allen Seiten um, winkte ihr verstohlen zu und eilte dann in einen schmalen Flur, der zu den Notausgängen führte. Lucy folgte ihm.

Als sie den Gang erreichte, war der Mann ihrer Träume verschwunden, doch schon hörte sie ein leises «Psst» und wurde in eine schummrige Kammer gezogen. Es roch nach Putzmitteln, und sie fragte sich, woher er diesen verborgenen Raum kannte.

«Komm her zu mir, mein Liebling!» Der Schauspieler schlang seine Arme um ihre schlanke Taille und küsste ihre Lippen. Sie schmiegte sich zum zweiten Mal an diesem Tag in seine Umarmung, doch diesmal schlief er nicht, und sein Atmen war nicht ruhig und gleichmäßig, sondern heftig und voller Begehren. Er drängte sie in dem engen Raum gegen die Wand und presste seinen Körper gegen den ihren. Sie konnte die Erektion spüren, die er hart und heiß an ihrem Bauch rieb. Die Lüsternheit ihres Geliebten raubte ihr fast den Verstand und kroch in ihren Unterleib. Atemlos erwiderte sie seine Küsse, ihr Sonnengeflecht bebte unter der harten Rute und sammelte die Erregung wie in einem heißen, brodelnden Geysir.

«Nimm mich!», flüsterte Lucy, als er bereits ihr langes Kleid raffte und seine Hand unter ihre Röcke schob. Er tastete sich zwischen ihre Beine, rieb über die gewölbte Vulva und schob das schon feuchte Höschen beiseite. Seine Finger pressten sich zwischen die geschwollenen Labien, fanden die empfindliche Klit und begannen ihr geübtes Spiel. Er reizte die kleine Perle, während seine Lippen die zarte Haut am Hals seiner Geliebten erforschten. Lucy schmolz unter seinen kundigen Händen, unterwarf sich willenlos seinem Begehren und schließlich seinem fordernden Zepter, das in ihre nasse Öffnung eindrang. Der Schauspieler pfählte sie an die Wand, trieb seinen Stab tief in ihr Innerstes. Und Lucy sog sich an seinen Lippen fest. Sie umfasste seinen Nacken mit ihren schönen Händen und zog ihn fester an sich, immer fester, so als wollte sie ihn nie mehr loslassen. Der Schauspieler vögelte die junge Frau tief und gleichmäßig. Er wusste, wie sie es liebte, und unterstützte seine kräftigen Stöße mit den Fingerkuppen, mit denen er die anschwellende Lustperle massierte.

«Jaaa …», stöhnte Lucy. «Ohjaaa …!» Sie ließ sich treiben auf den Wellen der Erregung, die durch ihren gesamten Körper schwappten und lustvolle Stromstöße aussandten. Das Beben verstärkte sich zu heißen Eruptionen, und die Finger des Schauspielers vollendeten das Werk, das sein Schwanz begonnen hatte. Als Lucys Körper erzitterte und sie keuchend den erlösenden Höhepunkt erreichte, hielt er mit seinen Stößen inne und wartete, bis sie langsam wieder bei Sinnen war. Dann raunte er ihr ins Ohr: «Küss mich … küss mich!»

Sie umschloss seine Lippen und stieß ihre Zunge in seinen Mund, doch bald merkte sie, dass es nicht das war, was er von ihr wollte, denn er löste sich aus ihrer Umarmung und trat einen Schritt zurück. Als bedurfte es noch einer weiteren Erklärung, legte er seine Hände sanft, aber bestimmt auf Lucys Schultern, bis sie vor ihm auf die Knie sank und sein

nasses Geschlecht küsste. Sie sog den Duft ihrer eigenen Lust ein, deren Sekrete sich auf seinem Schwanz verteilt hatten. Mit weicher Zunge umrundete sie die geschwollene Kuppe, bevor sie den Liebesstab ganz in sich aufnahm. Sie saugte an dem harten Ständer, ließ ihn tief zwischen ihre Lippen gleiten und strich mit den Zähnen über die samtige Haut. Langsam steigerte sie die Intensität ihres Lutschens, ganz langsam, bis sie merkte, wie sich die Lust in den Lenden ihres Geliebten ausbreitete und sie allein den Zeitpunkt bestimmen konnte, um ihn zu erlösen. Sie spielte mit ihm und ließ ihn spüren, dass nicht er es war, der über sie verfügte, sondern dass sie die Herrin seiner Lust war. Der Schauspieler stöhnte hemmungslos. Und dann ließ sie ihn kommen, verstärkte den Druck auf seinen pulsierenden Schwanz, bis es aus ihm herausschoss und er seinen Saft in ihren Mund spritzte. Sie schluckte seinen Samen und leckte auch den letzten Tropfen von der pumpenden Spitze, um ihn sich ganz einzuverleiben und ihn zu einem Teil ihres Körpers werden zu lassen.

Als auch sein Höhepunkt langsam abebbte, verharrten die beiden für einen innigen Moment in der schummrigen Kammer, bevor sie ihre Kleider ordneten und einen letzten zärtlichen Kuss tauschten.

«Wir sehen uns später auf der Party», sagte Lucys Geliebter. Dann öffnete er die Tür einen Spalt und schlüpfte hinaus in die Stille des leeren Kinofoyers. Die junge Frau lehnte sich an die Wand und genoss das Nachbrummen in ihren Eingeweiden. Noch nie hatte ein Mann sie so virtuos geliebt.

Sie seufzte. Ganz sicher, dachte sie, ganz sicher werde ich bald die neue Frau an seiner Seite sein …

Löwin der Lust

Ich sitze allein in meinem Büro. Es ist niemand mehr im Haus. Nur du treibst dich hier noch herum, in meinen Gedanken, meinem Begehren, meinem Körper …

Bist du auch allein? Hast du Zeit für mich?

Ich sehne mich nach dir und deinem Lustspender. Kannst du mich sehen? Ich habe die Füße auf den Schreibtisch gelegt und meinen Rock hochgeschoben. Den Slip habe ich schon lange ausgezogen. Nichts mehr stört deinen lüsternen Blick auf mein Geschlecht, das sich nach deinen samtigen Lippen sehnt.

Ja, komm her zu mir, kriech unter den Schreibtisch und genieß den Anblick meiner nackten Scham. Gefällt sie dir, meine kleine Löwin mit dem geschorenen Pelz? Soll ich dir zeigen, was sich in ihren Falten verbirgt?

Aah, sieh genau hin!

Kannst du das Löwenmäulchen erkennen? Ich necke es mit meinen Fingern, damit es seinen Schlund für dich öffnet. O ja, das Wasser läuft meiner Löwin im Maul zusammen. Ich tauche in die Nässe. Willst du meinen Speichel kosten? Ja, nasche von dem köstlichen Nektar, der nur deinetwegen fließt. Lass mich deine raue Zunge spüren. Komm näher, damit dir keine Einzelheit entgeht.

Ich reibe das gierige Tier zwischen meinen Schenkeln, mache es weit und nass für deinen Leckriemen.

Mmmh, so ist es gut! Leck meine Muschi, zeig mir, was du kannst. Ich ziehe die Lippen weit auseinander, damit du hineintauchen kannst in meine Lustspalte.

Oh, mir ist so heiß. Ich muss meine Bluse öffnen. Sieh hinauf zu meinen Brüsten. Ihre harten Spitzen drängen durch

den Stoff. Schnell, ich knöpfe alles auf, damit du meine heißen Titten sehen kannst. Ich kann mir vorstellen, was du jetzt willst. Aber nein, bleib auf deinen Knien und leck mich, lass deine Zunge spielen, sauge dich fest an meiner Möse, bis mir die Sinne schwinden.

Du machst das so gut! Spürst du die Hitze, die sich in meinem Inneren ausbreitet? Heiße Lava sammelt sich in meinem Leib, während deine Zunge zwischen meinen Lippen wühlt.

Na komm! Zier dich nicht … Steck meiner gierigen Löwin einen Finger zwischen die fleischigen Lippen.

Jaaa … tiefer … Ich will dich in mir spüren!

Press deine Zunge auf meine Lustknospe, während du mich mit den Fingern vögelst. Füll mich aus und verbrenn dich nicht an meiner Glut. Ich bin so heiß und gierig.

Oooh … jaaa … fick mich schneller … fester …

Ich schmelze unter deiner rauen Zunge …

Ich zerfließe …

Ich brülle vor Lust …

Jetzt … JETZT …

Die Maklerin

Er stand vor ihr und sah sie lächelnd an. Die Einladung, die er ausgesprochen hatte, stand zwischen ihnen im Raum. Sie betrachtete ihn und dachte nach. Sein welliges Haar fiel ihm frech in die Stirn und ließ ihn jungenhaft erscheinen. Seine dunkelbraunen Augen blickten sie offen an. Unschuldig, dachte sie unwillkürlich, aber konnte sie ihm auch vertrauen? Sie wusste, worauf sie sich einlassen würde, wenn sie jetzt ja sagte. Wollte sie es? Er hatte ihr von seinen geheimen Wünschen erzählt, für die seine Frau keinerlei Verständnis aufbrachte. Er hatte ihr gebeichtet, welche Bilder er vor Augen hatte, seit sie sich das erste Mal begegnet waren. Und er hatte ihr auch erklärt, warum sie es sein musste und keine andere Frau. Sie habe etwas in ihm ausgelöst mit ihrer strengen Art, dem akkuraten blonden Pagenschnitt und den enganliegenden Business-Kostümen, die sie stets trug, wenn sie ihre Kunden besuchte. Auch er war ihr Kunde gewesen und hatte sie als versierte Maklerin kennengelernt. Doch nun wollte er etwas ganz anderes von ihr. Und sie überlegte, ob sie bereit war, es ihm zu geben.

«Haben Sie den Schlüssel dabei?», fragte er in seiner sanften Art. Sie nickte und schluckte bei dem Gedanken an die leere Wohnung, die sie ihm gestern gezeigt hatte. Sie lag im obersten Stock eines luxuriösen Wohnhauses und war von keiner Seite einsehbar. Aus unerfindlichen Gründen war ein einzelner Küchenstuhl in der ansonsten ausgeräumten Wohnung verblieben. Und dieser eine Stuhl hatte seine Phantasie entfesselt. Er hatte ihr die Bilder beschrieben, die das Möbel in ihm wachgerufen hatte. Diese Szenen hatten sie erregt und beunruhigt, und als sie jetzt darüber nachdachte, spürte sie

erneut, wie die Erregung ihren Weg fand, während zugleich eine unbestimmte Furcht ihren Verstand gefangen hielt.

Was würde passieren, wenn sie ihre selbstgezogenen Grenzen überschritt? Wollte sie wirklich herausfinden, was sich auf der anderen Seite befand? War sie bereit, die Kontrolle aufzugeben, mit der sie ihr Leben fest im Griff hatte? Sie wusste, dass es nur einen einzigen Weg gab, das herauszufinden. Sie musste ja sagen und ihm den Schlüssel aushändigen. Sie bräuchte nur die Verantwortung über das abzugeben, was in den nächsten Stunden passieren würde. Dann würde sie wissen, welche Facetten sie in sich trug.

Wortlos griff sie in ihre schmale Aktentasche und holte den Schlüssel hervor. Sie legte ihn vor sich auf den Tisch und sah dem Mann in die Augen. Sein schönes Gesicht zeigte keinerlei Regung. Er hatte es nicht eilig, und es schien ihr fast, als gehörte dieser Moment des Schweigens schon zu seinem Spiel, als hätte er alles von langer Hand geplant und sie folgte nun einer längst festgelegten Dramaturgie. Aber von diesem Moment an brauchte sie sich keine Gedanken mehr darüber zu machen, welche Rolle sie zu spielen hatte. Die Verantwortung lag allein in seinen kräftigen Händen, die über den Tisch griffen und den Schlüssel aufnahmen.

Sie hatten kein Wort miteinander geredet, bis sie vor der verschlossenen Wohnungstür standen, die er ohne zu zögern aufschloss und für sie offen hielt. Scheinbar schüchtern, mit gesenktem Blick, ging sie an ihm vorbei, als hätte sie vorher geprobt, wie sie ihre Rolle zu spielen hätte.

«Bleib stehen» waren seine ersten Worte, und der Ton, in dem er sie ausgesprochen hatte, ließ keinen Zweifel daran, dass auch er in seine Rolle geschlüpft war. Sie hielt in der Bewegung inne und wartete. Der Mann ließ die Tür zufallen und schloss sie wieder ab. Den Schlüssel steckte er in seine Jackentasche. Er betrachtete die Frau, die seinen Blick erwi-

derte und dabei ihre Aktentasche fest umklammert hielt, als könnte das feingegerbte Leder sie vor seinen Blicken schützen. Das Kostüm, das sie heute trug, war von hellem Grau, der enganliegende Rock kurz genug, um ihre wohlgeformten Knie zu entblößen. Die Absätze ihrer dunkelblauen Pumps waren ein paar Zentimeter zu hoch für einen langen Arbeitstag. Aber jetzt wirkten sie, als wären sie genau für diesen Moment ausgesucht worden, um ihre Beine zu strecken und ihre ganze Erscheinung ein wenig hilflos auf den hochhackigen Schuhen wirken zu lassen. Die schlanke Frau mit der eleganten Aktentasche erweckte den Eindruck, als bedürfte sie eines starken Armes, um sicher durch den Tag zu kommen. Ihr Anblick schien dem Mann noch besser zu gefallen, jetzt, da sie ihre Entscheidung getroffen hatte und er über sie verfügen konnte. Er kostete den Augenblick sichtlich aus, genoss ihre aufkeimende Unsicherheit.

Langsam ging er um sie herum und betrachtete sie von allen Seiten. Sie war das genaue Gegenteil von seiner burschikosen Ehefrau, mit der er tatsächlich schon Pferde stehlen gegangen war. Das heißt, sie hatten sich zwei Friesenpferde von der Koppel ihres Nachbarn ausgeliehen, waren mit ihnen über frischgemähte Herbstwiesen geritten und hatten sich dann auf einer kleinen Waldlichtung geliebt. Die Romantik dieser filmreifen Szene war damals nur dadurch gestört worden, dass seine Frau ihn auf den Rücken geworfen hatte, um ihn wild stöhnend zu reiten. Er hatte auf dem Waldboden gelegen und sich ihrer ungestümen Lust ergeben, während er in Gedanken die Rollen tauschte, sie auf die Knie zwang und sie von hinten wie eine Hündin vögelte. Bis heute war diese Phantasie unverwirklicht, denn seine Frau war nicht bereit dazu, sich zu unterwerfen, nicht im Alltag und schon gar nicht in der Liebe.

Als er seine Runde beendet hatte, blieb er ganz dicht vor der schönen Maklerin stehen und sog den Duft ihrer Haare

ein, der ihn an Maiglöckchen erinnerte. Obwohl die junge Frau mit der Schlüsselübergabe offensichtlich ihre Einwilligung gegeben hatte, war er nun unschlüssig. In seiner Phantasie war alles so einfach gewesen. In Gedanken hatte er sie gepackt, sie mit einem unwiderstehlichen Kuss in die Knie und schließlich auf alle viere gezwungen. Er hatte am Abend zuvor unter der Dusche masturbiert und sich dabei vorgestellt, wie er ihren Rock hochschob, das Höschen herunterriss und einen Finger in ihre Möse tauchte, um zu prüfen, ob sie feucht genug für seinen harten Schwanz war. Während die heißen Wassertropfen über seinen Ständer geperlt waren, hatte er in Gedanken seinen Schwanz fest in die enge Muschiöffnung der knienden Frau gestoßen und sie so heftig gefickt, dass es ihm schon nach ein paar imaginären Stößen gekommen war und er sein Sperma in den heißen Strahl der Dusche entladen hatte. Aber in Phantasien zu schwelgen war eine Sache, sie in die Tat umzusetzen eine völlig andere.

Das merkte auch die junge Frau, die sich an ihrer Aktentasche festhielt und darauf wartete, dass der Mann die Initiative ergreifen würde. Er hatte ihr auf den ersten Blick gefallen mit seinem jungenhaften Charme und dem entwaffnenden Lachen. Er war nicht viel größer als sie selbst, wenn sie auf hohen Schuhen stand. Und der Kontrast seiner verwaschenen Jeans und der lässigen Lederjacke neben ihrem Designer-Outfit hatte etwas Verwegenes, was sie berührte und Bilder von abenteuerlichen Ausflügen in die Natur in ihr wachrief. Obwohl sie ihn nicht näher kannte, vertraute sie ihm. Sie wäre ihm auf der Stelle in die Wildnis gefolgt oder eben in eine verlassene Wohnung, die genug Raum bot für die anderen Bilder – die, von denen er ihr erzählt hatte.

«Stell die Tasche ab und knöpf deine Jacke auf», befahl er ihr plötzlich. Wie in Trance folgte sie seiner Order. Kaum hatte sie den letzten Knopf der taillierten Jacke geöffnet,

streckte er seine Hände aus und umfasste ihre Brüste, die unter der weißen Bluse von einem gepolsterten BH gestützt wurden. Er folgte den Rundungen der wattierten Hülle und hob die Brüste dabei leicht an. Dann begann er, auch die Knöpfe ihrer Bluse zu öffnen. Federleicht strich er mit den Fingerkuppen über den Rand des Büstenhalters und entrang der reglosen Frau einen ersten Seufzer. Als wäre dies sein Stichwort gewesen, trat er hinter sie und packte ihre Brüste fester, presste sie zusammen, bis sie fast aus der Umhüllung fielen. Dann fasste er den Rand der Polsterschalen und zog sie so weit herunter, dass die rosigen Spitzen ans Licht kamen. Zwischen Daumen und Zeigefinger hielt er sie fest wie saftige, reife Kirschen, die gepflückt werden wollten. Die halb entblößte Frau rührte sich noch immer nicht. Sie wartete auf seine weiteren Befehle und genoss die Aufmerksamkeit, die er ihrem Körper schenkte. Er trat noch näher an sie heran und ließ sie die Wärme spüren, die in seinen Lenden aufgestiegen war. Die Lederjacke hatte er achtlos auf den Boden geworfen. Nun trug er nur noch Jeans und T-Shirt. Durch die dünnen Stoffe, die sie trennten, konnte er das leichte Zittern spüren, das sie durchfuhr, als er sanft in ihre Knospen kniff und diese ein wenig in die Länge zog, um sie zu reizen. Die Brüste immer noch fest umfassend, drückte er die junge Frau an sich, damit sie seine Erektion spüren konnte. Er rieb seinen Ständer an den Rundungen ihres Hinterteils und deutete leichte, stoßende Bewegungen an, wie um ihr zu zeigen, was sie noch alles erwartete. Sie ließ sich gegen seinen Körper fallen und stöhnte leise, als sich die sanften Stöße auf ihren Unterleib übertrugen und sich die inneren Muskeln zusammenzogen. Unwillkürlich spreizte sie die Beine, so weit es der enge Rock zuließ, damit ihre anschwellenden Blütenblätter sich besser entfalten konnten. Die Bewegung war ihm nicht verborgen geblieben, und er ließ seine Hände tiefer wandern über ihren Bauch, über

den weichen Stoff des Rockes bis hinunter zum Saum, der kurz über ihren nackten Knien endete. Seine Fingerspitzen trafen sich in der Mitte ihrer Schenkel, deren zarte Innenseiten er genauestens erkundete. Unendlich langsam strich er an ihren Schenkeln hinauf und schob dabei den Rocksaum hoch, bis er den feinen Stoff ihres Unterhöschens berühren konnte. Mit dem hochgeschobenen Rock erweiterte sich die Bewegungsfreiheit ihrer Beine, und mit einem plötzlichen Griff packte er ihre Schenkel und öffnete sie so weit, dass er mit den Fingerspitzen die Muschilippen durch den dünnen Stoff erkunden konnte. Die Knie der Maklerin gaben ein wenig nach, als er einen Finger in die Ritze presste und dabei den verborgenen Kitzler berührte. Der Mann war offensichtlich zufrieden mit dieser Reaktion und packte fester zu. Mit einer Hand massierte er den Venushügel, mit der anderen griff er die Brust und hob sie vollends aus der gepolsterten Schale. Dann wechselte er die Position seiner Hände und entblößte auch die andere, während er mit Sicherheit spürte, wie immer mehr Feuchtigkeit durch den Slip drang und sich der Atem der Frau beschleunigte.

Abrupt trat der Mann einen Schritt zurück. Seine starken Hände verhinderten, dass die Maklerin ins Schwanken geriet. Er schob sie von sich und befahl ihr in seinem ruhigen Ton, still zu stehen und auf ihn zu warten. Sie konnte hören, wie seine Schritte sich entfernten und dann wieder näher kamen. Das Klacken von Holz auf Holz sagte ihr, dass er den Stuhl geholt und ihn hinter sie gestellt hatte. Tatsächlich spürte sie seine Hände auf den Schultern, die sie hinunterdrückten und sie zwangen, sich auf der glatten Sitzfläche niederzulassen. Willenlos ließ sie sich dirigieren und verharrte in der vorgegebenen Position, bis er vor sie trat, sich breitbeinig vor ihr aufbaute und seine Hose öffnete.

«Dein Fötzchen ist so nass, dass es wohl nicht mehr lange warten kann, stimmt's?»

Sie schwieg und betrachtete gebannt die sicheren Bewegungen seiner Hände, mit denen er seinen erigierten Schwanz auspackte und ihn ihr darbot. Er strich mit den Fingerspitzen über die blassrote Kuppe und legte die Eichel frei, deren Auge fest auf sie gerichtet war und sie zu hypnotisieren schien. Ganz langsam näherte es sich ihrem Mund. Die sitzende Frau konnte sehen, wie sich das Auge öffnete und schloss, bevor es ihre Lippen erreichte. Die samtige Haut der Eichel strich über ihre Lippen, und sie öffnete den Mund, fuhr mit der Zunge um das Löchlein herum und stupste dann mit der Spitze mitten hinein. Es schmeckte salzig, und so wusste sie, dass dieses kleine Vorspiel seine Sinne bereits in Aufruhr versetzt hatte.

Während sie ihre Zunge weiter über die Penisspitze tanzen ließ, beugte sich der Mann vor und schob seinen Ständer tiefer zwischen die rotumrandeten Lippen der Frau und zwang sie, ihn tief in sich aufzunehmen. Sie öffnete folgsam ihren Mund und schlang den Schwanz hinein, bis er die Mundhöhle ausfüllte und sie kaum noch Luft bekam. Die Zunge rieb sich am Schaft, und ehe sie nach Atem ringen musste, zog er den Ständer wieder heraus, der nun feucht glänzte und von seiner Faust gehalten wurde. Sie öffnete schon wieder ihre Lippen für einen weiteren Vorstoß, doch der Mann trat abermals einen Schritt zurück. Seine geöffnete Hose zeigte nicht nur seinen wohlgeformten Phallus, sondern entblößte ebenfalls die prallen Hoden und ließ eine feine Spur dunkler Haare erkennen, die sich zu seinem Bauchnabel hinaufzog. Mit beiden Händen packte der Mann plötzlich ihre Bluse und Jacke am Revers und streifte sie über ihre Schultern bis über die Stuhllehne, sodass ihre Arme gefangen waren und sie nicht mehr nach dem strammen Ständer greifen konnte, der sich ihr so lüstern darbot. Dann hakte er den BH zwischen den beiden Schalen auf und ließ ihn ebenfalls über ihre Schultern fallen, sodass nur noch der zusammengeschobene Stoff-

streifen des Rockes und die seidene Unterhose ihre Nacktheit verbarg. Doch auch für dieses letzte Hindernis hatte er eine Lösung. Er griff zwischen ihre Schenkel, schob sie auseinander, bis ihre Beine weit über den Stuhl hinausragten, und fuhr dann in die Beinöffnung ihres Höschens, um es zur Seite zu schieben und ihre Muschilippen freizulegen. Schließlich richtete er sich wieder auf und betrachtete zufrieden sein Werk. Die herrlichen Brüste der Maklerin hoben sich mit jedem Atemzug, während sie den Blick gesenkt hielt und unter ihren Wimpern sichtlich fasziniert die gleichmäßigen Bewegungen seiner Hand auf dem harten Schwanz verfolgte. Der Mann genoss den Anblick ihrer zur Schau gestellten Verletzlichkeit. Und er rieb seinen Ständer ganz langsam, um die Vorfreude zu verlängern, die ihn bei dem Gedanken daran erfüllte, was er als Nächstes mit ihr vorhatte. Er konnte es kaum noch erwarten, sie stöhnen zu hören. Er wollte der Herr über ihre Lust sein, und er wollte, dass sie ihn anflehte, sie endlich zu ficken und sie von der Spannung zu erlösen, unter der sie augenscheinlich stand. Mit der einen Hand weiter seinen Schwanz reibend, stellte er sich zwischen ihre gespreizten Schenkel und griff mit der freien Hand in ihren Venushügel. Geschickt spreizte er die fleischigen Hälften und presste den Daumen auf ihre Klit. Er spürte das Zucken ihres Unterleibes unter seinen kreisenden Bewegungen und verstärkte den Druck auf ihr Lustzentrum, bis ihr Atem schneller wurde und sie unruhig auf dem Stuhl hin und her rutschte.

«Halt still!», befahl er ihr und nahm den Finger aus ihrer Spalte, damit sie sich beruhigte. Doch kaum saß sie wieder still, griff er erneut in ihre Möse und tauchte diesmal mitten in das Nass, das sich unablässig ausbreitete und ihre Öffnung benetzte, auf der er seine Finger tanzen ließ. Gleichzeitig wurde seine Faust auf dem harten Ständer immer schneller. Sofort ließ er seinen Schwanz los, um sich wieder etwas abzukühlen. Er wollte noch ein wenig mit der Unterwürfigkeit der

Maklerin spielen, bevor er seine eigentliche Phantasie umsetzen würde.

Mit beiden Händen packte er ihre Knie und presste sie fest zusammen, sodass er sich breitbeinig über sie stellen konnte. Der raue Stoff der Jeans rieb über ihre Brustspitzen, und sein Schwanz berührte wieder ihre Lippen, die sich willig öffneten, ihn in sich aufnahmen und ihn lutschten. Mit leichtem Vor und Zurück seines Beckens ließ er den Schwanz in ihren Mund gleiten und genoss das Saugen und Lecken, das den Höhepunkt schneller heranpeitschte, als ihm lieb war. Nein, seinen Saft wollte er noch nicht vergießen, aber wenn er sie nicht bald fickte, würde der letzte Akt nicht ausreichen, um sie zum Schreien zu bringen. Ohne Vorwarnung entzog er ihr seinen Ständer. Ihre feuchten Lippen blieben leicht geöffnet, und sie wartete gehorsam. Sie war so unglaublich sexy in ihrer kühlen Beherrschtheit, die in krassem Widerspruch stand zu dem heftigen Atem, der ihre Brüste hob und senkte, und der offenbarten Nacktheit ihrer nassen Möse. Sie hatte die Beine wieder leicht gespreizt, ohne dass er es ihr befehlen musste, und so griff er noch einmal hinein. Doch diesmal drang er direkt zu ihrer Öffnung vor und schob einen Finger in das feuchte Loch. Er beugte sich vor und berührte mit den Lippen ihr blondes Haar, sodass sie seinen Atem hören konnte und die leisen Worte, die er ihr zuraunte: «Du bist so nass, meine Schöne. Sag mir, dass ich dich ficken soll! Ich will es aus deinem Mund hören. Bitte mich darum!»

«Ja», hauchte sie, «tu es!»

«Nein!» Er blieb unerbittlich. «Sag es!»

«Nimm mich!», stöhnte sie, als er den Finger tiefer in ihre Muschi stieß. «Fick mich!»

Ehe sie wusste, wie ihr geschah, riss er sie vom Stuhl hoch, zerrte ihre Kleiderreste von den Schultern und befahl ihr, sich auf den Stuhl zu knien. Er machte sich nicht die Mühe, den Slip herunterzuziehen, sondern riss ihn in der Mitte entzwei.

Überwältigt von dem Ansturm seiner Lust, stöhnte die Maklerin auf. Ihr Stöhnen wurde zu einem heiseren Keuchen, als er die Schwanzkuppe gegen ihre Mösenöffnung drückte. Sie war so heiß und so nass, dass sie seine Rute verschlingen wollte, und die kniende Frau reckte sich dem Phallus entgegen und spreizte ihre Mösenlippen, so weit es in dieser Position nur ging. Mit einem kräftigen Stoß versenkte der Mann seinen Ständer in der willigen Pforte. Er schob ihn so tief in die warme Nässe, bis sein Schambein die Torbögen berührte, die dem weiteren Eindringen Einhalt geboten. Der Mann spürte die Kraft, mit der sich das willige Fötzchen seinen Stößen entgegenstemmte, und er wurde mitgerissen von der stöhnenden Wollust der Maklerin, die sich von hinten von ihm ficken ließ.

«O ja!», keuchte er zwischen zwei Stößen. «Vom ersten Moment an wollte ich dich ficken …»

Er geriet immer mehr in Fahrt. Seine Stöße wurden schneller, und er stieß unkontrollierte Laute der Lust aus. Die Maklerin ergab sich wie eine rossige Stute, die schon lange auf ihren Hengst gewartet hatte. Die leeren Wände der Wohnung hallten wider von ihrer Geilheit und seinem Begehren, das sich mit jedem Stoß steigerte.

Während die kniende Frau spürte, dass sie sich unaufhaltsam dem Gipfel näherte, langte der Mann mit einer Hand zwischen die Beine seiner Liebespartnerin und griff in die samtige Nässe, die zwischen seinen Fickstößen aus ihrer Spalte hervortroff. Er presste seine Finger auf ihre geschwollene Klitoris. Gleichzeitig hielt er mit der anderen Hand die Lehne des Stuhls fest, der bei ihrem wilden Ritt bereits zu schwanken anfing. Seine Faust krampfte sich um das raue Holz, die Finger griffen in das heiße Mösenfleisch, und sein Schwanz rammelte, bis er in einer gewaltigen Eruption seine Ficksahne verschoss. Mit den letzten pumpenden Stößen erreichte auch die Maklerin den Höhepunkt, begleitet von

heftigen Schreien, die in der hallenden Leere der Wohnung verklangen.

Mit letzter Kraft zog sich der Mann aus der Maklerin zurück. Er war verschwitzt, erschöpft und zutiefst befriedigt.

«Ich nehme die Wohnung», murmelte er mit heiserer Stimme. Während er notdürftig seine Kleidung richtete, zwinkerte er ihr zu. «Und den Stuhl würde ich gern als Andenken behalten. Ich komme morgen in Ihr Büro, um den Vertrag zu unterschreiben.»

Die Maklerin hatte sich inzwischen umgedreht und saß ermattet auf dem Holzstuhl. Der zerrissene Slip lag zu ihren Füßen, und sie betrachtete ihn gedankenverloren. Als sie wieder aufblickte, lächelte sie den Mann an, der sich zu ihr herunterbeugte und sie auf den Mund küsste.

«Ich werde diesen Tag nie vergessen», sagte er und winkte müde zum Abschied. «Danke!»

«Bis morgen also», erwiderte die Maklerin und blickte ihm nach, bis er die Tür hinter sich geschlossen hatte. Dann hob sie die zwei Teile ihres Höschens auf, das sie vor diesem Termin erst gekauft hatte.

Hemmungslosigkeit, dachte sie, als auch sie sich wieder anzog und die Reste des Slips in den Taschen ihrer Kostümjacke verstaute. Das ist vielleicht das Geheimnis des Erfolgs, aber ich sollte mir zukünftig billigere Unterwäsche kaufen …

Die Studentin

Er hatte sich eine solche Aussicht immer gewünscht. Jede Wohnung, in die er in den letzten Jahren gezogen war, hatte er zuerst auf ihren Ausblick überprüft. Vorzugsweise abends, wenn es dunkel wurde und er unbemerkt bleiben konnte, wanderte er von einem Fenster zum nächsten und schaute hinaus. Er hatte vieles zu sehen bekommen in den Jahren: streitende Paare, weinende Kinder, lärmende Partys, Supermärkte, Straßen, Häuserwände, Parkanlagen, einzelne Bäume. Nur das, was er zu beobachten erhoffte, hatte sich nie gezeigt. Bis zu diesem Moment, der ihn zum ungünstigsten aller Zeitpunkte erwischte.

Er hatte gerade geduscht und vergessen, ein frisches Handtuch mit ins Bad zu nehmen. Nun lief er triefend am Fenster vorbei zu seinem Schrank, in dem er die Badelaken aufbewahrte. Doch so weit kam er nicht. Sein Blick blieb an einer ungewöhnlichen Bewegung in der Nachbarwohnung hängen. Er hatte die Studentin, die dort allein wohnte, schon oft beim Lernen, Lesen oder Telefonieren beobachtet. Noch nie hatte sie Besuch empfangen oder ihm, ihrem heimlichen Beobachter, einen einzigen verfänglichen Anblick gegönnt. Das Badezimmer, das wohl auf der anderen Hausseite lag, hatte sie stets bekleidet betreten und mindestens in Nachthemd oder Bademantel gehüllt wieder verlassen. Es gab nicht einmal Hinweise auf ein wie auch immer geartetes Privatleben. Sie war eine fleißige Studentin, sonst nichts.

Doch dieses Bild, das er von ihr hatte, entsprach offensichtlich nicht ganz der Wahrheit.

Durch das Fenster auf der anderen Straßenseite konnte er

die Silhouetten zweier Personen erkennen, die in einen stillen Tanz vertieft waren.

Er blieb stehen und starrte hinüber. Zu seinen Füßen hatte sich bereits eine kleine Lache gebildet, und die Verdunstungskälte zog seine Haut zusammen. Fröstelnd wurde er sich seiner Nacktheit bewusst.

Den beiden Tanzenden gegenüber schien dagegen warm zu werden. Die Studentin löste sich aus der Umarmung, ging zum Fenster und öffnete die Flügel weit in die kühle Nacht hinein. Ein leichter Wind bewegte die vorgezogenen Gardinen und ließ die Menschen dahinter von Zeit zu Zeit sichtbar werden. Auch ihr Beobachter öffnete sein Fenster in der Hoffnung, dass der Wind die Musik zu ihm herüberwehen möge. Tatsächlich glaubte er, den leisen Rhythmus eines Bossa nova zu erkennen. Eingehüllt in die Dunkelheit seines unbeleuchteten Zimmers, fühlte er sich sicher genug, noch näher an sein Fenster heranzutreten. Die beiden Menschen, die er beobachtete, drehten sich im Takt der Musik, und als er genauer hinsah, erkannte er in dem Tanzpartner eine Frau, die ihre Arme um den Schwanenhals der Studentin geschlungen hatte.

Der Mann am Fenster stutzte. Es war ihm nie in den Sinn gekommen, dass die erste Einladung in ihre Wohnung einer Frau gelten würde. In seiner Phantasie hatte er sie immer in den Armen eines Mannes gesehen und sich vorgestellt, dass er selbst es wäre, der den Knoten ihres Bademantels öffnete, um ihren nackten Körper zu erforschen. Viele Male hatte er hier am Fenster gestanden, die Hand an seinem erwachenden Geschlecht, während er der Studentin in Gedanken ein anderes, aufregenderes Leben angedichtet hatte. Vielleicht war ihr Leben spannender, als er es sich vorstellen konnte.

Die zweite Frau war etwas größer als die Studentin und hatte den Rücken einer Schwimmerin, sodass sie von hinten durchaus als Mann hätte durchgehen können. Doch nun, da

die wehende Gardine einen genaueren Blick ermöglichte, erkannte der Voyeur die weiblichen Formen, die sich unter einem engen T-Shirt abzeichneten. Die Schwimmerin, wie er sie nun nannte, hatte üppige Brüste und einen sinnlichen Mund, der sich gerade zu der Studentin hinabbeugte und ihren Hals erkundete. Den Kopf weit zurückgebogen, gab sich die Zierlichere der beiden den tastenden Lippen hin, während die Hände ihrer Besucherin langsam zu ihrem Nacken wanderten und ihren Kopf stützten.

Die Intimität dieser Geste berührte den Mann am Fenster so sehr, dass er für einen Moment versucht war, die beiden in ihrer Liebkosung allein zu lassen, um sie nicht mit seinen begehrlichen Gedanken zu stören. Aber sein Blut hatte sich bereits aus seinem Verstand zurückgezogen und war in seinen Penis geströmt. Es pochte in dem strammen Ständer und lenkte seine ganze Aufmerksamkeit dorthin.

Der Mann strich über die Gänsehaut, die inzwischen seinen ganzen Körper bedeckte. Er ließ seine Hände über den kräftigen Brustkorb gleiten, spürte die langsam trocknende Feuchtigkeit und gelangte schließlich zu seinem erigierten Penis, der sich nach der warmen Berührung seiner Finger sehnte. Den Blick fest auf das miteinander verschlungene Paar gerichtet, rieb er seinen Schwanz.

Die beiden Frauen auf der anderen Straßenseite waren so tief in ihr sapphisches Spiel versunken, dass sie nicht bemerkten, wie der Wind mit einem kräftigen Stoß die Gardine zur Seite wehte, wo sie sich an einem Stuhl verhedderte und den Blick auf die ganze Szenerie freigab. Die Lippen der üppigen Frau hatten sich zum Mund der Studentin hochgeküsst und verweilten dort in inniger Verschmelzung. Ihre Hände dagegen waren in Bewegung und strichen die Wirbelsäule hinunter, immer tiefer, bis sie die Rundungen der Hinterbacken erreichten und dort ihre Kreise zogen. Die Studentin schmiegte sich in die Umarmung und rieb sich am weiblichen

Körper ihrer Gespielin. Im Hintergrund war noch immer der Bossa nova zu hören, der den Takt der Berührungen vorzugeben schien.

Der Mann am Fenster rieb den strammen Schaft seines Ständers in langsamem Auf und Ab. Seine Hand arbeitete gleichmäßig wie ein Kolben und schien keine Eile zu haben. Als die Studentin ein Bein zwischen die Schenkel der anderen schob und ihre vollen Brüste massierte, griff der Voyeur nach seinen Hoden, die nun schwer und weich in seiner Hand ruhten.

Das Spiel der beiden Frauen wurde immer heftiger, und als die Leidenschaft ihre Zärtlichkeiten überrollte, rissen sie sich die Kleider vom Leib und warfen sich nackt auf den Boden, auf einen weichen Flokati, der anscheinend nur für diesen einen Moment dort gelegen hatte.

Es war ein lüsternes Bild, das sie ihrem Beobachter boten. Die Studentin lag ausgestreckt auf der weichen Unterlage und spreizte wollüstig ihre Schenkel. Die Schwimmerin warf sich auf sie und begann die festen Brüste der Liegenden zu lecken. Hingebungsvoll umrundete ihre Zunge die roten Spitzen der Hügel, ihre Zähne knabberten an den erigierten Knospen, und ihre Lippen saugten an dem weichen Fleisch. Gleichzeitig griff sie mit der Rechten zwischen die gespreizten Schenkel der anderen und massierte ihre Vulva mit sicheren Bewegungen. Dabei hatte sie das Bein der Studentin fest auf ihr eigenes Geschlecht gepresst und rieb sich daran im gleichen Takt, wie sich ihre Hand auf der Möse der Freundin bewegte. Das begehrliche Miteinander der beiden wirkte vertraut. Sie umschmeichelten ihre Körper, labten sich aneinander, spielten ein sinnliches Spiel der Lust.

Der harte Schwanz des Beobachters lag fest in seiner Faust, während sein Blick an den nackten Körpern der beiden Frauen hing. Er sah, wie die Studentin sich aufbäumte, als ihre Gespielin die Finger in ihrem gierigen Geschlecht versenkte,

bemerkte, wie die Schwimmerin ihre Venusmuschel immer heftiger an dem Bein rieb, das sich zwischen ihre Schenkel stemmte. Die Studentin hielt sich an den schwingenden Brüsten der Frau fest, die sich in wilder Leidenschaft über sie gebeugt hatte. Sie knetete die schweren Kugeln und zupfte an den tiefroten Spitzen. Dann hob sie ihren Oberkörper an, um an den steifen Knospen saugen zu können, während die Liebkoste den Kopf in den Nacken warf und offensichtlich die Gier genoss, die durch ihren Leib brandete.

Der Voyeur spürte, wie die Entladung seiner Lenden immer schneller herannahte. Er versuchte, den Moment hinauszuzögern, wartete auf die sicheren Zeichen für den Höhepunkt des Liebesspiels auf der anderen Seite der Straße. Die Bewegungen der Frauen wurden schneller, fordernder, ihre Hände griffen in weiches Fleisch, ihre Körper rieben sich aneinander und peitschten sich gegenseitig auf den Gipfel ihrer Wollust.

Der Mann mit dem pulsierenden Schwanz keuchte, und er hörte das Stöhnen der Frauen, das sich zu einem einzigen Schrei der Lust steigerte. Ihre Leiber zuckten, ihre Münder waren weit geöffnet, als sie gemeinsam den Höhepunkt erreichten.

Einen kurzen Moment hielt der Mann inne, genoss den Anblick dieses entrückten Schauspiels, bevor er seiner eigenen Gier den letzten Anstoß gab und seinen Samen in die Faust spritzen ließ.

Keuchend, erschöpft stand der Mann am Fenster. Sein Saft hatte sich zu der Pfütze am Boden gesellt. Er würde zu spät zu seiner Verabredung kommen, aber er wusste nun, dass er die richtige Wohnung gefunden hatte.

Dessous-Diebin

Einmal im Monat gönne ich mir *meinen* Dessous-Tag in einem großen Berliner Kaufhaus. Ich liebe die anonyme Atmosphäre dieser Konsumtempel, die eine Welt unbegrenzter Möglichkeiten beherbergen. Hier kann ich mir die gewagtesten Höschen, Push-ups und Spitzenbodies aussuchen und sie in der Geborgenheit einer Kabine anprobieren. Diese sündhaft kleinen Teile, die mehr enthüllen als verdecken, kann ich mir gar nicht leisten, aber das Gefühl, sie für einen Augenblick auf der Haut zu tragen, hinterlässt eine Sinnlichkeit in mir, die ich noch tagelang spüre.

Warum mir an jenem Tag der köstliche Reiz des kurzen Moments nicht mehr genügte, kann ich mir selbst nicht erklären. Tatsache ist, dass ich einen hauchzarten, mit Perlen besetzten Stringtanga anbehielt, als ich die Umkleidekabine verließ. Meine eigene geblümte Unterhose verstaute ich in der Handtasche. Die Kostbarkeiten, mit denen ich mich eben noch geschmückt hatte, hängte ich ordentlich an die Ständer zurück. Beim Schlendern durch die Gänge des Kaufhauses spürte ich den zarten Stoff auf meiner Haut. Meine nackten Pobacken rieben gegen den rauen Kattun meines Rockes. Die kleinen Perlenschnüre drückten in meine Ritze und drängten sich tief in meine Spalte. Bei jedem Schritt spürte ich mein Geschlecht, das die Aufmerksamkeit genoss und zum Dank Wellen der Erregung durch meinen Körper jagte. Ich fühlte mich unbeschreiblich sexy und ließ meinen Blick durch die Menge der Kauflustigen wandern. Fiel meine Ausstrahlung irgendjemandem auf?

Ich drehte mich um die eigene Achse, ließ meinen Rock schwingen – und blickte plötzlich in ein Paar kühle blaue

Augen. Der Mann, in dessen Gesicht sie funkelten, musterte mich eindringlich, und als ich ihm ein freches Lächeln schenkte, kam er auf mich zu. Er blieb so dicht vor mir stehen, dass ich sein Aftershave riechen konnte und die Wärme seines Körpers spürte. Noch bevor er etwas zu mir sagte, packte er mein Handgelenk und zog mich hinter sich her, zurück zu den Umkleidekabinen. Berauscht von meiner Wirkung, folgte ich ihm, in Erwartung eines köstlichen Abenteuers, das sich hier ganz unvermittelt anzukündigen schien.

Kurz vor den Kabinen bog der Unbekannte ab, öffnete eine versteckte Tür und zerrte mich in einen schwach beleuchteten Gang. Ich bereitete mich innerlich darauf vor, von ihm gegen die Wand gepresst zu werden, während seine starke Hand unter meinem Rock direkt in meine Spalte greifen würde. Bei dem Gedanken an den bevorstehenden Angriff auf mein williges Loch zog sich mein Unterleib erwartungsvoll zusammen und schickte süße Säfte in mein Fötzchen. Doch der Gang war ihm wohl zu unsicher, dachte ich, als er eine weitere Tür öffnete und mich in ein Büro stieß. Der Raum war nur mit einem Schreibtisch, dazugehörigem Drehstuhl und einem kleinen Kühlschrank möbliert. Ich wunderte mich noch über die fehlenden Regale und Aktenordner, bevor mir klar wurde, wie wenig meine «Büro-Phantasie» der Wirklichkeit entsprach. Während sich der Griff an meinem Handgelenk schmerzhaft verstärkte, langte der Mann in sein Jackett und holte ein Paar Handschellen hervor, mit dem er mich blitzschnell an das Heizungsrohr neben dem Schreibtisch fesselte. Ich wollte protestieren, zerrte an den Handschellen, doch ein fester Schlag mitten ins Gesicht ließ mir dazu keine Chance.

«Ich an deiner Stelle … würde mich ganz ruhig verhalten!» Die Stimme des Mannes war gefährlich leise, als er seine Drohung aussprach: «Ein einziger Mucks von dir, und ich rufe die Polizei! Hast du mich verstanden?»

«Aber ich …», wollte ich mich rechtfertigen, als mir der

String einfiel, den ich nicht bezahlt hatte. Und bevor ich mir eine andere Strategie zurechtlegen konnte, traf mich ein zweiter Schlag ins Gesicht.

«Das ist meine letzte Warnung!», zischte der Unbekannte in mein Ohr, und ich verstummte. Doch als er meine Tasche durchwühlte und mir triumphierend meine Unterhose vor die Augen hielt, wagte ich einen letzten Erklärungsversuch. Ich hatte kaum den Mund geöffnet, da blitzten mich seine Augen an, und er stopfte mir den Slip zwischen die Lippen.

«So, nun wirst du wohl endlich Ruhe geben», sagte er mit höhnischem Lachen. «Dann wollen wir mal sehen, was du alles geklaut hast, mmh?» Ich rührte mich nicht, in der Hoffnung, ihn nicht weiter zu verärgern, doch er traute mir anscheinend nicht. Aus dem Augenwinkel sah ich, wie er den Schreibtischstuhl heranzog, und im nächsten Moment wurde ich in die Luft gehoben. Wie ein Püppchen warf er mich über den Stuhl, sodass ich schließlich auf der Sitzfläche kniete, den Oberkörper über die Rückenlehne gebeugt, mit den Händen noch immer ans Heizungsrohr gekettet. Dann zog er den Stuhl so weit von der Wand weg, dass jede unbedachte Bewegung von mir das Umkippen des Stuhls zur Folge haben würde.

Aber meine Demütigung war noch nicht vollkommen. Als er mich zur stummen Bewegungslosigkeit gezwungen hatte, packte er meine Beine und drückte sie so weit auseinander, dass meine Schenkel die Armlehnen des Bürostuhls berührten. Offensichtlich zufrieden mit seinem Werk, schlug er mir zwei-, dreimal auf den Hintern und klappte dann mit raschem Griff meinen Rock hoch.

«So, da haben wir ja das Diebesgut», verkündete er. «Dann können wir jetzt also die Polizei rufen, nicht wahr?» Er ging um den Schreibtisch herum und hob den Telefonhörer ab. Panisch schüttelte ich den Kopf und brachte damit den Stuhl zum Schwanken. Ich versuchte, um Gnade zu bitten, bekam aber nur ein gedämpftes Stöhnen heraus.

«Ach, die Idee gefällt dir nicht?», fragte er scheinbar freundlich, und wieder schüttelte ich verzweifelt den Kopf.

«Meinst du, wir sollten eine andere Lösung finden?» Diesmal nickte ich eifrig.

«Möchtest du vielleicht, dass ich mir selbst eine kleine Strafe ausdenke, anstatt dich anzuzeigen?» Ich drehte den Kopf, so weit es ging, und starrte ihn mit aufgerissenen Augen an.

«Ach so, du möchtest doch lieber die Polizei haben? Soll mir recht sein ...» Und wieder griff er nach dem Hörer. Ich stieß flehende Laute hervor und schüttelte den Kopf so heftig, dass er mich gerade noch auffangen konnte, bevor der Stuhl umstürzte. Dabei hatte er wie zufällig meine Brüste gepackt, an denen er mich nun festhielt.

«Da sind wir doch schon auf dem richtigen Weg, nicht wahr?» Er griff fester zu und knetete die Kugeln.

«Mal sehen, ob du noch mehr versteckt hast ...» Hilflos musste ich zulassen, wie er den Ausschnitt meiner Strickjacke herunterzog und dabei den Rand meines BHs unter die Brustwarzen schob. Mit Daumen und Zeigefinger beider Hände kniff er in die roten Nippel und zog an ihnen, bis meine Brüste gänzlich aus der Umhüllung sprangen. Völlig schutzlos seinen gierigen Blicken ausgeliefert, baumelten sie über der Stuhllehne.

«Schöne Titten», murmelte er anerkennend und packte sie wie zur Bekräftigung mit beiden Händen, um ihr Gewicht abzuschätzen. «Mmh, die wären gut geeignet für einen kleinen Tittenfick, was meinst du?» Er sah mich fragend an, und als ich nicht gleich zustimmte, kniff er wieder in die Nippel und ließ die Kugeln tanzen, bis ich endlich reagierte und wie gewünscht nickte. «Gut, das hätten wir geklärt.» Er ließ die schmerzenden Nippel los und ging um den Stuhl herum. «Aber vielleicht hast du ja noch mehr zu bieten.» Er lachte auf, als er eine Hand zwischen meine Pobacken schob. «Wir müssen doch dafür sorgen, dass du so was nie wieder machst,

nicht wahr?» Ich nickte vorsichtshalber und spürte, wie er die Perlenschnur zwischen meinen Backen packte und sie fest nach oben zog, sodass das dünne Band zwischen meine Muschilippen schnitt. Zaghaft versuchte ich, mich dem Druck zu entziehen, und reckte dabei meinen Po immer weiter in die Höhe. Genau diese Reaktion hatte er anscheinend bezweckt, denn als mein Rücken ganz durchgebogen war, teilte er mit der anderen Hand die Backen und fingerte nach der Perlenschnur. Dabei untersuchte er jeden Zentimeter meiner Ritze und Spalte, als könnte ich dort noch weiteres Diebesgut versteckt haben. Als er die Muschi erreicht hatte, tastete er die äußeren und inneren Lippen ab, und ehe ich wusste, was geschah, schlug er mit der flachen Hand auf meine Pobacken.

«Das kann ja wohl nicht wahr sein», schnauzte er mich an, «dir ist wohl der Ernst deiner Lage nicht ganz klar, oder?» Immer wieder ließ er seine Hand auf meinen Po knallen, der immer heißer wurde. Ich schluchzte auf, doch das machte ihn noch wütender. Nach ein paar weiteren Schlägen hielt er plötzlich inne und untersuchte erneut mein Fötzchen.

«Wenn das so ist», sagte er in schneidendem Ton, «dann muss ich wohl andere Maßnahmen ergreifen.» Er zog die Perlenschnur beiseite, spaltete meine Muschi und steckte einen Finger der anderen Hand in mein Loch, das offensichtlich so nass war, das er mit einem Schmatzen darin verschwand. Mein Hintern brannte, und die nicht zu übersehende Tatsache, dass mich seine Behandlung zu allem Übel auch noch erregt hatte, trieb mir Tränen der Demütigung in die Augen.

«So eine bist du also», hörte ich ihn hinter mir sagen. «Das habe ich mir doch gleich gedacht, du kleine Schlampe. Ein Finger reicht dir wohl nicht?» Das war keine Frage, denn sofort schob er einen zweiten nach, der ebenso leicht in mein nasses Loch passte.

«Geiles Luder, du hast noch nicht genug?» Beim nächsten

Stoß presste er den dritten Finger mit hinein. Vor Scham rannen mir die Tränen über die Wangen, denn auch den vierten Finger verschlang meine Muschi gierig. Das darf doch nicht wahr sein, dachte ich verzweifelt, aber mein Körper war anscheinend anderer Meinung. Während ich still über den Stuhl gelehnt weinte, fing mein Unterleib an zu zucken und sich gegen die harten Stöße der fickenden Hand zu stemmen. Ich stöhnte lautlos in den Knebel und reckte meinem Peiniger Spalte und Arsch entgegen. Damit brachte ich ihn anscheinend auf eine weitere Idee. Für einen kurzen Moment ließ er von mir ab. Meine Muschi schmatzte enttäuscht, als er seine Hand aus ihr herauszog. Dann hörte ich ihn am Kühlschrank hantieren, dem er etwas zu entnehmen schien. Ich konnte nicht sehen, was es war, spürte aber im nächsten Moment etwas Kaltes an meinem Fötzchen. Er rieb eine harte Stange zwischen den heißen Lippen, stieß sie kurz in die nasse Öffnung und befeuchtete dann seine Finger mit meinem Saft, der reichlich floss. Als Nächstes spreizte er meine Arschbacken, verteilte den Saft auf der kleinen Rosette und stieß einen Finger hinein. Unwillkürlich krampfte ich die Backen zusammen, doch das hätte ich besser nicht getan. Sofort hagelte es wieder Schläge auf meine heiße Haut.

«Lass die Spielchen», herrschte mich der Mann an. «Du kannst mir hier nichts mehr vormachen, du geiles Stück!» Und wieder stieß er einen Finger in mein enges Löchlein. Diesmal versuchte ich die Muskeln zu entspannen, um nicht erneut seinen Zorn hervorzurufen. Zufrieden trieb er den Finger immer tiefer in meine Hinterpforte, zog ihn wieder heraus und salbte mich erneut mit meinem Saft ein. Dann spürte ich wieder die kalte Stange an meinem Arschfötzchen. Je weiter er sie hineinstieß, desto breiter schien sie zu werden, sodass er meine Rosette immer weiter dehnte. Ich spürte den kalten Gegenstand tief in mir und wagte nicht an die Wirkung auf meine andere Fotze zu denken. Doch der Mann hatte den

zweiten Eingang keineswegs vergessen. Plötzlich spürte ich einen zweiten kalten Gegenstand an meinem vorderen Loch, das immer noch weit geöffnet auf einen Nachschlag wartete. Ich konnte nicht länger gegen meine Erregung ankämpfen und stemmte mich mit aller Kraft gegen die fickenden Stöße, die in meine beiden Löcher drangen.

«Das dachte ich mir, dass dir das gefällt», sagte der Mann, und ich konnte seiner Stimme anhören, dass ihn das, was er da vor sich sah, wahnsinnig aufgeilte. «Aber ich bin mir sicher, dass deine Arschfotze noch mehr vertragen kann.» Mit diesen Worten zog er die kühlen Objekte aus beiden Öffnungen. Eines schmiss er auf den Schreibtisch, das andere, größere, das er aus meiner Muschi gezogen hatte, presste er nun gegen meine Hinterpforte. Der Gegenstand war so nass von meinen Säften, dass er ohne großen Widerstand in das geweitete Loch eindringen konnte. Ich hörte, wie er einen Reißverschluss aufriss und mit einem Stöhnen sagte: «Ich werde deine nasse Fotze jetzt durchficken, hast du mich verstanden?» Ich nickte. «Und wenn ich mit dir fertig bin, wirst du nie wieder etwas stehlen?» Ich beeilte mich, wieder zu nicken. Im nächsten Moment spürte ich einen gigantischen Schwanz an meiner Spalte, der sich unerbittlich hineinzwängte. Er stieß tief in mein heißes Fleisch, und ich begann, unter den Stößen zu zucken und zu wimmern. Ich war so kurz davor zu explodieren, dass ich ihn anflehen wollte, nicht aufzuhören, mir seinen Schwanz hart und fest in die nasse Möse zu rammen und auch meinen Arsch weiter zu ficken, bis es mir endlich kommen würde. Doch geknebelt und gefesselt blieb mir nichts anderes übrig, als ihm meine gierigen Löcher entgegenzurecken und mich gegen seine Stöße zu stemmen, die sich immer schneller und tiefer in mein Fleisch bohrten.

Ich hörte sein Stöhnen und das Schmatzen, das meine beiden Öffnungen von sich gaben, während sein heißer Schwanz und der kühle Gegenstand im gleichen Takt fickten.

Und dann rammte er mir seinen harten Ständer ein letztes Mal tief hinein, presste ihn bis zum Anschlag in meine Spalte und verschoss sein Sperma in mich. Als der heiße Saft sich in mich ergoss und er plötzlich meine schwingenden Brüste packte und an ihren Nippeln zog, brach ich zuckend und wimmernd unter ihm zusammen, während ein nicht enden wollender Orgasmus meinen Unterleib überrollte.

Als er fertig war, zog er beide Eindringlinge aus meinen Öffnungen. Er verstaute seinen Schwanz wieder in der Hose und wartete noch einen Moment, bis ich mich etwas beruhigt hatte. Dann fischte er den Knebel aus meinem Mund und wischte mit dem geblümten Stoff die triefenden Säfte auf, die an meinen Schenkeln hinunterflossen.

«Damit du immer daran denkst, was passiert, wenn du was stehlen willst», sagte er, nahm die Objekte vom Schreibtisch und wickelte sie in meine nun nasse Unterhose. Dann steckte er das Ganze in meine Handtasche und öffnete die Handschellen.

Mit den Worten «Du findest sicher allein raus» ging er zur Tür. «Den Perlentanga lässt du an, wenn du gehst, damit du deine Strafe nicht so schnell vergisst!» Dann verschwand er und überließ mich den gemischten Gefühlen, die in mir tobten. Ich fasste zwischen meine Beine und spürte, dass ich noch nie zuvor so nass gewesen war. Meine Muschi zuckte immer noch. Ermattet setzte ich mich auf den Stuhl und ruhte mich einen Moment aus. Schließlich siegte die Neugier über die Erschöpfung, und ich griff nach meiner Handtasche, um nachzusehen, was er darin verstaut hatte. Als ich die Unterhose auseinanderfaltete, kamen eine Karotte und eine Gurke zum Vorschein, die nass und glänzend auf dem Stoff lagen.

Ich verließ den Raum, während sich die Perlenschnüre in mein geschwollenes Fleisch drückten.

Die Corvette

Er fuhr mit einer Corvette Coupé vor. Noch klischeehafter ging es wohl kaum. Nelly schaute an sich hinunter und kam sich billig vor. Sie solle sich einen kurzen Rock anziehen, hatte er lachend am Telefon gesagt. Und sie hatte diese Aufforderung als Kompliment verstanden, weil er vielleicht ihre Beine mochte und ihren Anblick genießen wollte. Aber nun, neben diesem protzigen Wagen mit der glänzend grünen Metallic-Lackierung, sah es eher so aus, als wollte er mit einer willigen Frau an seiner Seite angeben. Seht her, schienen die nackten Beine in den enganliegenden Stiefeln auszudrücken, ich lasse mich von einem teuren Auto beeindrucken. Nelly seufzte und lächelte höflich, als Daniel ihr die Tür aufhielt, damit sie über den hochgezogenen Holm in die Corvette klettern konnte. Mit dem engen Rock musste sie sich rücklings in den Sitz fallen lassen und die Beine mit einem damenhaften Schwung nachziehen. Daniel sprang jungenhaft auf den Fahrersitz und ließ den Motor wieder an. Leise schnurrend setzte sich das Automatikgetriebe in Gang, und Nelly war fast ein wenig enttäuscht, dass das erwartete Röhren ausblieb. Erstaunlich leise schlängelte sich der Wagen durch die engen Straßen des Wohngebietes. Nelly ertappte sich dabei, wie sie sich in der Hoffnung umsah, einer der Nachbarn hätte sie vielleicht einsteigen sehen.

Kaum hatten sie die Einfamilienhäuser hinter sich gelassen und waren auf die Umgehungsstraße eingebogen, gab Daniel Gas, und Nelly wurde tief in den weichen Ledersitz gepresst, während der Motor mit kehligem Knurren nun doch zu erkennen gab, dass er mit seinen 437 PS zu einer Corvette gehörte. Das Dach des Wagens hatte Daniel abgenommen

und auf der Ablage hinter den beiden bequemen Sitzen abgelegt. Der Fahrtwind spielte sanft mit Nellys dunklen Locken und wehte Daniels blonde Strähnen durcheinander. Er schaute kurz zu ihr herüber und lächelte sie an. Stolz lag in seinem Blick und jener Übermut, den sie so an ihm mochte. Langsam entspannte Nelly sich. Sie streckte ihre Beine in dem geräumigen Fußraum aus und genoss das handschuhweiche Leder unter ihren Händen. Die Innenausstattung war cremeweiß und wirkte plötzlich nur noch luxuriös, genauso wie das glänzende Metall um sie herum und der Mann im hellgrauen Sommeranzug neben ihr. Sie fuhren über Land, an leuchtenden Rapsfeldern vorbei, hinein in das helle Maigrün der Wälder. Nelly betrachtete Daniels kantiges Profil und schämte sich plötzlich für die Absichten, die sie ihm unterstellt hatte. Er war der Freund ihres Bruders, verheiratet mit einer bekannten Anwältin. Nelly hatte schon immer für ihn geschwärmt, aber sie war für ihn nie mehr gewesen als die kleine Schwester, mit der er manchmal Ausflüge unternahm, um sie mal auf andere Gedanken zu bringen. «Du arbeitest zu viel», hatte er bei seinem Anruf festgestellt. «Ich werde dich am Freitag zu einer kleinen Tour abholen.» Und dann hatte er sie aufgefordert, den kurzen Rock anzuziehen.

Nachdem sie eine Brücke überquert hatten, bog Daniel von der Landstraße ab und folgte einem schmalen Weg, der am Fluss entlangführte. Nach ein paar hundert Metern parkte er die Corvette auf dem Seitenstreifen und half der überraschten Nelly aus dem Wagen.

«Warte einen Moment!» Er drückte ihr einen feuchten Kuss auf die Wange, öffnete den Kofferraum und holte eine Picknickdecke und eine Stofftasche hervor. Dann streckte er ihr seine Hand entgegen und zog sie mit sich. Arm in Arm schlenderten sie den Weg entlang, bogen nach ein paar hundert Metern auf einen schmalen Pfad ein und gelangten schließlich an das Ufer des Flusses, der an dieser Stelle die

Breite eines Sees erreichte und von frischgemähten Wiesen gesäumt wurde. Nach der Kühle des Waldes wurden sie hier von der wärmenden Frühlingssonne empfangen, die zu einem Picknick im Grünen einzuladen schien. Daniel breitete die große Decke direkt an der Uferkante aus und half Nelly, sich in ihrem engen Rock hinzusetzen. Der Stoff rutschte gefährlich in die Höhe. Daniel ließ den Blick kurz über ihre nackten Beine wandern und packte dann scheinbar ungerührt die Tasche aus. Zuerst präsentierte er Nelly eine Packung After Eight und forderte sie auf, eins von den gekühlten Pfefferminzblättchen zu probieren. «Habe ich eine Stunde in die Kühltruhe gelegt», verkündete er und zog ein zerknülltes Geschirrhandtuch hervor, in dem sich zwei Kristallkelche verbargen, die er Nelly nun zum Festhalten in die Hände drückte. Als Letztes holte er eine Flasche Champagner aus der Tasche und hielt ihr das Etikett hin, als hätte sie diesen edlen Tropfen bestellt. Daniel ließ den Korken knallen und schenkte das sprudelnde Getränk in die Gläser, die beim Anstoßen einen glockenhellen Ton von sich gaben.

«Kann ich sonst noch etwas für dich tun?», fragte er und zwinkerte Nelly neckisch zu. Lachend antwortete sie: «So gestaltest du also deine Freizeit ... Und was macht deine Frau gerade?» Daniel fiel in ihr Lachen ein. Nellys Bemerkung schien ihn nicht im Geringsten zu irritieren. «Ich werde ja wohl noch die kleine Schwester meines Freundes zu einem Ausflug einladen dürfen!» Grinsend schenkte er ihr noch einmal nach und ließ sich dann auf die Decke fallen. Auf dem Rücken ausgestreckt, blinzelte er in die Sonne und schien rundum zufrieden mit seinem kleinen Arrangement.

Nelly betrachtete ihn verstohlen. Wenn er bloß nicht so verdammt gut aussehen würde, dachte sie wie schon so oft. Schon als Teenager hatte sie sich oft vorgestellt, wie es wohl wäre, seine geschwungenen Lippen zu küssen, die eigentlich viel zu sinnlich waren für einen blonden Nordeuropäer. In

wie vielen Nächten war er der Held ihrer erotischen Träume gewesen? Immer wieder hatte sie sich in Gedanken seinen wilden Küssen hingegeben, hatte sich vorgestellt, unter seinem sportlichen Körper zu liegen und ihn in sich zu spüren, bis sich die Bilder nach einem einsamen Orgasmus wieder auflösten. Nelly seufzte und versuchte, diese verbotenen Gedanken zu vertreiben. Sie hielt Daniel ihr leeres Glas hin und ließ sich nachschenken. Ihr Blick wanderte zum Fluss, in dessen Mitte gerade ein Lastschiff vorbeifuhr. Sie winkte dem Mann an Deck zu, der an der Reling lehnte und ihren Gruß erwiderte. Schließlich legte auch sie sich auf die Decke, überkreuzte die angewinkelten Beine und ließ einen Stiefel in der Luft wippen. Sie schloss die Augen und spürte, wie der Alkohol sich langsam in ihrem Körper ausbreitete und dabei eine beschwingte Leichtigkeit verbreitete. Mit der Stiefelspitze berührte sie Daniels Knie und stupste es leicht an, doch der junge Mann ließ sich nicht in seinem Redefluss unterbrechen. Begeistert berichtete er von einem neuen Geschäftszweig, den er mit seinen Partnern in New York aufbauen wollte. Nelly ließ ihn reden und konzentrierte sich auf das fröhliche Zwitschern der Vögel, das leise Rauschen des Wassers und das Prickeln des Champagners in ihrem Bauch. Noch einmal ließ sie sich nachfüllen. Sie hatte sich auf die Seite gedreht, stützte sich mit einem Arm ab und nippte an ihrem Getränk. Daniel hatte sich wieder lang ausgestreckt und die Arme hinterm Kopf verschränkt. Sein Jackett lag zerknüllt neben ihm auf der Decke, und Nellys Blick blieb an den Muskeln seiner Oberarme hängen, die sich aus den kurzen Ärmeln des Hemdes hervorwölbten. Sie hätte die Linien und Wellen gern mit den Fingern nachgezeichnet. Stattdessen zupfte sie einen Grashalm ab und ließ die zarte Ähre auf Daniels Arm tanzen. Seine Haut spannte sich unter der kitzelnden Berührung, und ein Lächeln huschte über Daniels Lippen. Nelly fuhr mit dem Halm den Arm entlang bis hinauf zum blonden Haar-

schopf, dann über Stirn und Nase zu den Lippen, die mit ihrer Erzählung nicht innehielten, auch nicht, als das Gras über sie hinwegwedelte, die Linie des Halses hinabfuhr und im Dreieck des Hemdausschnittes verschwand. Gerade war Daniel dabei, von irgendeiner Begegnung in einem New Yorker Coffee-Shop zu berichten. Als wäre es das Selbstverständlichste, knöpfte er langsam sein Hemd auf. Dann verschränkte er die Arme wieder hinterm Kopf und überließ es Nelly, was sie mit dieser Einladung anfangen wollte. Das geöffnete Hemd ließ helle, ebenmäßige Haut hervorblitzen, die sich über einer ansehnlichen Brust spannte. Nelly rückte näher heran, damit sie den Mann an ihrer Seite genauer betrachten konnte. Noch immer traute sie sich nicht, ihn direkt zu berühren, und so ließ sie weiter den Grashalm seine Bahnen ziehen. Doch je näher sie Daniel kam, desto deutlicher nahm sie seinen warmen, männlichen Duft wahr, der zusammen mit der Sonne und dem Champagner eine betörende Wirkung entfaltete. Das Kribbeln in ihrem Inneren breitete sich immer weiter aus. Nelly fühlte sich leicht und sinnlich, und als der Grashalm ihren Fingern entglitt, legte sie eine Hand auf seine sonnengewärmte Haut. Daniels einzige Reaktion war eine kurze Pause in seiner Erzählung. Er atmete tief ein, sodass sich sein Brustkorb ausdehnte und die zarte Frauenhand in die Höhe hob. Das Ausatmen klang wie ein wohliges Seufzen, doch dann fing er wieder an zu erzählen, als hätte die Hand auf seiner Brust keine weitere Bedeutung. Das Ausbleiben jeglicher Wirkung reizte Nelly, deren heitere Beschwingtheit langsam einem beschwipsten Übermut wich. Sie ließ ihre Hand über seinen nackten Oberkörper gleiten und begann ihn zu erkunden. Ihre Finger folgten dem Bogen der Rippen bis zur Wölbung der Brustmuskulatur, zogen Kreise um die kleinen Brustwarzen, die von feinen hellen Härchen gesäumt wurden. Einem plötzlichen Impuls folgend, strich Nelly mit den Fingernägeln über die zarten Kuppen und erzeugte damit

endlich eine Reaktion des entspannten Körpers. Die dunkelrote Haut zog sich zusammen und ließ die kleinen Spitzen hervortreten. Bevor die Sonne die Gänsehaut wieder glätten konnte, pustete Nelly sanft über Daniels Haut. Die kleinen Knospen reckten sich dem kühlenden Luftstrom entgegen und schienen Nelly zu weiteren Vorstößen aufzufordern. Ermutigt ließ sie die Hand weiterwandern, zögerte ein wenig, als sie den flachen Bauch erreichte, und wagte sich dann doch bis zum Nabel vor, der ihr mit jedem Atemzug zuzuzwinkern schien. Die Kreise, die sie um dieses Zentrum zog, wurden immer größer, bis sie schließlich den Hosenbund erreichte, was sie zu einer Entscheidung zwang.

Hatte sich Daniels Atem beschleunigt? Oder bildete sie sich das nur ein?

Allein die Tatsache, dass sich ihre Hand in eine anscheinend vorgegebene Richtung bewegte, reichte Nellys benebeltem Verstand, sie weiterwandern zu lassen. Mit einem kleinen Schwung überwand sie den Rand des Stoffes und berührte wie unbeabsichtigt seinen Schritt, bevor sie langsam über den Oberschenkel strich.

Hatte sie dort wirklich eine Erhebung gespürt?

Schnell streichelte sie das Bein wieder hinauf, um den flüchtigen Eindruck näher zu erkunden. Tatsächlich! Die Wölbung des Stoffes war eine eindeutige Reaktion auf ihre Berührungen. Aber warum ließ Daniel nicht erkennen, dass ihm das kleine Spielchen gefiel?

Es musste doch einen Weg geben, ihn aus der Reserve zu locken …

Nelly stemmte sich hoch und kniete sich neben Daniel, der mit geschlossenen Augen anscheinend nichts von dieser Annäherung mitbekam. Seine Erzählung hatte offenkundig ihr Ende erreicht, denn er schwieg und gab sich entspannt der Frühlingssonne hin. Obwohl die Wölbung in seiner Hose nicht mehr zu übersehen war, machte er keine Anstalten, auf

Nellys vorsichtiges Herantasten einzugehen. Aber da er ihren Berührungen auch nicht Einhalt gebot, wagte sie sich einen Schritt weiter. Sie legte beide Hände auf seinen Oberkörper und tat so, als wollte sie ihn sanft massieren. In symmetrischen Bewegungen wanderten ihre Fingerspitzen auf und ab und glitten dabei immer tiefer in Richtung Hosenbund. Als sie den Stoff erreichten, atmete Daniel gerade tief aus und zog dabei den Bauch so weit ein, dass Nelly eine Hand in die lockersitzende Anzughose gleiten lassen konnte. Zu ihrer Überraschung berührte sie auch dort nackte Haut. Daniel schien keine Unterhose zu tragen, stattdessen wurde Nelly von kurzgeschorenem Schamhaar gestoppt. Als sie die Hand verwirrt wieder zurückziehen wollte, glitt sie an seinem erigierten Penis entlang, der sich von ihr unbemerkt zu seiner ganzen Größe aufgerichtet hatte. Die seidig weiche Haut fühlte sich wunderbar an, und Nelly konnte der Versuchung nicht widerstehen. Entschlossen griff sie mit der ganzen Hand zu und tastete sich an dem strammen Schaft entlang. Ihre Absichten waren so eindeutig, dass es nun kein Zurück mehr gab. Es war Nelly in diesem Moment egal, ob sie sich von der Wirkung des Alkohols leiten oder sich von ihrem eigenen Begehren mitreißen ließ. Sie wusste nur noch eines: Sie wollte jetzt und hier endlich die Erfüllung ihrer sehnsüchtigen Träume.

Mit dieser Entscheidung wich ihr vorsichtiges Herantasten einer selbstbewussten Entschlossenheit. Sie zog die Hand zurück und öffnete rasch die Hosenknöpfe. Als sie den hellgrauen Stoff zur Seite schob, sah sie das erste Mal das Objekt ihrer Begierde. Daniels Schwanz war ganz leicht gebogen, sodass seine Spitze fast den flachen Bauch berührte, wenn der junge Mann tief einatmete. Dunkle Adern zeichneten sich unter der dünnen Haut ab, die sich straff über den harten Stamm spannte. Nelly wollte alles sehen, und sie packte die Hose an den Beinen und zog sie herunter, wobei sie den

Eindruck hatte, dass Daniel ihr dabei half, indem er leicht das Becken anhob. Endlich lag ihr Schwarm bis auf das offene Hemd über seinen Schultern nackt vor ihr. Der Anblick seines männlichen Körpers mit dem harten Schwanz hatte eine erotisierende Wirkung auf Nelly. Sie beugte sich über die schlanke Gestalt, stützte sich links und rechts von seinem Oberkörper ab und näherte ihre Lippen der warmen Haut. Vorsichtig strich sie über die harten Brustspitzen, leckte mit der Zunge über die kleinen Perlen und rieb die Zähne an dem empfindlichen Fleisch.

Daniel unterdrückte ein Stöhnen.

Immer mutiger saugte Nelly sich an den roten Warzen fest, während ihre Hand sich wieder auf Wanderschaft begab. Nelly küsste sich bis zur zarten Haut an Daniels Hals hinauf, wo sie die sensible Zone unter dem Ohr erkundete. Ihre Hand streichelte den Unterleib des ausgestreckten Mannes und streifte dabei immer wieder das geile Glied, ohne es direkt zu berühren. Sie wollte Daniel herausfordern, so wie er sie mit dem Aufknöpfen seines Hemdes gelockt hatte. Sie wollte ihn dazu bringen, ihr Begehren zu erwidern, und sei es nur dieses eine Mal, das für immer ein Geheimnis zwischen ihnen bleiben müsste.

Nelly ließ ihre Zungenspitze über Daniels Haut tanzen, die ein wenig salzig schmeckte. Sie stupste noch einmal die kleinen Brustwarzen an und strich gleichzeitig mit der Hand zwischen den Oberschenkeln hinab. Während sie sich mit dem Mund immer mehr dem Bauchnabel näherte, glitt sie mit den Fingerspitzen wieder hinauf, umkreiste sein erregtes Geschlecht und streifte kurz die Peniswurzel. Sie spürte das Zittern in Daniels Unterleib, merkte, wie er leicht die Beine spreizte und sein Becken anhob, als wollte er ihr den Weg zu seinem Schwanz verkürzen. Als sie schließlich die Hand auf seine Hoden legte und sie sanft knetete, stöhnte er endlich laut auf. Bevor sie jedoch ihre Genugtuung über dieses

Eingeständnis seiner Lust auskosten konnte, entfuhr ihr ein Laut des Erstaunens, denn Daniel griff plötzlich von hinten unter ihren Rock und zielte direkt zwischen ihre Schenkel. Sie registrierte, wie er sie packte, anhob und kurzerhand seinen Kopf zwischen ihre Beine schob, sodass sie nun über ihm kniete und er freie Sicht auf ihr Höschen hatte. Ohne sich lange mit irgendeinem Vorspiel aufzuhalten, schob er den ohnehin kurzen Rock nach oben und zerrte den dünnen Stoff des Slips beiseite. Als er den Kopf anhob, um Nellys triefende Möse zu lecken, spannten sich seine Bauchmuskeln an und lenkten Nellys Blick mit ihrer symmetrischen Anordnung auf den erhobenen Schwanz. Daniel tauchte seine Zunge in das glitzernde Nass und schob Nelly dabei unaufhaltsam zu seinem Ständer, der nur darauf wartete, endlich von ihr geküsst zu werden. Während Daniels Zunge heiße Wellen auslöste, öffnete Nelly ihre Lippen und ließ den bebenden Schwanz eindringen. Sie stülpte ihren Mund über das stramme Rohr, saugte, verschlang es und nahm es ganz in sich auf. Dabei versuchte sie, einen Rhythmus zu finden, der dem pumpenden Becken entsprach, aber Daniels wühlende Zunge brachte sie fast um den Verstand. Die empfindliche Perle zwischen ihren intimen Lippen pulsierte und bäumte sich unter den harten Berührungen der Zungenspitze auf. Nellys Muschi presste sich dem leckenden Mund entgegen und tauchte ihn in den Nektar ihrer Lust. Während Nelly sich nur noch auf die heißen Wellen in ihren Eingeweiden konzentrieren konnte, saugte sie sich an dem harten Ständer fest und erzeugte ein Vakuum, das Daniels Geilheit explodieren ließ. Sein ganzer Körper bäumte sich auf. Ein Schrei der Erlösung drang aus seinem Mund, und gleichzeitig leckte seine raue Zunge wie wild über die heiße, nasse Möse, die sein Stöhnen in sich aufnahm, verstärkte und durch Nellys Sonnengeflecht jagte. Brennende Lava sammelte sich in diesem Zentrum und schwappte träge durch ihren Unterleib. Doch als der Schwanz

in Nellys Mund zu pumpen begann und seinen heißen Saft ausspie, entlud sich der Vulkan, dessen Krater ihre Vulva zu sein schien, und überschwemmte Daniels keuchende Lippen mit seinen Fontänen.

In Nellys Kopf begann es zu dröhnen, so als hörte sie die langen kräftigen Töne eines Nebelhorns. Und als sie nach Luft schnappend den Kopf hob, sah sie in der Mitte des Flusses tatsächlich einen Lastkahn vorbeigleiten, welcher der Szene am Ufer mit seiner Schiffshupe Applaus spendete. Diesmal erwiderte sie das Winken des Mannes an Deck nur mit dem Lächeln ihrer feuchten Lippen, die noch von der schäumenden Sahne benetzt waren. Dann ließ sie sich zur Seite fallen und blieb erschöpft neben Daniel liegen, der noch immer entspannt auf dem Rücken lag und seinen nackten Körper von den Sonnenstrahlen streicheln ließ.

Überrascht stellte Nelly fest, dass sein Penis nach wie vor das Haupt erhoben hielt. Das Abspritzen schien ihn überhaupt nicht ermüdet zu haben. Als hätte Daniel ihren Blick durch seine geschlossenen Lider gesehen, fragte er: «Nachschlag?»

Nelly war fassungslos, dass er nicht einmal eine kurze Pause benötigte, um wieder einsatzbereit zu sein. Umso erstaunter registrierte sie das Ziehen in ihrem Unterleib, das ihr die eigene Bereitschaft zu einer weiteren Runde signalisierte.

«Na komm, setz dich auf mich und steck ihn dir rein», forderte Daniel sie auf.

Empört über so viel Unverfrorenheit, wollte Nelly sich gerade zur Seite drehen, als Daniel erneut zwischen ihre Beine griff und zielsicher ihre ebenfalls noch erigierte Lustperle fand. Sie keuchte auf und spreizte unwillkürlich die Schenkel, weil er seine Hand auf ihre feuchte Muschi presste und sie erneut reizte.

«Du bist doch immer noch geil», stellte Daniel fest. «Kannst gar nicht genug von mir bekommen, stimmt's?»

Er spielte mit ihren geschwollenen Schamlippen und tauchte plötzlich einen Finger in ihre Spalte, sodass sie wieder nach Luft schnappen musste, aber diesmal nicht vor Erschöpfung, sondern vor neuerwachender Lust. Bevor sie sich für einen weiteren Schritt entscheiden konnte, fasste Daniel nach ihrem Unterhöschen und zog es ihr über die nackten Schenkel, verhedderte sich an den Stiefeln und hielt es schließlich wie eine Trophäe in die Höhe. Er knüllte den Stoff zusammen und behielt ihn in der Hand, dann legte er sich wieder bequem auf den Rücken und überließ Nelly das Weitere.

Sie ließ den Blick über seine Nacktheit gleiten und bewunderte die Schamlosigkeit, mit der er sich zur Schau stellte. Sie sah sich um, konnte aber kein weiteres Schiff erkennen, nur ein paar Spaziergänger mit Hund auf der weitentfernten anderen Seite des Flusses. Nelly selbst war immer noch völlig bekleidet, wenn man einmal von dem fehlenden Slip absah. Und Daniel schien sich nicht an dieser Ungleichheit zu stören.

Unschlüssig rutschte sie ein wenig näher an ihn heran und begann erneut, seinen Oberkörper zu streicheln. Sie spürte ihr geschwollenes Möschen und erhöhte den Druck der Schamlippen auf die Klitoris, indem sie ihre Schenkel aneinanderrieb. Das Summen des Orgasmus war noch nicht verklungen. Die Vibration ihrer Nerven verstärkte sich langsam wieder. An dieser Schwelle des Begehrens packte Daniel sie unvermittelt im Nacken und zog sie zu sich herab. Sie wollte etwas sagen, aber er verschloss ihre Lippen mit einem leidenschaftlichen Kuss, bedrängte ihre Zunge mit der seinen und hielt ihren Kopf zwischen seinen warmen Händen. Seine Küsse brannten auf ihren Lippen, und die Hitze breitete sich aus, floss die Wirbelsäule hinab und tropfte langsam in ihren Unterleib. Immer ungestümer tauchte seine Zunge in sie hinein, und während ihr Mund sich dem Ansturm hingab, lösten sich Daniels Hände aus Nellys Locken. Sie strichen hinab zu

ihren Hüften, packten fest zu und hoben die junge Frau an, um sie sogleich wieder abzusetzen. Geschickt hatte Daniel seine Gespielin auf seinem Bauch abgesetzt, und als er einatmete, berührte seine Bauchdecke Nellys feuchten Venushügel. Während er ihre Lippen mit seinen Küssen gefangen hielt, drückte er ihre Hüften nach unten und rieb seinen Bauch an ihrer Muschi. Nelly spreizte die Schenkel und ließ ihre Möse tanzen, rutschte dabei tiefer und spürte endlich die Kuppe seines Ständers zwischen ihren fleischigen Pforten. Mit ein paar gezielten Bewegungen dirigierte Daniel seinen Schwanz in die Mitte des weitgeöffneten Tores. Dann hob er sein Becken an und stieß zu.

Das harte Eindringen in ihre geschwollene Möse versetzte Nelly derart in Aufruhr, dass sie sich aufbäumte und sich mit einem heiseren Schrei von Daniels Kuss löste. Sie setzte sich auf und begann, den nackten Mann zwischen ihren Schenkeln zu reiten. Das Stöhnen der beiden steigerte sich zu einem Stakkato, und Daniel griff nach Nellys runden Backen und vergrub seine Finger in dem weichen Fleisch. Unnachgiebig zog er die Halbkugeln auseinander. Er ließ sein Becken hochschnellen und federte ihren Ritt ab, passte sich ihrem furiosen Tempo an und stieß seinen harten Prügel in ihre schmatzende Möse.

Daniel hielt Nellys Pobacken gespreizt und ließ seinen Zeigefinger um die kleine Rosette tanzen. Er griff kurz nach unten, benetzte die Fingerspitzen mit ihrem glitzernden Sekret und salbte damit das obere kleine Löchlein, bis es nachgiebig wurde und sich dem eindringenden Finger öffnete. Während Nellys Schreie immer spitzer und atemloser wurden, drang er in ihre beiden Pforten ein. Er versenkte seinen Finger in ihrem Anus und fickte gleichzeitig ihre Muschi tief und hart. Als er merkte, dass Nelly langsam die Beherrschung verlor und wild unter seinen Stößen zuckte, ließ auch er seine Lust kommen. Er steigerte sein Tempo und setzte zum finalen

Spurt an. Nelly bäumte sich noch einmal auf, stieß stöhnend ihren Atem aus und erschlaffte dann unter seinen Händen. Ganz tief rammte er Schwanz und Finger noch einmal in ihren weichen Leib, dann drang auch aus seiner Kehle ein raues Stöhnen, begleitet von dem schmatzenden Pumpen seines sich entladenden Schwanzes. Wenn sich ein Ruderer an diese Uferseite verirrt hätte – das Bild dieses fickenden Paares hätte sich wohl für lange Zeit in seine Träume gebrannt. Vom Fluss aus gesehen, hätte er den besten Einblick in die glänzenden Körperöffnungen, die von Fingern und einem unnachgiebigen Ständer penetriert wurden.

«Du hast einen Sonnenbrand», stellte Nelly fest, als Daniel sich anzog und sie die Reste ihres Picknicks zusammenräumte.

«Du auch», erwiderte er lachend und hob ihren Rock hoch, unter dem sie immer noch nackt war. Zum Beweis klatschte er auf ihre geröteten Pobacken. Dann hielt er ihr den Slip hin, nur um ihn wieder wegzuziehen, als sie danach greifen wollte.

«Den behalte ich als Andenken!» Mit diesen Worten verstaute er das Stoffteil grinsend in seiner Hosentasche.

Die Rückfahrt verlief ebenso schweigsam wie die Hinfahrt, doch diesmal meinte Nelly eine neue Vertrautheit in der Stille zu spüren. Sie lehnte sich zurück und bemühte sich, die tropfende Nässe zwischen ihren Beinen mit dem kurzen Rock aufzufangen, um keinen Fleck auf dem hellen Leder zu hinterlassen. Gleichzeitig versuchte sie, nicht an die Folgen dieses Nachmittags zu denken. Sie musterte Daniel von der Seite. Seine von der Sonne geröteten Gesichtszüge zeigten nichts als Entspanntheit. Kaum hatten sie wieder die Umgehungsstraße erreicht, ließ er den Motor aufheulen, und Nelly wurde tief in den Sitz gepresst, als der Wagen beschleunigte und an den anderen Autos vorbeischoss. Viel zu schnell hielten sie vor ihrer Wohnung an. Daniel beugte sich zu Nelly

herüber, drückte ihr zwei freundschaftliche Küsse auf die Wangen und blieb im Wagen sitzen, während sie wieder über den Holm kletterte. Er wartete gerade noch ab, bis sie die Tür zugeschlagen hatte, dann schnellte die Corvette vor, und Daniel wendete geschickt in der nächsten Einfahrt. Nellys Herz hüpfte freudig, als er noch einmal neben ihr hielt. Sie beugte sich vor, um ihn zum Abschied zu küssen, doch der junge Mann zog ihren Kopf zur Seite und flüsterte ihr ins Ohr: «Ich wusste schon immer, dass dein stilles Wasser tief ist. Bis zum nächsten Mal, kleine Schwester meines Freundes.»

Er winkte ihr noch einmal zu und fuhr gemächlich davon.

Völlig verwirrt sah Nelly der Corvette nach, bis sie hinter der nächsten Kurve verschwunden war. Erst viel später, als sich der Alkohol in ihren Adern verflüchtigt hatte, wunderte sie sich darüber, dass er keine Unterhose getragen hatte. Warum wohl?

Anruf genügt

Es fing schon an zu dämmern, als sie endlich mit den Vorbereitungen fertig war. Zwei Stunden hatte sie diesmal im Bad benötigt, um sich zu ihrer Zufriedenheit in Szene zu setzen. Ihre Haare fielen in schwungvollen Wellen über die Schultern. Sie wirkten natürlich und waren doch das Ergebnis von teurem Schaumfestiger, dicken Lockenwicklern und einem leistungsstarken Fön. Aber der schimmernde Glanz frischer Kastanien war echt. Er fand sich in den Löckchen ihrer Scham wieder, für deren makellosen Kurzhaarschnitt sie ebenfalls viel Zeit benötigt hatte. Die Rasur der Achselhöhlen und Schienbeine brauchte nur ein paar Sekunden unter der Dusche. Sehr viel länger hatte dagegen das sorgfältige Lackieren der Fußnägel gedauert, die nun passend zu ihrem Haar in einem dunklen Rot glänzten. Während sie auf das Trocknen der Nägel wartete, hatte sie sich in ihrem Sessel zurückgelehnt und war für einen kurzen Moment versucht gewesen, ihre feinmanikürten Finger zwischen ihre Schenkel wandern zu lassen. Ganz sanft hatte sie die frischrasierten Lippen berührt und sich von der Samtigkeit der sensiblen Haut überzeugt. Für einen winzigen Augenblick hatte sie nachgegeben und einen Finger auf die Spalte zwischen den Lippen gelegt, wo die verborgene Perle sofort auf die Berührung reagierte. Elisa wollte sich beherrschen, um die Spannung für ihre Verabredung aufrechtzuerhalten. Sie hatte viel Mühe investiert, um dieses Rendezvous zu einem Erfolg werden zu lassen. Am Ende hatte sie es bei diesem Anflug von Erregung belassen und sich auf die Auswahl der passenden Garderobe konzentriert.

Nun stand sie endlich an der Haustür und kontrollierte, ob

sie alles dabeihatte. Der leichte Wollmantel, den sie sich über die Schultern geworfen hatte, kontrastierte mit seinem dunklen Fliederton ihr Haar und passte perfekt zu der schmalen Handtasche in der gleichen Farbe. Darin befanden sich ein Mobiltelefon, ein Schminktäschchen, Taschentücher, ein Paar Ersatzstrümpfe – und Kondome. Elisa war sich nicht sicher, ob das den üblichen Umgangsformen entsprach, aber das kleine Päckchen latexfreier Überzieher gab ihr ein Gefühl von abgeklärter Souveränität. Sie fühlte sich als Frau von Welt, die für jede Situation gewappnet war. Vor ein paar Tagen hatte sie in einer Statistik gelesen, dass 57 Prozent der Singlefrauen auf den Gebrauch von Kondomen verzichteten, aus Unsicherheit oder Schamgefühl. Nun, sie zählte nicht zu denen. Sie griff nach ihrem Schlüssel und verließ entschlossen das Haus. Seit zehn Minuten war sie mit ihm in der «Paris-Bar» verabredet, und sie hatte ihren Auftritt minutiös geplant. Als sie die Haustür hinter sich zuzog, wartete bereits das bestellte Taxi auf sie. Elisa war ganz sicher, dass ihre Verabredung bereits an dem reservierten Fenstertisch saß und ungeduldig auf die Uhr schaute. Sie würde den Wagen direkt vor dem Eingang halten lassen und mit einer großen Geste aussteigen. Vorher wollte sie aber einen Blick auf diesen Geschäftsmann werfen; ob sie das tat, um Zeit zu gewinnen oder um sich selbst zu beruhigen, wusste sie nicht. Den Fahrer hatte sie bereits im Voraus bezahlt, und nun fuhr er wie vereinbart langsam an der Bar vorbei.

Elisa entdeckte den Mann sofort. Er saß lässig an dem hellbeleuchteten Tisch und beobachtete die ein und aus strömenden Gäste. Seine dunkelbraunen Haare waren zurückgegelt. Eine einzelne Strähne hatte sich gelöst und fiel ihm verwegen ins Gesicht. Die enganliegende Anzugjacke betonte seine breiten Schultern und passte hervorragend zu den markanten Gesichtszügen. Ein Lächeln umspielte seine Lippen, und für einen winzigen Augenblick bekam Elisa Panik. Dieser Mann

strahlte eine überlegene Männlichkeit aus. Sie war eingeschüchtert angesichts seiner offensichtlichen Dominanz und hatte Angst, sich lächerlich zu machen.

Nein, ermahnte sie sich selbst, denk daran, es gibt kein Zurück.

Elisa atmete tief ein, um das panische Rumoren ihres Magens zu beruhigen, und bat dann den Fahrer, zu wenden und direkt vor dem Eingang zu halten. Wie geplant stieg er zuerst aus, ging langsam um den Wagen herum und öffnete ihr die Tür. Sie drehte sich auf dem Sitz und streckte ihre langen Beine aus, die in den transparenten Strümpfen wie nackt wirkten. Als ihre Füße in den Schlangenlederpumps die Straße berührten, reichte sie dem Fahrer eine behandschuhte Hand und ließ sich von ihm galant aus dem Auto helfen. Mit einem Nicken dankte sie ihm, zupfte den Mantel zurecht, strich die glänzenden Wellen ihres Haares zurück, und dann blickte sie auf. Sie wusste, dass er sie beobachtet hatte. Die ganze Inszenierung hatte lange genug gedauert, um seine Aufmerksamkeit zu wecken. Aber als der Blick seiner kühlen grauen Augen sie nun traf, wurden ihre Knie für einen Moment weich. Sie musste sich an der noch offenen Wagentür abstützen, um nicht das Gleichgewicht zu verlieren, doch dann stand sie wieder fest auf ihren hohen Absätzen und war bereit, dieses Spiel zu Ende zu spielen.

Als sie die Bar betrat, erhob er sich von seinem Platz und half ihr wortlos aus dem Mantel. Einen kurzen Moment standen sie sich gegenüber, er im Anzug, sie im engen Kostüm. Dabei spürte sie seinen auf und ab wandernden Blick. Ein zufriedenes Lächeln breitete sich um seine Mundwinkel aus, und schließlich forderte er sie auf, sich zu ihm zu setzen. Elisa ließ sich elegant auf den angebotenen Platz nieder und schlug ihre Beine seitlich übereinander, sodass er sie betrachten konnte. Dann zupfte sie langsam an den Finger-

spitzen des einen Handschuhs und zog ihn wie in Zeitlupe aus. Gebannt sah der Mann ihr dabei zu. Mit der gleichen Grazie entledigte sie sich des zweiten Handschuhs, und als sie das weiche Leder auf ihre Tasche legte, war sie in ihrer Rolle angekommen.

«Sie haben nicht zu viel versprochen» waren seine ersten Worte, und Elisa freute sich über den warmen Bariton, mit dem er sprach. Sie konnte vor sich selbst behaupten, diesen Mann zu mögen, ja sogar, ihn attraktiv zu finden in seiner dominanten Männlichkeit, die ihr seltsamerweise Vertrauen einflößte. Es fiel ihr nicht schwer, mit ihm zu flirten und ihn ein wenig zu reizen, indem sie ihre Beine aneinanderrieb und die Nylons knistern ließ.

«Wie wär's, wenn wir etwas trinken und dann von hier verschwinden?», fragte er sie, ohne sich mit langen Vorreden aufzuhalten.

Sie nickte beiläufig, als hätte sie nichts anderes erwartet, und bat um ein Glas Rotwein. Der Mann, der sich als Münchener Unternehmer ausgegeben hatte, mit einem Namen, der jedoch eher slawisch als bayrisch klang, winkte den Kellner heran, gab seine Bestellung auf und widmete sich wieder seinem Gegenüber.

«Lissy, richtig?» Ohne eine Antwort abzuwarten, fuhr er fort: «Du kannst mich Sascha nennen. Auf das förmliche ‹Sie› können wir wohl verzichten.» Er lachte, als hätte er einen guten Scherz gemacht. Dann nahm er dem Kellner die Getränke ab, warf ihm einen Geldschein auf das Tablett und erhob sein Glas zum Toast.

«Auf einen außergewöhnlichen Abend!» Er prostete Elisa zu und nahm einen tiefen Schluck.

Die junge Frau nippte nur an ihrem Glas und bedachte den Mann mit einem geübten Augenaufschlag, der seine Wirkung nicht verfehlte. Unter ihren getuschten Wimpern sah sie ihn mit strahlenden Augen an. Er zwinkerte ihr zu und leckte

sich die Lippen, als würde er nicht dem Wein nachschmecken, sondern bereits Elisas Aroma kosten. Kaum hatte er sein Glas abgestellt, langte er über den Tisch und ergriff ihre Hand, die sie wie zufällig ein wenig zu weit von sich gestreckt hatte. Er strich über ihre langen Finger und berührte dabei die empfindlichen Zwischenräume. Es kitzelte, und Elisa musste lächeln, was er als Aufforderung zu verstehen schien fortzufahren. Seine kräftige Hand hob ihre schmale auf. Er drehte ihre Handfläche nach oben und streichelte die zarte Innenseite. Dann zog er Elisa zu sich heran und beugte sich selbst so weit über den Tisch, dass er von oben in ihre tiefausgeschnittene Bluse schauen konnte. Die junge Frau stellte den Ellbogen auf und stützte ihr Kinn mit den Fingerspitzen ab. Dabei presste sie ihre Brüste zusammen und ließ ihren Busen noch verführerischer aus dem Ausschnitt hervorlugen. Der Mann starrte auf ihr weißes Dekolleté und leckte sich abermals die Lippen. Wenn sie nicht aufpasste, würde der Abend schneller vorbei sein, als ihr lieb war. Sie lehnte sich wieder zurück und entzog ihm die Hand.

«Sind Sie mit Ihrem Hotel zufrieden, Herr … äh … Sascha?»

«Das wirst du gleich sehen, meine Schöne. Trink aus, dann können wir gleich los.»

Er schien es wirklich eilig zu haben, denn er reichte ihr bereits Tasche und Handschuhe, obwohl sie das Glas noch nicht einmal abgestellt hatte. Schwungvoll zog er sie hinter sich her, zwischen den engstehenden Tischen hindurch zur Tür. Elisa stolperte die Eingangsstufe hinunter und versuchte dabei, ihren Mantel überzustreifen. Erst nach ein paar Metern hielt ihr Begleiter inne und drehte sich zu ihr um. Fürsorglich half er ihr in den Wollmantel. Als sie vor der kühlen Abendluft geschützt war, legte er seinen Arm um ihre Schultern und schlenderte mit ihr über die Kantstraße. Die Größenverhältnisse passten perfekt. Elisa konnte sich an ihn schmiegen

und genoss die Wärme seiner Umarmung und die Sicherheit, die er ausstrahlte. An der nächsten Straßenecke bogen sie ab, und Elisa ahnte, dass sie auf dem Weg zum Kempinski waren. Erleichtert lächelte sie vor sich hin. Der Mann schien nicht nur in Bezug auf seine Anzüge Stil zu haben. Tatsächlich steuerte er auf den roten Teppich zu, der den Eingang zum Hotel markierte. Er nickte dem livrierten Türsteher zu, der ihnen die gläsernen Flügeltüren aufhielt, und zog seine Begleiterin zielstrebig zum Fahrstuhl. Kaum hatten sich die Türen hinter ihnen geschlossen, drängte er Elisa gegen die verspiegelte Wand. Er stützte sich auf den Messingumlauf und beugte sich zu ihr hinab, bis seine Nase ihr Haar berührte. Gleichzeitig legte er eine Hand in ihren Nacken, strich fest über die warme Haut des Halses über die Schultern hinunter, berührte ihre Hüfte, presste die flache Hand auf ihr Gesäß und glitt über den Rock bis zu ihren Oberschenkeln. Elisa erwartete, dass er zwischen ihre Beine greifen würde, doch er schien ihre Gedanken zu erraten und lächelte nur. Stattdessen beugte er sich noch weiter hinab und streifte mit seinen Lippen die zarten Stellen an ihrem Hals. Sie spürte seinen Atem auf der Haut, spürte seinen Körper, der sie gegen die Wand presste, und rührte sich nicht.

«Warum so schüchtern?», fragte er dicht an ihrem Ohr. «Es ist doch nicht das erste Mal, dass du so etwas machst, oder?»

Unvermittelt ließ er von ihr ab und strich sich den Anzug glatt. Im gleichen Moment ertönte ein Gong als Zeichen, dass sie die gewünschte Etage erreicht hatten. Galant überließ der Mann Elisa den Vortritt und dirigierte sie dann zum Ende des Ganges, dessen dicke Teppiche jedes Geräusch ihrer Schritte schluckten. Als sie vor einer Tür anhielten, stockte Elisa fast der Atem. Statt einer Zimmernummer ließen messingfarbene Lettern erkennen, dass sich hinter dieser Tür die Präsidentensuite verbarg. Elisa wagte gar nicht daran zu denken, was eine Übernachtung kosten mochte. Konnte es wirk-

lich sein, dass ein Mann bereit war, so viel Geld auszugeben, nur um eine Nacht mit ihr zu verbringen?

Auch diese Gedanken schien der Mann erraten zu haben, denn er nickte ihr aufmunternd zu, öffnete die Tür und sagte: «Ich bin mir sicher, dass du es wert bist!»

Elisa atmete tief ein und betrat den schummrigen Raum. Eine Vielzahl von Lampen verbreitete gedämpftes Licht. Die Suite, die sie betraten, war größer als ihre gesamte Wohnung. Das Interieur, im klassisch englischen Stil gehalten, wirkte ein wenig schwülstig mit den geschwungenen Formen und roten Fauteuils, aber auch einladend und luxuriös. Es gab einen kleinen Sekretär aus dunklem Nussbaum, einen ovalen Esstisch aus dem gleichen Holz, eine großzügige Sitzgarnitur und in der Mitte der mit Seidentapeten bezogenen Wände konnte sie eine eingelassene Tür erkennen, hinter der sich wahrscheinlich das Schlafzimmer verbarg.

Sascha ließ der jungen Frau Zeit, sich umzusehen. Währenddessen öffnete er mit lautem Knall eine Champagnerflasche, die auf einem Beistelltisch im Kühler bereitgestanden hatte. Elisa hörte, wie er das sprudelnde Getränk in zwei Gläser goss. Sie blieb einfach in der Mitte des riesigen Raumes stehen und wartete, was als Nächstes passieren würde. Auch hier dämpften dicke Teppiche jeden Schritt, und sie erschrak, als der Mann plötzlich neben ihr auftauchte und ihr einen Kelch mit perlendem Champagner reichte.

«Entspann dich!», forderte er sie auf. Dann stürzte er sein Getränk in einem Zug hinunter und stellte das Glas auf dem kleinen Tisch ab. Während Elisa mit kleinen Schlucken an ihrem Champagner nippte, nahm Sascha ihr die Handtasche ab und legte sie ebenfalls auf den Beistelltisch. Mit ruhigen Schritten ging er um die junge Frau herum und begutachtete sie von allen Seiten. Die Zufriedenheit in seinem Gesicht war nicht zu übersehen. Elisa wusste nicht genau, was er von ihr erwartete, und so nippte sie weiter an ihrem Champagner,

legte eine Hand auf die Hüfte und versuchte, eine dekorative Figur zu machen. Diesmal war sie nicht überrascht, als sie ihn hinter sich spürte. Er stand ganz dicht bei ihr und vergrub seine Nase abermals in ihrem Haar. Dabei sog er genüsslich ihr Parfüm ein. Als er sein Knie anwinkelte, um es zwischen ihre Beine zu schieben, hatte sie diese Bewegung bereits geahnt. Sie lehnte sich leicht gegen ihn und spürte die angenehme Wärme, die von ihm ausging.

«Willst du nicht ablegen?», raunte er mit leiser Stimme. Und Elisa ließ den Mantel über ihren freien Arm sinken, wechselte dann das Glas in die andere Hand und entledigte sich der wollenen Hülle. Sascha fing den Stoff auf und warf ihn achtlos hinter sich auf einen Stuhl. Die Wärme, die von ihm ausstrahlte, wurde intensiver. Mit jedem Atemzug berührte seine Brust ihren Rücken, und Elisa war gespannt, ob allein ihre Nähe ausreichte, um seine Männlichkeit zu reizen. Wie unbeabsichtigt verlagerte sie ihr Gewicht und lehnte sich stärker gegen seinen kräftigen Körper. Das genügte, um die Erektion in seiner Hose zu spüren. Als Elisa ihr Hinterteil gegen den harten Phallus presste, stöhnte der Mann leise auf. Es gefiel ihr, sein Begehren so einfach wecken zu können, und sie wollte wissen, wie weit sie ihn noch treiben konnte, ohne direkt Hand anzulegen. Während sie den letzten Schluck aus ihrem Glas nahm, beugte sie den Kopf weit zurück, um die kühle Flüssigkeit in ihre Kehle laufen zu lassen. Dabei schmiegte sie sich an seinen Hals und ließ ihn ihr Atmen hören. Gleichzeitig erhöhte sie den Druck ihres Pos auf seine Erektion und ließ die Hüften ein wenig kreisen.

Sascha hielt ihrem Drängen stand. Sie konnte hören, wie er schluckte, und sie ging ein wenig in die Knie, um mit der Auf-und-ab-Bewegung ihres Hinterns sein Glied weiter zu reizen. Der Mann stemmte sich ihrem kreisenden Becken entgegen. Sein Atem wurde schneller. Plötzlich packte er Elisa an den Schultern, drehte sie zu sich herum und drückte sie

mit hartem Griff in die Knie. Kaum berührte sie den weichen Teppichboden, hatte er auch schon seine Hose geöffnet und den prallen Schwanz hervorgeholt. Mit einer Hand hielt er seinen Harten, mit der anderen führte er Elisas Kopf an die rote Kuppe seines pulsierenden Geschlechts, das er unnachgiebig zwischen ihre Lippen drängte. Gehorsam öffnete die kniende Frau ihren Mund und leckte den Schwanz, der sich immer tiefer in sie hineindrängte.

«O ja!», stöhnte Sascha. «Saug ihn mir aus!»

Und Elisa stülpte ihre Lippen über die heiße Eichel, die im selben Augenblick begann, kleine Fontänen auszuspeien.

«Ah, das war gut», stellte Sascha zufrieden fest, als sie gehorsam auch den letzten Tropfen abgeleckt hatte. Er verstaute seinen Penis wieder in der Hose, allerdings ohne sie zu schließen, und setzte sich in einen Devonshire-Ohrensessel. Entspannt zurückgelehnt betrachtete er Elisa, die hastig aufstand und ihren Rock glatt strich, und dabei immer noch das Glas in der Hand hielt. Bevor sie einen klaren Gedanken fassen konnte, forderte er sie auf, zum Tisch hinüberzugehen und sich auszuziehen.

«Ganz langsam, und lass die Dessous an!»

Elisa musste innerlich lachen. Jetzt war sie genau in der Situation, die sie in Gedanken so oft durchgespielt hatte. Und nun wusste sie, wie es weitergehen sollte. Sie war wieder in ihrem Element und konnte den weiteren Verlauf dieses Spiels bestimmen.

Anstatt den Mann dabei anzusehen, drehte sie ihm den Rücken zu, streckte ein wenig den Hintern vor und wiegte sich leicht in den Hüften. Der enge Rock betonte die Rundungen ihrer Pobacken, und sie konnte seine Blicke förmlich spüren. Während sie sich weiter im Takt einer imaginären Musik bewegte, stellte sie endlich das Glas ab und öffnete die Knöpfe ihrer Kostümjacke. Langsam, ganz langsam ließ sie den dunklen Stoff über ihre Schultern gleiten und drehte

dabei den Kopf zur Seite, um Sascha aus den Augenwinkeln beobachten zu können. Er saß lässig mit ausgestreckten Beinen in dem englischen Polstermöbel und hatte seinen Blick immer noch auf ihr Hinterteil geheftet. Elisa zupfte die Seidenbluse aus dem Rock, doch anstatt sie aufzuknöpfen, zog sie den Reißverschluss des Rockes auf. Sie ging ganz leicht in die Knie, beugte sich ein wenig vor und streifte sich dabei den Rock von den Hüften. Dabei wechselte sie das Gewicht von einem Bein auf das andere und ließ den Rock Zentimeter für Zentimeter an ihren Schenkeln hinuntergleiten. Zum Vorschein kamen das Spitzenbändchen eines Tangas, viel nackte weiße Haut, ein schwarzes Strumpfband mit Haltern und die Spitzenborten ihrer Strümpfe. Als der Rock noch tiefer fiel, wurden die geraden Nähte der schwarzen Nylons sichtbar, die an den schlanken Beinen eine akkurate Linie nach unten zogen. Elisa hörte, wie Sascha genüsslich die Luft einsog und sie mit einem kleinen Seufzer wieder ausstieß. Als sie vorhin in der Bar die Faszination in seinen Augen gesehen hatte, als sie sich die Handschuhe abstreifte, wusste sie, dass sie die richtige Strategie gewählt hatte. Und die Spannung, die nun im Raum lag, gab ihr recht.

Mit einer eleganten Bewegung stieg Elisa aus dem Rock, der nun zu ihren Füßen lag. Dabei stellte sie die Beine ein wenig auseinander und stützte sich mit den Händen auf dem Tisch ab, sodass sie ihrem Zuschauer die appetitlichen Pobacken entgegenstrecken konnte. Sie beugte sich so weit vor, dass er gewiss die feine Schnur in ihrer Poritze erkennen konnte. Um ganz sicherzugehen, ließ sie eine Hand über die weiche Haut ihres Hinterteils gleiten, fuhr an der Ritze entlang und zog sie dabei etwas auseinander. Dann glitt sie mit den Fingern an dem dünnen Stoff entlang, streifte das winzige Dreieck, das ihre Scham kaum verbarg. Während sie mit der einen Hand über die knisternden Fasern ihrer Strümpfe streichelte, nahm sie die andere Hand zu Hilfe, fuhr über den

Bauch und folgte dem winzigen Tanga, bis ihre Fingerspitzen zwischen den Schenkeln wieder zum Vorschein kamen. Sie ließ die manikürten Nägel auf dem dünnen Stoff tanzen und zog mit der anderen Hand Kreise auf den nackten Pobacken. Immer wieder berührten sich ihre Fingerspitzen und lenkten die Aufmerksamkeit des Zuschauers auf das unter dem Höschen verborgene Zentrum, auf das sich sein Blick konzentrierte.

Aber Elisa hatte es nicht eilig, genauso wenig wie der Mann, der die kleine Darbietung genießen wollte, bis er wieder zu Kräften kam. Als die schöne Frau sich aufrichtete, rutschte er noch ein wenig tiefer in den Sessel und faltete die Hände entspannt über seinem flachen Bauch.

Für ihn nicht sichtbar, knöpfte Elisa langsam die Bluse auf. Und als sie die beiden Stoffhälften in den Händen hielt, verschränkte sie die Arme vor ihren Brüsten und drehte sich wie in Zeitlupe zu ihm um. Scheinbar keusch schob sie ein Bein vor das andere und lächelte ihn neckisch an. Dann öffnete sie die Arme und ließ das seidene Kleidungsstück ebenfalls zu Boden fallen. Doch bevor Sascha ihre Schönheit bewundern konnte, verschränkte sie die Arme wieder vor ihrer Brust, als schämte sie sich ihrer Blöße. Mit gesenktem Kopf streifte sie erst den einen Träger ihres Büstenhalters von der Schulter und dann den anderen. Und dann endlich ließ sie die Arme sinken und gönnte Sascha einen vollständigen Blick auf ihre schlanke Gestalt mit der schmalen Taille, um die sich der Strapsgürtel wand. Auf die langen Beinen, deren Grazie von dem komplizierten Arrangement aus Bändern, Ösen und Strumpfsaum betont wurde. Und schließlich auf ihre Brüste, die keinesfalls von einem BH bedeckt waren, sondern lediglich von zwei Cups gestützt wurden, die ihrem Bewunderer die runden Hügel mit den roten Spitzen wie auf einem Tablett präsentierten. Als wäre sie gerade nackt dem Bad entstiegen, rieb Elisa ihren Körper mit den Händen, so als wollte

sie eine Lotion verteilen. Dabei streifte sie immer wieder die Knospen ihrer Brüste, bis diese sich dem Reiz ergaben und sich in die Höhe reckten. Erst jetzt war Elisa mit dem Gesamtbild zufrieden. Sie streckte die Arme in die Höhe, räkelte sich wie eine Katze am Morgen. Dann streifte sie durch den Raum, als wäre sie allein und auf der Suche nach einem Gespielen. Jeder ihrer Schritte war elegant und anmutig. Die Absätze ihrer hochhackigen Schuhe versanken im Teppich, doch sie bewegte sich wie ein Raubtier, sicher und geschmeidig. Dabei zog sie ihre Kreise um den sitzenden Mann, als wäre er die Beute, für die es kein Entkommen gab. Und als Elisas lautlose Schritte endlich hinter seinem Sessel zu einem Halt kamen, konnte sie sehen, wie sich sein Brustkorb hob und senkte und seine Erregung verriet. Für ihn unerwartet, beugte sie sich von hinten über die Lehne und legte die Hände auf seine Schultern, ganz leicht und zart. Sie spreizte die Daumen, um seinen Hals zu berühren, dann strich sie mit den Fingern am Rand seines Hemdes entlang, bevor sie behutsam die Knöpfe öffnete. Er hatte immer noch sein Jackett an, das sie nun zusammen mit dem offenen Hemd zur Seite schob, um seine nackte Haut streicheln zu können. Zwischen den Stoffen wurde seine männliche Brust sichtbar, über die sich ein weicher Flaum aus dunklem Haar zog. Elisa kraulte das seidige Fell. Sie mochte es, wenn Männer Haare auf der Brust hatten. Und dieser hier hatte genau die richtige Menge, nicht zu viel, gerade genug, um mit den Fingerspitzen hindurchstreifen zu können. Die dunklen Haare endeten auf den Rippenbögen. Lediglich eine feine Linie zog sich bis über den Bauchnabel und endete in der immer noch geöffneten Hose, wo sie sich in den Schamhaaren verlor. Elisa beugte sich weiter über die Rückenlehne des Sessels, um mit dem Zeigefinger an der Haarlinie entlangfahren zu können. Dabei schob sie ihre Brüste neben Saschas Gesicht. Mit einer kleinen Drehung ihres Oberkörpers erreichte sie, dass eine der roten Knospen

seinen Mundwinkel berührte. Sofort öffnete er die Lippen und leckte über die Spitze, die sich ihm so frech entgegendrängte. Elisa nutzte diesen Moment, um mit beiden Händen nach Saschas Brust zu greifen. Während er ihre kleine Knospe mit der Zunge reizte, rieb sie mit den Fingerspitzen über seine Brustwarzen. Als sie begannen sich aufzurichten, packte sie die Spitzen und zog sie in die Länge, bis sie so hart waren, dass sie hineinkneifen konnte. Der Mann dankte ihr diese Aufmerksamkeit, indem er sanft in ihre Rosine biss und mit der rauen Zunge hingebungsvoll über den Vorhof leckte. Doch plötzlich entzog sich Elisa seinen Liebkosungen. Sie richtete sich wieder auf und ging um den Sessel herum. Breitbeinig baute sie sich vor dem sitzenden Mann auf und stemmte die Hände in die Hüften. Er schien überrascht, dass sie plötzlich gar nicht mehr so zurückhaltend und schüchtern wirkte, wie er sie wohl zuerst eingeschätzt hatte. Ihre Körperhaltung verriet Selbstbewusstsein, vielleicht sogar ein wenig Dominanz. Sichtbar neugierig wartete er auf ihre nächsten Schritte. Elisa bemerkte seinen amüsierten Blick, und sie nahm die Herausforderung an, die darin lag.

Als wäre es das Selbstverständlichste, sich einem fremden Mann so zu präsentieren, hob sie ihr rechtes Bein an und stellte den Schlangenleder-Pumps auf die Lehne seines Sessels. Saschas Augen waren genau auf der Höhe ihres Slips. Obwohl sein Blick bereits wie gebannt auf die Stelle zwischen ihren Schenkeln starrte, verstärkte sie die Wirkung noch, indem sie mit den Fingerspitzen am Rand ihres Höschens entlangfuhr. Sie umkreiste ihre Scham, deren Konturen sich unter dem dünnen Stoff abzeichneten, streifte die Erhebungen der äußeren Schamlippen und drückte ihren Zeigefinger in die Spalte, um ihre Lustperle vor seinen Augen zu massieren. Wie hypnotisiert folgte er den Bewegungen ihrer Finger und leckte sich dabei die Lippen. Elisa hatte den Eindruck, dass sich seine Hose bereits wieder ein wenig wölbte. Doch

um ganz sicher zu sein, gab sie ihm eine Zugabe. Sie ließ den Zeigefinger unter den Rand des Höschens gleiten und massierte sich unter dem Stoff. Dabei schob sie den Rand des Slips immer weiter zur Seite, bis das sorgfältig frisierte Dreieck sichtbar wurde. Mit der anderen Hand legte sie schließlich den Schamhügel frei, damit der Mann zu ihren Füßen direkt auf ihre Muschilippen schauen konnte. Sie hörte, wie er den Atem einsog und sich räusperte, sie spürte die Unruhe, die von ihm Besitz ergriff, und jetzt konnte sie auch deutlich erkennen, dass sein Geschlecht sich wieder aufgerichtet hatte. Sein Schwanz hatte sich erhoben und drängte sich durch den offenen Hosenschlitz. Die Kuppe war noch verborgen, der Ständer hatte noch nicht seine volle Pracht erreicht, aber jetzt war es an der Zeit nachzuhelfen.

«Nimm ihn in die Hand!», befahl Elisa mit fester Stimme. Und während Saschas Augenbrauen erstaunt zuckten, folgten seine Hände bereits dem Befehl. Er griff in die offene Hose und packte seinen Schwanz. Den Blick fest auf die rosigen Muschilippen geheftet, begann Sascha, seinen Ständer kräftig zu reiben.

«Nicht so hastig», zügelte Elisa sein Tempo. «Zeig mir deine prallen Eier! Ja, so ist es gut, nimm sie in die Hand und knete sie. Fester! Und jetzt reib deinen Schwanz weiter, schön langsam!»

Elisa war begeistert, wie willig er sich ihrer Führung unterwarf. Das Spiel fing an, ihr zu gefallen. Aber mehr noch erstaunte sie die Feststellung, dass es sie erregte, ihm beim Wichsen zuzusehen. Ihr Blick folgte dem Auf und Ab seiner Hand, die sich in gleichmäßigem Rhythmus über die rote Peniskuppe schob, um sie sogleich wieder freizugeben. Saschas Linke presste seine Hoden zusammen und ließ die harten Kugeln tanzen. Auch ihm schien der Fortgang des Abends zu gefallen, denn er machte keinen Hehl aus seiner Geilheit. Mit seinem Stöhnen spornte er Elisa an, noch mehr

von sich zu zeigen. Doch dafür hätte es keiner weiteren Aufforderung bedurft. Es war, als träte sie mit ihm in einen Wettstreit der Schamlosigkeit. Während er sein Becken anhob, um ihr seinen glänzenden Phallus zu präsentieren, schob sie ihm ihre Venusmuschel entgegen, die sie in der Mitte gespalten hatte. Daumen und Mittelfinger zogen die äußeren Lippen auseinander, der Zeigefinger tauchte in den Honigkelch und benetzte die erhobene Liebesknospe. Doch diese kleinen Neckereien reichten Elisa bald nicht mehr. Kurz entschlossen packte sie Saschas Kopf und zog ihn in ihren Schoß. Sie presste seinen Mund auf ihre gespaltene Frucht und zwang ihn, von ihrem Nektar zu kosten. Gehorsam fügte er sich ihrer Lust und sog das rosige Fruchtfleisch zwischen seine Lippen. Elisa stöhnte laut auf, als er sich ihrer Perle widmete. Hingebungsvoll lutschte er an der kleinen Knospe. Und als er seine Zunge in die nasse Öffnung stieß, war es um Elisas Beherrschung geschehen.

«O ja!», stöhnte sie. «Tiefer! Komm, jaa!»

Mit einer Hand führte sie seine Zunge, mit der anderen presste sie seinen Kopf fest zwischen ihre Schenkel. Es gab kein Entrinnen für ihn, außer sie bis zum Höhepunkt zu lecken. Als ihre Stimme heiser wurde und ihr Mund stöhnende Laute ausstieß, nahm er seine Hände zu Hilfe. Er ließ sein Geschlecht los und griff in Elisas saftiges Fleisch. Mit beiden Händen zog er ihre Lippen weit auseinander und vergrub seinen Mund in der geschwollenen Möse. Wie rasend leckte er von der Öffnung zur Klitoris und wieder zurück zu ihrem gierigen Loch, das nicht genug von seiner rauen Zunge bekommen konnte. Scheinbar völlig unerwartet traf ihn ein Impuls wie von einer elektrischen Entladung, und im selben Augenblick schwemmte ihm heißer Saft entgegen, der Elisas Orgasmus begleitete. Ihr Unterleib zuckte unter seinen Händen, und ihre Finger krallten sich in sein Haar, bis der erlösende Höhepunkt sich in ihrem ganzen Körper

ausgebreitet hatte. Ebenso plötzlich, wie Elisa explodiert war, beruhigte sie sich wieder. Sie nahm ihr Bein von der Sessellehne und drückte den verblüfften Mann zurück in den Fauteuil. Verwirrt, weil sie ihn so sitzen ließ, schaute er von seinem pulsierenden Ständer zu Elisas entspanntem Gesicht, das nun ihrerseits mit amüsiertem Blick auf ihn hinabsah. Dann drehte sich die schöne Frau auf dem Absatz um und ging langsam zum Beistelltischchen. Als sie hörte, dass er ihr folgen wollte, drehte sie sich blitzschnell zu ihm um und rief: «Stopp!» Augenblicklich ließ er sich wieder in den Sessel fallen und sah sie fragend an. «Bleib, wo du bist, und wage es nicht, deinen Schwanz anzufassen!»

Wie versteinert blieb er sitzen und starrte ihr hinterher. Sie wusste nicht, wie lange sie ihn in ihrem Bann halten konnte, also versuchte sie, ihn mit bewährten Mitteln abzulenken. Sie beugte sich über den Tisch, diesmal mit weitgespreizten Beinen und hantierte an ihrer Handtasche, die er vorhin hier abgelegt hatte. Sie spürte, dass der Stoff ihres Höschens immer noch verrutscht war und Sascha somit freien Blick auf ihre geschwollene Muschi hatte. Die fleischigen Lippen mussten immer noch feucht glänzen, und sie ahnte, dass er sich danach sehnte, seinen prallen Pfahl in sie hineinzustoßen. Aber Elisa hatte keinesfalls vor, ihm allzu schnell wieder die Führung zu überlassen. Mit flinken Händen riss sie ein Kondom auf, prüfte, in welche Richtung es sich abrollen ließ, und steckte sich den Gummi in den Mund. Vorsichtig drückte sie das aufgerollte Ende mit der Zunge gegen die Zähne, damit es nicht verrutschte, und stolzierte aufreizend langsam wieder zu dem Mann im Sessel zurück. Sie ging in die Knie, stülpte ihre Lippen über seinen harten Penis, und ehe er bemerkte, was geschah, hatte sie das Kondom abgerollt und sich wieder aufgerichtet. Breitbeinig baute sie sich vor ihm auf und beugte sich so weit hinunter, dass ihre entblößten Brüste direkt vor seinem Gesicht wippten.

«Na komm, worauf wartest du?», forderte sie ihn auf. «Willst du nicht an meinen Brüsten saugen?»

Sofort streckte er seine Zunge aus, leckte über die steifen Knospen und sog sie brav in den Mund.

«Fester!», verlangte Elisa. «Ist das alles, was du kannst?» Und als er mit aller Kraft zu saugen begann, lobte sie ihn: «Ja, das ist phantastisch. Und jetzt die andere. Mmh, das machst du gut …»

Während sie ihn abwechselnd an ihren Nippeln saugen ließ, bemerkte sie, dass er wieder nach seinem Harten greifen wollte. Sofort herrschte sie ihn an: «Hab ich dir nicht verboten, ihn anzufassen?» Sie hob sein Kinn an und zwang ihn, zu ihr aufzuschauen. Während ihre nasse Brustwarze aus seinem Mund glitt, holte Elisa aus und schlug ihm mit der flachen Hand ins Gesicht, gerade fest genug, um ihrem Befehl Nachdruck zu verleihen. Der Mann wollte protestieren, aber bevor er etwas sagen konnte, schob sie ihm eine Brust zwischen die Lippen, und er ließ es geschehen, schloss seine Augen und lutschte genüsslich an der Knospe. Während sein Mund beschäftigt war, griff Elisa sich seine rechte Hand, die sie zwischen ihre Beine führte. Sie nahm seine Finger und tauchte sie in die feuchte Spalte, benutzte sie, um sich mit seinen Fingerspitzen zu massieren, und belohnte seinen Gehorsam mit leisem Stöhnen. Als Elisa spürte, dass er sich nicht mehr lange würde beherrschen können, hatte sie Erbarmen. Sie packte seine beiden Handgelenke und führte die Hände zu ihren Brüsten, die immer noch von den Körbchen gehalten wurden. Sascha griff nach den weichen Kugeln, und Elisa zog die Cups hinunter, um ihm den freien Zugriff zu ermöglichen. Dann kniete sie sich auf den Sessel.

«Sieh mich an!», verlangte sie von Sascha. Er öffnete die Augen und sah sie mit verschleiertem Blick an. Als sie langsam ihren Unterleib senkte und schließlich die Spitze seines Ständers zwischen ihren Muschilippen spürte, flackerten

seine Augenlider. Sein Körper erzitterte, während sie sein Glied langsam in sich aufnahm. Erst als sie fest im Sattel saß, begann sie mit ihrem Ritt, und Sascha hielt sich an ihren wippenden Brüsten fest, während sie ihn fickte. Er hatte seine Gier offensichtlich so lange zurückgehalten, dass er nun hemmungslos stöhnte und sich ihren Stößen entgegenstemmte.

«Aaah, gib's mir», keuchte er, während sie immer schneller wurde. Er ließ ihre Brüste los und packte ihre Arschbacken, um das Tempo zu bestimmen. Jetzt hatte er wieder die Oberhand, und er ließ keinen Zweifel daran, dass er sie erst freigeben würde, wenn er sich in sie entladen hatte. Seine Hände hielten sie fest im Griff, und er stieß seinen Schwanz kraftvoll in ihre Möse. Mit jedem Stoß hüpften ihre Brüste vor seinen Augen auf und ab. Der Anblick ihrer wogenden Weiblichkeit steigerte seine Geilheit, und es dauerte nicht lange, bis sich seine Finger in ihre weichen Hinterbacken gruben und er einen dumpfen Schrei ausstieß.

Völlig außer Atem hockte Elisa auf seinem Schoß und wartete darauf, dass er sich beruhigte. Sein Körper war schweißbedeckt. Er hatte den Kopf zurückgelegt und die Augen geschlossen. Der Moment war günstig. Elisa griff zwischen ihre Beine und hielt das Ende des Kondoms fest, während sie seinen nicht mehr ganz so prallen Penis aus sich herausgleiten ließ. Dann zog sie den Gummi ab, bevor er etwas bemerkte, und warf ihn hinter den Sessel.

«Nicht so eilig», murmelte Sascha, ohne sich aus seiner entspannten Position zu erheben. Er umfasste Elisas Hüfte und zog sie wieder zu sich auf den Schoß. Sie hockte breitbeinig auf ihm, mit verrutschtem und durchnässtem Slip, die Brüste bebend vor seinem Gesicht, die Hände auf seine Brust gestützt. Mit einer Hand langte er von hinten zwischen ihre Beine und tastete nach dem immer noch geschwollenen Pfläumchen. Er schob einen Finger zwischen die Fruchthälften und kontrollierte, ob sie noch nass genug war. Elisas

Venushügel war überreizt und empfindlich. Die junge Frau erhob sich, in der Hoffnung, dem Druck seiner tastenden Finger zu entkommen, aber er hielt sie in eisernem Griff und zwang sie zurück auf seinen Schoß.

«Wo willst du denn hin?», fragte er sie verwundert. «Du glaubst doch wohl nicht, dass ich so leicht zufriedenzustellen bin, oder?» Während er sie an der Hüfte festhielt, zwängte er noch einen zweiten Finger in ihr feuchtes Loch. «Vielleicht braucht deine Möse ja eine Pause?», fragte er Elisa fürsorglich. «Vielleicht fühlt sich deine Hinterpforte ein wenig vernachlässigt, was meinst du?» Er tastete mit dem Daumen nach dem kleinen Löchlein, das ihm jedoch den Eingang versperrte. Also zog er die Finger aus Elisas Möse und rieb ihren Saft auf die hintere Öffnung, um sie gefügiger zu machen. Immer wieder stupste er mit der feuchten Fingerspitze in die Rosette, bis sie schließlich ein wenig nachgab. Er erhöhte den Druck und bohrte sich langsam in die enge Pforte. Doch kaum hatte er den Finger wieder herausgezogen, schloss sich der Eingang erneut.

Es waren erst ein paar Minuten vergangen, seit er zum zweiten Mal abgespritzt hatte, aber er schien immer noch unersättlich. Sein Schwanz war zwar nicht mehr prall und hart, aber immer noch halb erigiert, als wartete er nur darauf, sein Haupt wieder erheben zu können. Das kleine Fingerspiel hatte anscheinend ausgereicht, um Saschas Gelüste erneut zu wecken.

«Nimm ihn in den Mund», flüsterte er. «Damit er wieder schön steif wird.» Mit diesen Worten schob er die junge Frau vom Sessel und spreizte seine Beine. Gefügig, trotz ihrer Erschöpfung, kniete sie sich zwischen seine Knie und nahm den weichen Penis in die Hand. Er roch nach Gummi und Sperma und fügte sich geschmeidig in ihre zarten Finger. Sanft massierte sie den Schaft und zog dabei immer wieder die Vorhaut über die gerötete Kuppe. Vorsichtig tupfte sie mit

der Zunge auf das kleine Löchlein und schmeckte sein salziges Aroma. Als sie mit der Zunge um die Eichel herumleckte, spürte sie plötzlich Saschas Hand in ihrem Nacken.

«Nicht so zögerlich, meine Hübsche!» Er drückte ihren Kopf auf seinen Schwanz und forderte sie damit auf, ihn tief in den Mund zu nehmen.

«Ah, ja», stöhnte er, während sie den langsam wachsenden Ständer zwischen ihre Lippen sog und ihn fest mit der Zunge bearbeitete. Er füllte sich immer mehr mit Blut und wuchs in ihren Mund hinein. Kaum hatte er seine volle Größe erreicht, richtete sich Sascha plötzlich auf. Er nahm seinen prallen Ständer in die Faust und drückte Elisa mit der anderen Hand nach hinten, sodass sie mit dem Rücken auf dem weichen Teppichboden landete. Während der Mann seinen Schwanz rieb, ging er völlig selbstverständlich zu Elisas Tasche, holte einen Präser hervor und riss ihn mit den Zähnen auf. Aus ihrer liegenden Position konnte sie beobachten, wie geschickt er sich den Gummi mit einer Hand überzog. Dann kniete er sich zu ihr auf den Teppich und fingerte an ihrem Unterhöschen. Elisa half ihm, indem sie das Becken anhob, sodass er das kleine Stoffteil über ihre Schenkel ziehen konnte. Für einen Moment ließ er seinen Ständer los, packte Elisas Beine und zog sie in die richtige Position. Mit den Händen in ihren Kniekehlen drückte er ihre Beine auseinander und brachte seinen Rammbock in Stellung. Schließlich legte er sich ihre Waden auf die Schultern und dirigierte seinen Pflock vor ihr geöffnetes Tor. Elisa hielt die Luft an, als er mit einem gezielten Stoß in sie eindrang. Ganz tief rammte er seinen Pfahl in ihre Möse. Während er sie hart und schnell fickte, packte er ihre Brüste und zog die Knospen in die Länge, bis sie ebenso erigiert waren wie sein praller Schwanz. Seine festen Stöße ließen ihre Halbkugeln tanzen, und Elisa fiel in sein Stöhnen ein. Sie hielt ihre Beine in die Höhe gereckt und lieferte sich ihm völlig aus. Sie war das Gefäß für sein Begehren, seine

Liebesdienerin, die nur dafür da war, ihn zu befriedigen. Und so stieß er seinen Ständer in ihre willige Möse und vögelte sie unnachgiebig mit kraftvollen Stößen bis zu seinem erlösenden Höhepunkt. Er bäumte sich auf, stieß einen befreiten Schrei aus und verharrte mit zitterndem Unterleib zwischen ihren Schenkeln, seinen sich entladenden Phallus tief in ihrem Leib. Dann verließen ihn die Kräfte, und er sackte erschöpft neben Elisa auf den Boden. Beide rangen nach Luft. Eine Weile lang hörte man nur die keuchenden Atemzüge der beiden. Doch dann raffte Sascha sich auf. Er tätschelte noch einmal Elisas wogenden Busen. Während er sich langsam erhob und jetzt, da alles vorbei war, endlich seinen zerknitterten Anzug auszog, um unter die Dusche zu gehen, deutete er auf ein Sideboard, das neben der vermeintlichen Schlafzimmertür stand.

«Du bist es wirklich wert», sagte er anerkennend. «Der Briefumschlag ist für dich.» Er schlüpfte aus seiner Jacke und fügte grinsend hinzu: «Und vergiss dein Unterhöschen nicht. Wir wollen doch keine verräterischen Spuren hinterlassen.»

Elisa sah sich um. Sie musste lächeln, als sie neben dem Sessel auch das zweite Kondom entdeckte. Nun, dann sollten sie besser auch diese Spuren entsorgen. Sie schnappte sich ihr feuchtes Höschen und sammelte auch die beiden Präservative ein. Nur gut, dass sie an Taschentücher gedacht hatte. Dezent ließ sie die Zeugnisse dieses Abends in ihrer Handtasche verschwinden. Bevor sie sich wieder ankleidete, kontrollierte sie ihre Strümpfe, doch die hatten die Ereignisse gut überstanden. Zufrieden knöpfte Elisa die Bluse zu und schlenderte zum Sideboard. Tatsächlich hatte er dort einen Briefumschlag deponiert, der sich recht dick anfühlte. Sie drehte sich um, doch Sascha war schon im Bad verschwunden, also wagte sie einen Blick. Ihre Augen wurden groß, als sie die vielen Scheine entdeckte. Schnell steckte sie den Umschlag ein. Ob er von ihr erwartete, dass sie sofort die Suite verließ?

Elisa entschied sich dagegen. Als sie wieder korrekt

gekleidet war, öffnete sie die Badezimmertür. Dampfwolken quollen ihr entgegen. Über das Prasseln des Wassers hinweg rief sie seinen Namen. Sascha stellte kurz die Dusche ab. «Ist noch etwas?»

«Ich wollte mich nur verabschieden», sagte Elisa. «Und wenn du zufrieden warst … du weißt ja, Anruf genügt …»

«Ich werde darauf zurückkommen», antwortete der Mann in der Dusche und stellte das Wasser wieder an.

Elisa zog die Tür hinter sich zu und verließ beschwingt das Hotel. Als sie schließlich erschöpft und müde im Taxi saß, zählte sie das Geld, das er für ihre Dienste gezahlt hatte. Beim zehnten Hundert-Euro-Schein wurde ihr schwindelig. Sie lehnte sich zufrieden auf dem Rücksitz des Wagens zurück und formulierte in Gedanken den Text für die nächste Anzeige in der Tageszeitung.

Vergnügt ging Milla unter die Dusche und ließ heißes Wasser auf ihre nackte Haut prasseln. Sie spannte die runden Pobacken an und wand sich unter dem Wasserstrahl, der ihre wohlgeformten Schultern massierte.

Als ihre Haut zart und rosig genug war, drehte sie das Thermostat auf eiskalt und hielt der klirrenden Kälte so lange stand, bis sich die Poren zusammengezogen hatten und die Hitze in ihrem Inneren speicherten. Sie fühlte sich phantastisch. Entspannt und erfrischt trat sie in das geräumige Badezimmer, um sich dem weiteren Pflegeprogramm zu widmen.

Mit der Zahnbürste im Mund beugte sie sich über das Waschbecken, stützte sich mit einer Hand auf dem Rand auf und strich sich mit der anderen die geschwungenen Augenbrauen glatt. Als jedes Härchen an seinem Platz lag, richtete sie sich auf und schlug sich auf den rundlichen Bauch. Mit einer mageren Model-Figur konnte Milla nicht punkten. Aber sie hatte andere Vorzüge zu bieten. Ihre stämmige Figur mit den üppigen Brüsten war das Ergebnis jahrelanger sportlicher Betätigung und wirkte auf natürliche Weise weiblich. Die Tatsache, dass ihre durchtrainierten Muskeln unter einer gutgepolsterten Haut lagen, war aus ihrer Sicht kein Nachteil. Vielmehr wurde Millas Festigkeit perfekt durch Weichheit an den richtigen Stellen ergänzt. «Du fühlst dich wunderbar an» war ein Satz, den sie schon oft gehört hatte. Die athletische Figur allein erklärte allerdings noch nicht ihren Erfolg beim anderen Geschlecht. Auch wenn ihre Arbeitskolleginnen sich immer wieder über sie lustig machten und die umfangreichen Pflegeprogramme als modische Randerscheinung

abtaten, war Milla sicher, dass das Aroma eines gepflegten Frauenkörpers eine noch viel größere Wirkung erzielte, als es der Naturzustand vermochte. Sie hielt von teuren Kosmetika und übertünchenden Intimwaschlotionen ebenso wenig wie ihre Kolleginnen. Aber im Gegensatz zu den haarigen Exemplaren ihrer Gattung setzte Milla auf die Wirkung frischer Körperdüfte auf unbehaarter Haut. Der Preis für ihren appetitlichen Körper war ein ausgefeiltes Pflegeprogramm, dem sie sich regelmäßig widmete. Von der täglichen gründlichen Reinigung einmal abgesehen, war einmal die Woche eine längere Sitzung im Badezimmer notwendig. Die Rasur von Achseln und Beinen hatte sie gleich unter der Dusche erledigt. Dabei hatte sie auch gleich die völlig überflüssigen Härchen zwischen ihren Arschbacken beseitigt, nachdem sie die äußeren Schamlippen glatt rasiert hatte. Ohne Haarbüschel gab es für die anrüchige Arbeit der Bakterien deutlich weniger Nährboden, sodass Milla auch am Ende eines Tages weiblich frisch duftete. Das Zupfen einzelner Härchen, die an Kinn und Brustwarzen zum Licht strebten, hatte sie ebenfalls schon erledigt. Kritisch betrachtete sie das vorläufige Ergebnis.

Die krausen Locken ihres akkuraten Schamhaardreiecks waren schon wieder nachgewachsen, obwohl sie es erst letzte Woche kurz geschnitten hatte. Milla war der Meinung, dass eine Dame es ihren Liebesdienern so angenehm wie möglich machen sollte, wenn sie ab und zu einen Cunnilingus haben wollte. Und dazu gehörte nun mal, dass sich der Auserwählte nicht durch einen haarigen Urwald kämpfen musste. Also griff sie sich die kleine Bartschere, die sie extra für diesen Zweck angeschafft hatte, und klappte den Klodeckel hoch. Breitbeinig stellte sie sich über die Schüssel und begann, die dunklen Löckchen über ihrer Pussy zu stutzen. Wenn sie jetzt die Beine breitmachte, würde jeder Mann freiwillig auf die Knie sinken, um in den Genuss dieser herrlichen Frucht zu

kommen – zumindest in ihrer Phantasie. Während sie sich in Gedanken einen muskulösen Hünen auf Knien vorstellte, der willig seinen Mund öffnete, pinkelte sie genüsslich auf die dunklen Haarstoppeln in der Kloschüssel. Dabei musste sie sich zusammenreißen, um die Phantasie nicht zu weit zu treiben, damit sie ihr Geschäft beenden konnte, bevor ihre treue Gefährtin eine umfangreichere Behandlung forderte. Schließlich schüttelte sie die letzten Tropfen ab, zog die Spülung und drehte sich wieder zum Waschbecken, wo sie ihr Pflegeprogramm beendete. Sie spreizte die Beine, zog die Schamlippen auseinander und wusch die letzten Urinreste ab. Milla mochte den zufriedenen Gesichtsausdruck der Männer, wenn sie ihnen ihre Muschi in den Mund schob und sie feststellten, wie sauber und natürlich duftend sie war. Dann leckten und saugten sie mit echter Begeisterung, statt einen widerwilligen Preis für die erwartete Gegenleistung zu zahlen.

Als sie schließlich nackt und breitbeinig vor dem Spiegel stand, ging hinter ihr die Tür auf.

«Wow!», entfuhr es dem Mann, die hinter Milla das Bad betrat. «Was für ein Weib!»

Er blieb hinter ihr stehen und schmiegte sich an ihren warmen Rücken. Mit der Nasenspitze berührte er die weiche Haut an ihrem Hals und schnupperte.

«Du riechst gut», stellte er fest. «Was ist das?»

«Nichts.» Milla grinste. Der unverfälschte Geruch eines frischgewaschenen Körpers hatte eine erstaunliche Wirkung.

«Aber du duftest», insistierte der Mann, dessen Name, wenn sie sich richtig erinnerte, Arno war.

«Dann kannst du mich wohl einfach gut riechen.» Milla lachte und drehte sich zu ihrer neuesten Eroberung um. Schnell neigte er den Kopf zur Seite und murmelte etwas von Zähneputzen.

«Stört es dich, wenn ich bleibe?»

Die Augen des Mannes weiteten sich. Er schien zu überlegen, wie viel Intimität er nach der ersten gemeinsam verbrachten Nacht zulassen konnte. Der Sex war alles andere als zaghaft gewesen, und so musste er wohl schließlich zu dem Ergebnis kommen, dass Scham jetzt unangebracht war. Er lächelte und nahm die Zahnbürste entgegen, die Milla ihm hinhielt.

Sie war noch vom letzten wilden Ritt gesättigt und wollte im Moment ihrem Voyeurismus frönen. Entspannt lehnte sie sich gegen eine kleine Kommode, die ihre ordentlich zusammengefalteten Handtücher enthielt. Arno hatte ihr den Rücken zugedreht und widmete sich seinen Zähnen. Er hatte einen entzückenden Po, der Milla heute Nacht schon viel Freude bereitet hatte. Zwei kleine Grübchen zierten die runden Backen und lenkten den Blick hinauf zu einem muskulösen Rücken. Arnos Haut war sonnengebräunt und hatte kleine dunkle Leberflecke, die ein Muster bildeten. Sein Schwanz, der sich im Moment Millas Blick entzog, hatte vor ein paar Stunden noch fest zwischen ihren Brüsten geruht. Ein wohliger Schauer lief ihr über den Rücken, als sie daran dachte, wie sich ihr weiches Fleisch um seinen Schwanz geschmiegt hatte. Milla hatte ihre üppigen Kugeln zusammengepresst und seinen Ständer zwischen die Brüste geschoben. Noch feucht und glitschig von ihren Säften, war er hineingeglitten. Der Anblick seiner roten Schwanzkuppe, die immer wieder zwischen den Hügeln zum Vorschein gekommen war, hatte seine Geilheit so sehr gesteigert, dass er seinen Samen viel zu schnell auf Millas herrlichen Busen gespritzt hatte. Noch schwer atmend, hatte er sich zu ihr hinuntergebeugt und seine Spuren von ihren Titten geleckt. Ihr wollüstiges Stöhnen war der Lohn für seine Aufmerksamkeit gewesen.

Während der Mann in ihrem Badezimmer sich gerade kaltes Wasser ins Gesicht klatschte, musste Milla feststellen, dass sich ihre Pussy schon wieder regte. Jetzt, da ihre Scham

wieder frisch gestutzt war, traten die anschwellenden Lippen deutlich hervor. Einladend wölbten sie sich zwischen Millas Schenkeln und schnappten nach dem Objekt ihrer Begierde. Schnell griff sich Milla ein Handtuch und verdeckte damit ihre fordernde Muschi. Sie wollte Arnos Unbefangenheit noch nicht durch ihre erneuten Avancen stören, sondern ihn lieber noch ein Weilchen beobachten.

«Ich … äh …» Er blickte seine Liebhaberin über die Schulter an, als wäre es ihm peinlich, sich ganz umzudrehen.

«Tu dir keinen Zwang an», antwortete Milla amüsiert. Sie war gespannt auf seine Reaktion.

Arno seufzte und klappte den Toilettendeckel auf. Geschmeidig setzte er sich hin. Er stemmte die Füße auf den Boden, spreizte seine Knie und stützte sich mit den Händen auf den Oberschenkeln ab. Dabei spannten sich seine Brustmuskeln und lieferten einen höchst anregenden Anblick. Milla spürte, wie ihre Muschi unter dem Handtuch zuckte.

Arno hatte den Blick züchtig gesenkt, und dann begann es zu plätschern. Als der Strahl unaufhaltsam in das Porzellanbecken rann, schaute er zu Milla auf. Sie lächelte ihn an und warf das schützende Frottétuch beiseite. Ihre Schamlippen waren deutlich geschwollen. Arno betrachtete die nackte Frau interessiert, aber Milla konnte nicht erkennen, ob ihm die frischgestutzte Scham auffiel. Als die plätschernden Geräusche verstummten, sah Arno sich suchend um.

«Warte!» Milla bückte sich und holte eine Rolle Toilettenpapier aus dem Schrank. Sie riss ein paar Blätter ab und wickelte sie zusammen. Dann kniete sie vor Arno nieder und forderte ihn überflüssigerweise auf: «Mach die Beine breit!» Sie musste ob der Doppeldeutigkeit ihres Befehls lachen.

Arno starrte auf die prallen Brüste. Schließlich lehnte er sich zurück und öffnete die Schenkel, so weit es ging. Milla schob ihre Hand mit dem Papierknäuel zwischen seine Beine und tupfte über den benetzten Penis. Fürsorglich rieb sie ihn

trocken und betätigte die Spülung. Als das Wasser rauschte, wollte Arno aufstehen, doch Milla hielt ihn zurück.

«Nicht so schnell. Ich muss doch erst noch prüfen, ob wirklich alles sauber ist.» Sie nahm die zweite Hand zu Hilfe, schob die Vorhaut zurück und fuhr mit den Fingern über die inneren Furchen und Fältchen.

«Ich fürchte, du bist noch ganz besudelt von deinem nächtlichen Treiben», murmelte Milla und schüttelte den Kopf. «Nein, so kann ich dich unmöglich gehen lassen. Komm her, ich werde dich ein wenig frisch machen.» Sie zog den Mann von der Toilette zum Waschbecken, was er wortlos geschehen ließ.

«Ja, so ist es gut! Stell dich breitbeinig hierhin.» Milla drehte den Wasserhahn auf, wartete, bis der Strahl die richtige Temperatur hatte, und schöpfte das warme Wasser dann mit der hohlen Hand. Ungeachtet der Überschwemmung, die sie verursachte, spritzte sie ihrem Geliebten das Wasser auf die Scham, wo sie es mit der anderen Hand verrieb. Sorgfältig fuhr sie mit den Fingern in jeden Winkel seines Geschlechts und wusch es gründlich ab. Es entging Milla keineswegs, dass Arnos Schwanz eindeutig auf diese Behandlung reagierte, aber sie wollte noch ein wenig mit ihm spielen, bevor sie ihn ihre nasse Möse spüren ließ. Nachdem reichlich warmes Wasser an den strammen Männerbeinen hinabgeflossen war und auch die Ritze zwischen den prallen Pobacken frisch gewaschen war, griff Milla sich ein Handtuch und begann, seinen Unterleib sorgfältig trocken zu tupfen.

«Beug dich nach vorn», sagte sie und teilte die Hinterbacken fachmännisch. Sie rieb das Handtuch fest durch die Spalte, bis sie vollkommen trocken war. Dann bückte sie sich und leckte die frischgewaschene Haut wieder nass. Milla ließ ihre Zunge zwischen den Pobacken auf und ab gleiten, und immer wenn sie die kleine Öffnung passierte, stieß sie ihre Zungenspitze tief hinein.

«He, du hast noch etwas vergessen», erinnerte Arno sie an ihr eigentliches Vorhaben. Noch einmal bohrte Milla ihre Zunge in die Öffnung, in die sie gestern mit wilder Lust ihren Finger hineingestoßen hatte. Die Versuchung, diesen Coitus a Tergo zu wiederholen, war groß, aber Milla entschied sich für eine andere Spielart. Sie stellte sich hinter Arno und rieb ihre kurzgeschorene Scham an seinem Hintern, der sich bereitwillig gegen die Berührung stemmte. Der nackte Mann lehnte sich zurück und erhöhte den Druck auf Millas gierige Muschi. Er schien die ihm zugewiesene Rolle als passives Lustobjekt zu genießen und machte keinerlei Anstalten, dieses Spiel voranzutreiben. Milla ließ ihre drahtige Scham noch ein paarmal hin- und hergleiten, dann verharrte sie in dieser Position und widmete sich wieder dem Schwanz, der sich im Laufe der Waschung aufgerichtet hatte. Den Unterleib fest gegen Arnos Arschritze gepresst, griff Milla von vorn nach dem erwachten Luststab, um ihn erst einmal trocken zu tupfen. Mit dem Frotté rieb sie über das Geschlecht, zuerst vorsichtig, dann immer kräftiger, denn Arnos Stöhnen ließ erkennen, dass ihm diese Behandlung gefiel. Bevor seine Begeisterung auf den Höhepunkt zustrebte, warf Milla das Handtuch auf den Boden und verließ sich auf die Fertigkeiten ihrer Finger. Ihre Hände waren samtig weich. Die Fingernägel feilte sie zweimal pro Woche, damit sie immer kurz und ohne Ecken und Kanten waren. Dieser besondere Pflegeaufwand hatte sich schon in der letzten Nacht bezahlt gemacht und war auch jetzt von Vorteil. Sie konnte ihre Fingerkuppen ohne Risiko in Arnos Hinterpforte tauchen. Tief stieß sie einen Finger hinein, während sie mit der anderen Hand seinen heißen Ständer bearbeitete. Arno verlor langsam die Beherrschung. Sein Oberkörper kippte nach vorn, er stützte sich mit den Händen auf dem Beckenrand ab und genoss es sichtlich, Millas Drängen ausgeliefert zu sein. Die Frau, die ihn von hinten und vorn fest im Griff hatte, spürte, wie der

Mann langsam zerfloss. Ein erster warmer Tropfen fiel auf ihre Hand, die den Schwanz wichste, doch diesmal war es kein Wasser, sondern das Sekret seiner Lust. Milla tauchte die Finger ihrer anderen Hand in die frischgewaschene Rosette und versuchte, sich auf Arnos Zeichen zu konzentrieren. Sein Unterleib zitterte, und das Pumpen seines Schaftes war ein deutliches Indiz für den nahenden Orgasmus. Die Gewissheit, dass ihr Finger sich tief in seinem hinteren Fickloch befand, ließ Millas Selbstbeherrschung langsam schwinden. Wenn sie Arno nicht bald so weit hatte, dass er kam, würde sie sich um das Vergnügen bringen, von ihm zum Abschluss noch geleckt zu werden. Es kostete sie unglaubliche Mühe, sich auf den Rhythmus seines Schwanzes zu konzentrieren. Milla konnte schon spüren, wie seine Anusmuskeln zu zucken begannen, während sie den geschwollenen Ständer immer fester rieb. Der Männerkörper vibrierte unter ihren Händen, und das Beben übertrug sich auf ihren aufgewühlten Unterleib. Milla ließ ihr Becken vor- und zurückschnellen.

«Oh ... jaaa, du bist so gut», keuchte Arno und überließ sich dem Ansturm von Millas Berührungen. «Ja ... Jaaa ... fick mich mit deinen Fingern!»

Milla stieß ihren Mittelfinger fest in sein nasses Loch und massierte die Innenwände des zuckenden Anus. Als sich der gierige Schlund fest um den Eindringling krampfte, presste Milla die andere Hand auf den zuckenden Prügel. Sie strich mit den Fingerspitzen über die gereizte Lustkuppe und ließ ihre Hand dabei auf und ab zittern. Arnos Unterleib wurde von der Gewalt der erlösenden Entladung förmlich zurückgeschleudert. Er schrie vor Lust und erschlaffte im gleichen Moment unter Millas starken Händen, die ihn festhielten, bis das Zucken und Keuchen sich beruhigte. Milla spürte, wie seine Knie nachgaben und er sich kaum noch auf den Beinen halten konnte. Seine eben noch fest zusammengepressten Hinterbacken gaben ihren Finger frei.

Milla hatte sich lange zurückgehalten und Arno gute Liebesdienste geleistet. Doch nun brach der Damm ihrer Selbstbeherrschung. Sie schnappte sich den Mann und setzte ihn auf den Klodeckel. Er blickte zu ihr auf, und sein verheißungsvolles Lächeln verriet ihr, dass er wusste, was sie von ihm wollte. Bevor Milla die Initiative ergreifen konnte, packte Arno ihr rechtes Bein, zog es hoch auf den Toilettendeckel und beugte sich zur überreifen Frucht hinab. Mit einer Hand umfasste er die prallen Lippen, mit der anderen schob er die zarten Häutchen auseinander. Das zufriedene Lächeln auf seinen Lippen konnte Milla nicht sehen. Sie spürte nur, wie er mit der Zunge die geschwollene Perle umrundete und vorsichtig mit seinen Fingern in ihr enges Loch stieß. Als er seinen warmen Mund über die harte Lustknospe stülpte, schwanden Milla die Sinne. Ihre Mösenmuskeln zogen sich zusammen und melkten die kräftigen Finger, bis die kristallklaren Säfte ihres Ejakulats mit ganzer Wucht in den empfangenden Mund schossen.

Und Arno schluckte die volle Ladung.

Als ihre zuckende Möse sich wieder beruhigt hatte, zog Milla sich langsam zurück und fiel abermals vor ihrer Eroberung auf die Knie. Sie blickte ihm tief in die Augen, und bevor er etwas sagen konnte, verschloss sie seinen Mund mit einem leidenschaftlichen Kuss. Sie wühlte ihre Zunge zwischen seine Lippen und schmeckte ihren eigenen Saft. Arno erwiderte ihr Zungenspiel, wanderte über ihre glatten, gepflegten Zähne, knabberte an ihren weichen Lippen und schmiegte seinen nackten Körper in ihre Umarmung.

«Du bist die appetitlichste Frau, die mir je begegnet ist», flüsterte er heiser.

Milla war sich dessen sehr wohl bewusst.

Waldphantasie

Gefällt es dir? Mich so zu sehen? Gefesselt an einen Baum … nackt wie Eva … ohne Feigenblatt … Und du? Mein Adam?

Sieh mich an! Meine Brüste recken sich dir entgegen. Der Wind streicht über meine Brustwarzen. Sie sind ganz hart und spitz. Möchtest du sie lecken?

Du zögerst noch? Und betrachtest meinen nackten Körper mit den gespreizten Beinen, die Füße weit auseinandergestellt, fest auf dem weichen Waldboden …

Komm näher, du wilder Mann … Kannst du meinen Moschusduft wittern?

Ja, so ist es gut! Ich bin dir ausgeliefert, und du fällst vor mir auf die Knie.

O ja, reibe dein Gesicht an meinem weichen Busch, koste meine Lusttropfen, die sich glitzernd auf meinen weichen Lippen gesammelt haben, mmmh, wühle deine Zunge in mein Gemuschel.

Spürst du, wie willig meine Spalte ist? Du kannst sie ficken, wenn du willst, mit deiner Zunge, deinen Fingern oder deinem harten Ständer …

Meine Möse ist ganz weit und offen und nass, jaa, komm, verreib den Saft, weite mein Loch, damit du mir deine mächtige Latte reinschieben kannst.

Lavaströme jagen durch meinen Körper, und ich kann nichts anderes tun, als mich an der samtigen Birkenrinde zu reiben, meine Arschbacken gegen den Stamm zu pressen und mich deinen Händen auszuliefern …

Oohjaa, spreiz mir die Lippen, press deinen Daumen auf mein Lustknöpfchen.

Ich werde immer geiler, während du an meinen harten

Warzen saugst. Aaah, saug dich fest an meinen Titten, nimm sie in den Mund, jaa, fester, jaaa …

Ich winde mich unter deinen Berührungen, mein Becken kreist, und du hast Mühe, mir deine nassen Finger in die Fotze zu stecken. Mach schon, spieß mich auf, ich bin heiß und nass …

Fick mich doch endlich!

Aaah, das tut gut, steck mir noch einen Finger rein, ich will mehr, ja, los, komm, noch einen, füll mich ganz aus mit deinen fickenden Fingern, ich kann mich doch nicht wehren …

O nein, zieh sie nicht raus … Was tust du? Ja, ich leck den Saft von deinen Fingern …

Ist es gut so? Kannst du dir vorstellen, was meine Lippen mit deiner Latte machen können? Mmmmh, so wie ich an deinen Fingern sauge, könnte ich auch deinen Schwanz blasen, ihn ganz tief schlucken und die Zunge über deine Kuppe tanzen lassen.

Jaaa, lass mich deine Finger lecken …

Ooohh … ich spüre deinen Schwanz an meiner Spalte … Er ist so riesig … Du musst mein Loch noch ein bisschen weiten, wenn du ihn ganz reinschieben willst …

Jaaa, ich fick mich mit deinen Fingern, meine Muschi kann noch mehr vertragen …

Was, du hast schon alle Finger drin? Ohjaaaa, mach sie weit für deine Riesenlatte, zieh die Lippen ganz weit auseinander, damit er reinpasst, dein geiler Ständer …

Jaa … jaaa … steck ihn mir rein … fick mich mit deinem Hammerschwanz …

Ich bin so geil und heiß … jaaaa, komm, besorg's mir … ich will, dass du mich richtig hart fickst …

Meine Möse schmatzt unter deinen Stößen … ich bin so nass, dass es mir die Beine runtertropft …

Nimm mich … fick mich … reite mich …

Oooohhh …

Ich …

Ich komme … ich komme …

Spritz mir deinen heißen Saft auf den Bauch … ohjaaa, reib deinen spritzenden Ständer an mir … ich bin dir ausgeliefert …

Mir zittern die Knie …

Was? Du hast noch nicht genug? Er steht dir immer noch?

Dann fick mich, bis auch dir die Knie zittern …

Ich bin dir hörig … du kannst mit mir machen, was du willst …

Oooohhh …

Ich …

Ich komme … ich komme …

Lass mich meinen heißen Saft auf deinen Bauch spritzen … ohjaaa, reib meinen spritzenden Ständer an deinen geschwollenen Lippen … ich bin dir ausgeliefert …

Mir zittern die Knie …

Was? Du hast noch nicht genug? Deine Möse zuckt immer noch?

Dann fick mich, bis auch dir die Knie zittern …

Ich bin dir hörig … du kannst mit mir machen, was du willst …